dtv

Reihe Hanser

P4

Marlene Muhlhans

Kaspar ist elf und sein Leben ist ganz schön turbulent. Seine Mutter liegt nach einem Unfall im Krankenhaus. Kaspars Vater ist als Schuster ziemlich unzufrieden. Doch Kaspar hat eine geniale Idee, mit deren Hilfe sein Vater den Absprung schafft. Und dann ist da auch noch die unerwiderte Liebe Kaspars zu seiner Lehrerin. Wird er bei ihr je eine Chance haben?

Willy van Doorselaer wurde 1943 in Schellebelle, Flandern, geboren. Nach seinem philologischen Studium arbeitete er als Lehrer. Um sich seinen Kindheitstraum zu verwirklichen, zu schreiben, ließ er sich beurlauben. ›Ich heiße Kaspar‹ war sein erster Roman. Mittlerweile werden seine Bücher regelmäßig international ausgezeichnet.

Willy van Doorselaer

Ich heiße Kaspar

Aus dem Niederländischen
von Mirjam Pressler

Deutscher Taschenbuch Verlag

Das gesamte lieferbare Programm der *Reihe Hanser*
und viele andere Informationen finden Sie unter
www.reihehanser.de

In neuer Rechtschreibung
September 2009
Deutscher Taschenbuch Verlag GmbH & Co. KG,
München

Titel der Originalausgabe:
›Ik heet Kasper‹
(Houtekiet, Antwerpen-Baarn 1993)

Umschlagbild: Sabine Wilharm
Satz: Fotosatz Reinhard Amann, Aichstetten
Druck und Bindung: Druckerei C. H. Beck, Nördlingen
Gedruckt auf säurefreiem, chlorfrei gebleichtem Papier
Printed in Germany · ISBN 978-3-423-62411-4

Nachdenklich blickten wir ins Feuer. Es blieb lange still. Die Worte des ersten Reisenden hatten einen tiefen Eindruck auf uns gemacht. Schließlich ergriff der zweite, der Mann mit dem Turban, das Wort.

»Ich heiße Kaspar«, sprach er. »Ihr nennt mich König, aber zu Unrecht. Weder von Geburt noch durch Wahl bin ich ein Herrscher. Dort, wo ich herkomme, verehrt man mich als Weisen und fürchtet man mich als Zauberer. Doch auch auf diese Titel erhebe ich keinen Anspruch. Ich bin nur ein Suchender. Ich suche das Licht und die Erleuchtung.«

Niemand antwortete. Er blickte ins Feuer. In seinem schwarzen Gesicht funkelte die geheimnisvolle Glut seiner Augen.

Aus: *Die Hüter des Schatzes*
(Schrank 4: *Abenteuer und Verbrechen*)

Für Christiane

Kaspar: ein Fall von Alphabetismus

»Ich heiße Kaspar«, antwortete ich.

Ich war fast fünf und schaute am Arm meiner Mutter vorbei nach oben, zu dem Mann, der mich nach meinem Namen gefragt hatte. Er stank. Nach Bier. Sein Gesicht war eine Ruine, aber mit glänzenden Augen, die ich nie mehr vergessen sollte. Karfunkelaugen. Ich umklammerte die Hand meiner Mutter. Es war Montagmorgen und wir waren auf dem Weg zu Doktor Santens. Plötzlich, ich hatte ihn nicht kommen sehen, stand der Mann vor uns. Er schimpfte auf das Wetter. Meine Mutter kannte ihn offenbar. Sie versuchte ihn zu besänftigen.

»Die Sonne kann doch nicht immer scheinen«, sagte sie.

»Das verlange ich ja auch nicht«, maulte er. »Von mir aus kann sie sich nachts ausruhen. Aber tagsüber soll sie da sein.«

Und wahrhaftig, als würde sie es sich zu Herzen nehmen, tauchte eine wässrige Sonne hinter der Wolkendecke auf. Sein Ärger schmolz sofort.

Dann fiel sein Blick auf mich. Er fragte, wie ich heiße.

»Ein schöner Name«, meinte er.

Sieben Jahre ist das her. Ich bin jetzt elf. Aber ich erinnere mich noch genau an diese Begegnung. Meine Mutter erzählte dem Mann, warum wir zum Arzt gingen. Sie hatte am Tag vorher entdeckt, dass ich lesen konnte. Das hatte ihr einen gehörigen Schrecken versetzt.

»Er ist erst vier, musst du wissen«, sagte sie, »und gestern, bei Tisch, hat er genörgelt, weil er einen Zeichentrickfilm sehen wollte. Und Dolf sagte: Es gibt keinen Zeichentrickfilm. Da nimmt Kaspar das Programmheft und deutet mit dem Finger auf den Titel des Films: *Don-ner-schu-he* hat er buchstabiert.«

Während meine Mutter das erzählte, blieben die Augen des Mannes auf mich geheftet. Doch ich schaute zu Boden. Auf seine Schuhe. Mokassins. Aus verwittertem Leder. Auch sein Gesicht schien aus verwittertem Leder zu sein. Je länger ich die Mokassins betrachtete, desto weiter entfernte sich die Stimme meiner Mutter.

»Mir blieb der Mund offen stehen«, hörte ich sie aus der Ferne sagen. »Ich habe ihn gefragt, wer ihm das Lesen beigebracht hat. Niemand, hat er gesagt. Es war schon in seinem Kopf, hat er gesagt.« Ihre Hand wühlte mir durch die Haare, während sie das erzählte. Sie meinte, mit meinem Kopf stimme etwas nicht.

»Ich bin neugierig, was Doktor Santens davon hält«, schloss sie.

Der Mann antwortete nicht. Vielleicht dachte er nach. Dann streckte er die Hand nach mir aus und hob mit seinem gekrümmten Zeigefinger mein Kinn hoch. Eine Sekunde lang schauten wir uns in die Augen. Dann zuckte er mit den Schultern: Wenn ich *sein* Sohn wäre, würde er mich nicht zu Doktor Santens bringen.

Doktor Santens kontrollierte, ob ich tatsächlich lesen konnte. Dann untersuchte er mich von Kopf bis Fuß. Er maß meinen Puls, horchte an meiner Brust, schlug mir mit einem Hämmerchen auf die Knie, stellte mich auf eine Waage und maß meine Größe. Zuletzt legte er mir ein Zentimetermaß um den Kopf.

Als er damit fertig war, lehnte er sich bedächtig in seinem Stuhl zurück. Doktor Santens sprach nie einfach drauflos. Sogar wenn er bei einem Patienten einen Schnaps bekam, dauerte es eine Ewigkeit, bis er »Prost!« sagte. Er drehte die Augen nach oben. Er schaute hinein in seine eigene Hirnschale. Tiefe Falten erschienen auf seiner Stirn. Schließlich blickte er meine Mutter ernst an.

»Sonja«, sagte er, »ich habe eine schlechte Nachricht und eine gute. Die schlechte ist, dass Lesenkönnen unheilbar ist. Die gute ist, dass man nicht daran stirbt.«

Doch meine Mutter war nicht beruhigt. Sie habe schon immer gewusst, sagte sie zu Doktor Santens, dass ich nicht normal sei. Sie habe schon immer geglaubt, dass ich anders sei als andere Kinder. Sie habe ...

Nachdem sie einmal damit angefangen hatte, war meine Mutter nicht mehr zu bremsen. Sie zählte die Liste der Dinge auf, die ihr schon immer an mir aufgefallen waren. Sie ließ nichts aus, obwohl Doktor Santens alles längst wusste. Das konnte lange dauern.

Ich schaute gelangweilt aus dem Fenster. Aber da war nichts zu sehen, außer Regentropfen, die an der Scheibe heruntterglitten.

Meine Mutter erzählte, dass es mit mir schon bei der Geburt schief gegangen war. Ich bin damals auf den

Kopf gefallen. Drei Uhr morgens war es. Sie musste pinkeln. Sie stand auf. Das war schwierig mit dem dicken Bauch. »Uff«, sagte sie, als sie auf der Toilette saß. Ein Seufzer der Erleichterung! Und da, genau in diesem Moment, rutschte ich heraus. Keine Wehen. Wupp, flupp und bumm: Da schlug ich mit dem Kopf gegen den Rand der Kloschüssel.

Es dauerte einen Moment, bis meine Mutter begriff, was passiert war. Sie hatte alle ihre Freundinnen mit Kindern ausgehorcht über ihre Schwangerschaften. Die hatten unisono dasselbe erzählt: dass eine Geburt, von den ersten Wehen bis zum Austritt des Kindes, Stunden dauern konnte. *Stuuunden!*

»Dolf!«, brüllte sie. »Dolf!«

Mein Vater schreckte hoch. Aus was für süßen Träumen auch immer landete er, ohne Übergang, direkt in einem Alptraum. Papa ist ein Baum von einem Kerl, aber wenn er Blut sieht, auch nur einen Tropfen, kippt er sofort um. Zum Glück kapierte er, dass in diesem Fall keine Zeit für eine Ohnmacht war. Er fischte mich aus der Kloschüssel.

»Du musst die Nabelschnur durchschneiden«, rief meine Mutter in ihrer Panik.

Mein Vater rannte in die Küche, wühlte in allen Schubladen und stand dann wieder im Schlafzimmer.

»Wo hast du die Schere gelassen?«, brüllte er. Die Schere war unauffindbar. Papa dachte sofort an Celestina. Er rannte zu ihrem Haus und klopfte sie aus dem Bett.

Celestina rannte ohne weitere Umstände im Nachthemd zu uns. Mit einer Schere. Sie schnitt die Nabelschnur durch und band sie ab. Aber ich reagierte nicht. Meine Mutter dachte, ich wäre tot geboren, oder noch schlimmer, ich hätte mich zu Tode gestürzt. Celestina tippte an mein Kinn, aber ich gab keinen Ton von mir. Da holte sie etwas kräftiger aus. Celestina war einen Meter fünfundachtzig groß. Sie wog hundert Kilo. Um schlanker zu werden, spielte sie in der Volleyballmannschaft des Christlichen Frauenbundes. Ihr Arm flog durch die Luft wie ein Windmühlenflügel und ihre Hand klatschte auf meine Wange.

In diesem Augenblick kippte mein Vater doch noch um. Während er auf den Boden schlug, wurde ich wach.

»Wenn ich so eine Ohrfeige bekommen würde«, beendete meine Mutter die Geschichte meiner Geburt, »dann würde ich garantiert zurückschlagen. Aber Kaspar hat noch nicht mal gebrüllt. Er hat nicht mehr herausgebracht als ein leises Weinen.«

Celestina hat mir das Leben gerettet, so viel ist sicher. Als Doktor Santens eine halbe Stunde später hereinkam, machte er Celestina ein Kompliment, und meiner Mutter hielt er eine Standpauke. Er fand, sie sei sehr unvorsichtig gewesen. »Das hätte genauso gut schlecht ausgehen können«, sagte er. »Schau dir mal seine Fingernägelchen an. Die sind noch ganz blau.«

Ich war gerade gewaschen worden, als der Doktor das sagte. Celestina hatte mich meiner Mutter in den Arm gelegt. Die betrachtete meine blauen Fingernägel und das runzlige Affengesicht, das ich damals hatte. Sie fühlte sich schuldig, weil ich schon beim Auf-die-Welt-kommen auf meinen Kopf gefallen war und gleich danach einen solchen Mühlradschlag hatte einstecken müssen. Sie begann zu weinen. Sie dachte, dass ich mein Leben lang ein Schwächling bleiben würde und dass sie daran schuld wäre. Sie redete sich ein, dass sie ihre Schuld nur dadurch abbezahlen könne, dass sie mich bemutterte. So gesehen hat sie mich auf Ratenzahlung gekauft.

Die nächsten Monate und Jahre konnte sie ihren Bemutterungstrieb gründlich ausleben: Ich war ein Sorgenkind. Ich wollte nicht essen. Ich wollte nicht wachsen. Wenn ich gerade mal kein Fieber hatte, musste ich mich erbrechen oder ich bekam Ausschlag. Der Doktor war nie weit weg. Es war Oma, die eines Tages laut sagte, was alle im Stillen dachten: »Kaspar wird nicht alt werden.«

Das ist alles wahr. Aber ich war kein Schwächling. In den zehn Jahren, die auf Celestinas Ohrfeige folgten, hat mich nie wieder jemand weinen gehört.

Während meine Mutter das alles noch einmal vorbrachte, betrachtete ich nachdenklich die Regentropfen, die auf der Scheibe von Doktor Santens Praxisfenster Fangen spielten. Sie rannten einander nach. Manchmal gelang es ihnen, sich zu berühren. Dann verschmolzen sie. Ab und zu teilten sie sich auch. Und schon rannten sie wieder hinter anderen Tropfen her.

Manchmal traf mein Blick den von Doktor Santens. Dann blinzelte er mir heimlich zu. Er wusste genauso gut wie ich, was meine Mutter noch alles erzählen würde. Er kannte ihre Litanei auswendig. Sein Wartezimmer war voller Patienten, aber er ließ sie einfach weiterreden, bis sie fertig war. Gute Ärzte schauen nicht auf die Uhr.

»Zum Glück ist das jetzt vorbei«, seufzte meine Mutter. »Er ist zwar immer noch einen Kopf kleiner als andere Kinder von vier, aber jetzt isst er wenigstens. Nur zum Fleisch muss ich ihn noch zwingen. Und wenn man ihn Butterbrot mit Schokocreme essen sieht, könnte man sogar meinen, er sei normal. Aber...«

Aber. Wenn meine Mutter bei ihrem medizinischen Bericht über mich etwas Gutes sagt, kannst du darauf wetten, dass ein Aber folgt. Sie ließ eine kurze Stille entstehen, damit die Tragweite dessen, was sie nun sagen wollte, auch ganz klar wurde.

»Aber er ist so oft *abwesend*, Doktor.«

»Na ja«, sagte Doktor Santens, »das findet man oft bei Kindern. Man kann sie nicht zu Hause einsperren. Dauernd rennen sie auf die Straße. Sie wollen mit ihren Freunden spielen.«

»Nein!«, rief meine Mutter. »Das meine ich nicht. Ich wünschte, er täte mehr von den Dingen, die normale Kinder tun! Herumtoben, Fußball spielen, kämpfen! Aber Kaspar lebt in einer anderen Welt. Er steigt auf einen Stuhl und schaut aus dem Fenster, und dann rufe ich seinen Namen und er hört mich nicht. Oder er spricht in einer fremden Sprache mit unsichtbaren Wesen. Oder er kitzelt die Zimmerpflanzen!«

»Vielleicht haben sie das gern«, sagte Doktor Santens.

Aber meine Mutter hörte ihn nicht.

»Wissen Sie, Doktor, manchmal habe ich das Gefühl, dass er sehr weit weg ist. Dann habe ich Angst, dass er nicht mehr zurückkehrt.« Sie blickte Doktor Santens verzweifelt an. »Und jetzt stellt sich heraus, dass er auch noch...«

Sie konnte das richtige medizinische Wort nicht so schnell finden.

»Dass er ein Alphabet ist«, half ihr Doktor Santens.

»Genau!«

Als meine Mutter ihre Geschichte endlich beendet hatte, zitterte sie wie Espenlaub. Sie fragte Doktor Santens, warum solche Sachen ausgerechnet ihr passieren mussten. Sie glaubt immer, dass die Dinge, die mir passieren, ihr passieren.

»Diese Abwesenheit könnte er von Dolf haben. Aber das plötzliche Lesenkönnen, woher um Himmels willen kommt das? Das Einzige, was wir lesen, ist die Fernsehzeitung. Wie ist das eigentlich, Doktor? Kann das Lesenkönnen plötzlich auf einen runterfallen? Wie Schwalbenscheiße?«

Diesmal musste Doktor Santens nicht in seine Hirnschale schauen. Er wusste die Antwort auf die Frage meiner Mutter auswendig. Lesenkönnen war nicht erblich. Dafür konnte er sich verbürgen. Und er erzählte, dass er selbst viel und gern las, während sein Sohn vielleicht zwar lesen konnte, dafür aber schon viele Jahre keinen Beweis mehr geliefert hatte.

»Bücher hat Didier nicht, und Zeitungen kauft er nur, um zu sehen, ob sein Name drinsteht. Seine Sekretärin muss sie jeden Tag daraufhin durchschauen.«

Didier Santens war Mitglied des Parlaments.

Als wir Doktor Santens Haus verließen, war eine zusätzliche Falte auf der Stirn meiner Mutter. Die Geschichte von Didier Santens hatte ihre Unruhe nur noch vergrößert. Wie die Sache aussah, konnte man nicht damit rechnen, dass ich je ins Parlament käme.

Während wir den Heldenplein überquerten, überlegte ich, worüber sich meine Mutter eigentlich Sorgen machte. Dachte sie, dass ich jetzt noch zerstreuter wäre, weil ich lesen konnte? Dass ich noch weniger spielen würde? Ich wusste es nicht, aber ich wollte versuchen die Falte auf ihrer Stirn wieder glatt zu bekommen.

»Mama?«, sagte ich.

Sie hörte mich nicht. Sie ging noch einmal alles durch, was Doktor Santens gesagt hatte. Ich zog an ihrem Arm.

»Mama?«, wiederholte ich.

Sie blickte mich an.

»Weißt du was?«

Sie schüttelte den Kopf.

»Ab jetzt kann ich nicht mehr lesen. Genau wie früher.« Ich blickte sie hoffnungsvoll an, doch die Falte verschwand nicht. Sie lächelte nur. Sie hob mich auf und gab mir einen Kuss.

»Du Spinner«, sagte sie.

Sie hatte Recht. Während ich ihr über die Schulter schaute, fand ich heraus, dass in einer Welt voller Buchstaben Nichtlesen einfach nicht geht.

GEMEINDESCHULE VON KRUIZELE

stand in abblätternden Buchstaben auf der Schulhauswand. Wir gingen durch das Schultor und klopften an die Tür der Vorschulklasse.

»Herein«, rief Lehrer Freddy.

An diesem Mittag, bei Tisch, rückte meine Mutter mit einem verlockenden Vorschlag heraus.

»Wenn du jeden Tag nach der Schule eine Stunde mit Freek tobst, bringe ich dich am Samstag zur Bibliothek von Herrn Cnudde.«

Freek wohnt neben uns. Er war damals sechs, konnte nicht lesen, dafür aber kämpfen, Fußball spielen und Mädchen ärgern. Das machte ihn in den Augen meiner Mutter zu einem leuchtenden Vorbild für mich. In der Schule wurde er übrigens nicht Freek genannt, sondern Sohn, weil sein Vater, der Lebensmittelhändler war, schon vor seiner Geburt in einem Anfall von Prophetie

DE CRAECKER & SOHN

über sein Schaufenster hat malen lassen. Sohn! Ich beneidete ihn um den Titel, der ihm freien Zugang zu einer Welt aus Lakritzen, Bonbons, Lutschern und Kaugummis verschaffte, und, vor allem, zu den nach einem Geheimrezept von Sohns Vater eigenhändig hergestellten Craeckers.

Als ich an all diese Leckereien dachte, zögerte ich nicht. Ich nahm den Vorschlag meiner Mutter an. Noch am selben Tag ging ich nicht eine Stunde mit Sohn spielen, sondern zwei. Das ist, wie ich schon gesagt habe, inzwischen sieben Jahre her, aber wenn ich daran zurückdenke, steigt mir der süße Duft der frischen Craeckers wieder in die Nase. Es war gerade ein Blech fertig, als ich das Lebensmittelgeschäft betrat, und ich durfte nach Herzenslust von den dünnen Krokanträndern essen, die an den Formen hängen geblieben waren.

Die Freundschaft, die damals so süß begann, besteht übrigens immer noch. Zweimal pro Woche treffe ich Sohn im Garten. Ich überreiche ihm eine Liste all der süßen und sauren Dinge, auf die ich Lust habe. Eine Stunde später bekomme ich dann das Verlangte. Für einen Freundschaftspreis.

Aber ich schweife ab. Als wir damals die Formen der Craeckers sauber ausgekratzt hatten, nahm Sohn mich mit in den Garten und brachte mir bei, wie man auf Bäume klettert. Das gefiel mir weniger gut, aber ich betrachtete es als den sauren Apfel, in den ich beißen musste, um zur Bibliothek von Herrn Cnudde zugelassen zu werden.

Das Licht war schon an, als ich damals heimkam. Meine Mutter stellte zufrieden fest, dass ich rote Backen hatte und voller Schrammen war.

»Schön«, sagte sie. »Jetzt wirst du Appetit haben.«

»Nein«, sagte ich, »ich habe schon gegessen. Bei Freek.«

Ich verschwieg, dass ich satt war von ofenfrischen Craeckers. Wie auch immer, Appetit oder nicht, ich musste mich an den Tisch setzen. Mein Vater (der damals noch bei uns wohnte) kam gerade nach Hause.

»Was hat Doktor Santens gesagt?«, rief er aus der Küche.

Meine Mutter wartete, bis er am Tisch saß. Dann begann sie zu erzählen. Ausführlich, wie es ihre Art war. Nach einigen Minuten wurde ihre Stimme leiser und stattdessen tauchte der Mann in den Mokassins wieder auf, den wir auf dem Weg zum Arzt getroffen hatten. Ich sah ihn vor mir stehen.

»Kaspar?«, sagte er. »Ein schöner Name.«

Ich nickte. Ich erzählte ihm, dass es ein Glück war, dass ich so hieß. Genauso gut hätte ich Kamiel heißen können.

»Kamiel!« Der Mann mit den Mokassins erschrak. Er konnte sich wohl nicht vorstellen, dass jemand als Kamiel in die weite Welt geschickt werden könnte.

»Ja«, sagte ich. »Opa war gerade gestorben, als ich geboren wurde, und Oma wollte, dass ich nach ihm heißen soll.«

Zum Glück hatte mein Vater damals gerade in der Fernsehzeitung etwas über Seelenwanderung gelesen. Nein, hatte er gedacht, das nicht. Opa hat den Löffel abgegeben, und dabei soll's auch bleiben. Wir haben ihn durch die Vordertür hinausgetragen, wir lassen ihn nicht durch die Hintertür wieder rein. Dazu kam, dass Papa wusste, was es bedeutete, mit dem falschen Namen durchs Leben gehen zu müssen: Sie haben ihn Dolf getauft. So hatte nämlich *sein* Großvater geheißen.

Ich erzählte dem Mann, wie mein Vater die Entscheidung getroffen hatte. Er hatte sich in voller Länge vor Oma hingestellt. Er fühlte sich von meiner Mutter unterstützt, die ganz verrückt wurde, wenn Oma sich dauernd in alles einmischte. »Kein Kamiel«, hatte er nur gesagt, und das machte einen solchen Eindruck auf Oma, dass sie nicht mehr darauf zurückkam.

Der Mann mit den Mokassins lachte. Meine Geschichte schien ihm zu gefallen. Er schob mein Kinn hoch. Sein schwieliger Zeigefinger schabte über meine Haut. Er blickte mich mit seinen brennenden Augen an.

»Gut, dass sich dein Vater durchgesetzt hat«, sagte er.

»Ja.« Ich nickte. »Ich heiße gerne ...«

»Kaspar!«

Ich schrak auf. Es war die Stimme meiner Mutter.

»Ob du vielleicht Pudding willst, habe ich dich gefragt.«

Ich nickte.

»Wo warst du denn mit deinen Gedanken?«

Ich zuckte mit den Schultern.

»Siehst du?«, sagte sie. »Das tut er immer: sich wegträumen.« Sie blickte Papa an, als wäre es seine Schuld.

»Lass ihn doch«, sagte er.

»Ach, du würdest immer alles nur so laufen lassen.«

Wir aßen den Pudding mit Kaffeelöffelchen. Es tönte hell, wenn sie den Teller berührten. Als ich fertig war, schaute ich meine Mutter an.

»Ich habe an den Mann gedacht«, sagte ich. »Wer war das?«

»Welcher Mann?«

»Von heute Morgen. Als wir zum Arzt gegangen sind.«

»Oh«, sagte sie, »das war Moslievau.«

»Ihr habt Moslievau getroffen?«, fragte mein Vater. Seine Augen wurden hell.

»Ja.« Meine Mutter lachte. »Er kam aus den *Drei Königen*. Er hatte schon einen sitzen.«

Soweit ich mich erinnern kann, hörte ich damals zum ersten Mal den Namen des Mannes, der später eine so wichtige Rolle in meinem Leben spielen sollte.

»Ein komischer Name«, sagte ich.

Fünf Tage später lief ich mit meiner Mutter die Treppen hinauf zum Gemeindehaus. Lief, sage ich, doch eigentlich hinkte ich. Ich hatte mir den linken Fuß verstaucht, als ich, um es Sohn nachzumachen, vom Dach des Gartenhauses gesprungen war. Mama führte mich zu einer spärlich erleuchteten Treppe. Sie ließ mich vorausgehen. Als wir oben ankamen, standen wir vor einer Tür, auf der ein ovales Schild angebracht war.

KINDERBÜCHEREI

las ich.

»Anklopfen«, sagte meine Mutter.

»Ja!«, rief eine Stimme.

Ich öffnete die Tür. Wohin ich auch schaute, überall erhoben sich unwahrscheinlich hohe Wandschränke. Sie waren voll gestopft mit Büchern. Mir wurde schwindelig. Ich hatte das Gefühl, die steilen Schränke könnten jeden Augenblick umkippen. Ich überlegte, ob ich nicht lieber die Flucht ergreifen sollte. Doch meine Mutter hatte unseren Besuch angekündigt. Herr Cnudde wartete bereits auf den jüngsten Leser, den er je gehabt hatte.

Unsicher stapfte ich hinein. Herr Cnudde blickte mich über den Rand seiner Lesebrille an. Er lächelte mir beruhigend zu. Er legte seine Zigarre in den Aschenbecher, stand von seinem Stuhl auf und kauerte sich neben mich. Wie er da saß, war er kaum größer als ich. Er blickte mit mir hoch zu all den Büchern. Er wusste genau, wie ich mich fühlte. Er wusste auch genau, was er sagen musste, um mir die Angst zu nehmen.

»Du musst nur mit einem anfangen. Und dann noch eins. Und noch eins.«

Mit diesen Worten ließ er mich in sein Reich eintreten. Ich habe getan, was er gesagt hat. Ich begann mit einem Buch in der Woche, doch schon bald nahm ich sieben mit. Eines für jeden Tag der Woche. Da kommt was zusammen. Wenn ich die Titel aller Bücher aufzählen sollte, die ich seither gelesen habe, hätte ich keine Zeit, noch etwas anderes zu erzählen. Deshalb begnüge ich mich damit zu sagen, dass ich mich zu einem ausgezeichneten Kenner der zehn Rubriken der Kruizeler Kinderbibliothek entwickelt habe. Die zehn Rubriken sind:

1) *Jungenbücher*
2) *Mädchenbücher*
3) *Jungen- und Mädchenbücher*
4) *Abenteuer und Verbrechen*
5) *Cowboys und Indianer*
6) *Historisches und Horror*
7) *Natur und Technik*
8) *Reisen und Information*
9) *Comics*
10) *Varia*

Das ist eine seltsame Einteilung, aber Herr Cnudde hat sie so entworfen, weil er über genau zehn Schränke verfügt. Wie auch immer, inzwischen sind diese zehn Schränke so ziemlich in meinem Kopf. Buch um Buch habe ich sie in mich aufgenommen. Ich kenne alle Helden und Schurken, alle Angeber und alle armen Schlucker aus der Kinderbücherei. Und, was noch mehr ist, ich habe allmählich mitbekommen, wie ein Schriftsteller ein Buch aufbaut. Ich kenne so langsam alle Tricks.

Nein, ich bin nicht umsonst jede Woche zu Herrn Cnuddes Bücherei gegangen. Wirklich wahr, jede Woche! Sieben Jahre lang. Außer dem einen Mal letztes Jahr im November. Ich nehme an, Herr Cnudde hat überhaupt nicht gewusst, was los ist, als er damals, am Tag von Moslievaus Beerdigung, vergebens auf mich wartete.

Ein unauflösbares Dilemma

Dreimal hatte meine Mutter schon gerufen, und jedes Mal hatte ich mich noch einmal im Bett umgedreht. Es war Samstag, also keine Aufregung, bitte. Doch Mama war anderer Meinung. Ich hörte sie die Treppe heraufkommen, und dann geschah, was in solchen Fällen immer geschieht: Meine Daunendecke wurde hochgehoben und mit einem Schwung auf den Stuhl befördert.

»Wenn ich mich beeile, kann ich noch vor Moslievaus Beerdigung einkaufen gehen.«

Beeilen! Dieses Wort hatte sich im Mund meiner Mutter fest eingenistet. Stöhnend rappelte ich mich auf und schaute verschlafen zu, wie sie schnell die Rollläden hochzog und in meinem Zimmer Ordnung machte.

»Du könntest deinen Kalender wirklich mal abreißen«, sagte sie. »Da ist es noch immer Oktober.« Sie zupfte einige Blätter ab und warf sie – so gingen all die schönen Witzchen dahin – in den Papierkorb.

Langsam begann ich mich anzuziehen. Was mich betraf, war das ein Samstag wie jeder andere, daran änderte auch Moslievaus Beerdigung nichts. Ich hatte übrigens keine Lust, an Beerdigungen zu denken. Ich hatte keine Lust auf Traurigkeit. Und noch weniger auf Eile.

Die Croissants standen schon bereit. Meine Mutter schenkte mir warmen Kakao ein. Sie setzte sich ein bisschen zu mir, einfach so, denn sie hatte schon gefrühstückt.

Als ich mein zweites Croissant anbiss, fragte sie, wie viel Uhr es sei.

»Zehn nach drei«, antwortete ich.

In Kruizele war das ein stehender Ausdruck. Vor Jahren war die Turmuhr auf zehn nach drei stehen geblieben. Man ließ einen – wie heißt so jemand? – Dorfkirchturmuhrmacher kommen. Am nächsten Tag blieb die Uhr wieder stehen. Um die gleiche Zeit. Und einen Tag später wieder. Der Mann kam zu dem Schluss, dass es sich um einen Fall von Dickköpfigkeit handelte. Wenn eine Uhr es wirklich darauf anlegte, versicherte er, konnte man nichts dagegen tun. Es war und blieb zehn nach drei.

Meine Mutter wusste also, dass ich das sagen würde. Sie lachte. »Oh! Dann muss ich mich aber beeilen. Sonst kann ich meine Einkäufe erst nach der Beerdigung erledigen.«

Ich fragte nicht, warum sie zu Moslievaus Beerdigung ging. Sie geht zu allen Beerdigungen. Mein Vater wollte mal wissen, warum. »Warum nicht?«, hat sie geantwortet.

Ich hörte sie in der Garage rumoren. Sie stellte mein Fahrrad in den Fahrradständer. Nachdem mein Vater den Skoda mitgenommen hatte nach Gent – weil er hier ja nur verrostet, Sonja –, hatte sie einen Fahrradständer angeschleppt und mitten in die Garage gestellt. Nun sah es nicht mehr so leer aus. Aber dann durfte ich mein Fahrrad nicht mehr an die Wand lehnen. Fahrräder gehören in den Ständer, Kaspar, nicht an die Wand. Sie hatte Recht. Ein leerer Ständer in einer leeren Garage, das war doppelt leer. Aber ich werde es nie lernen.

Die Garagentür fiel mit einem Knall ins Schloss. Mit ihrem Fahrrad stand meine Mutter vor dem Fenster.

»Zieh einen Schal an, wenn du rausgehst«, rief sie.

Als ich das letzte Croissant aufgegessen hatte, wickelte ich mir einen Schal um den Hals, nahm die Tüte mit altem Brot und ging in den Garten. Es war nach neun, aber der Tag hatte noch keine Lust anzubrechen. Es würde bewölkt bleiben, das sah man gleich.

Beim Lebensmittelhändler war ein Klappfenster geöffnet, durch das Dampfschwaden und das Klingeln des Telefons herausdrangen. »Hallo?«, hörte ich Sohns Mutter sagen. Im Übrigen war es auffallend still. Kein geschäftiges Treiben in den Gärten. Die Saison der knatternden Rasenmäher war vorbei. Die einzigen Grasvertilger waren jetzt Renskes Kaninchen und, im Obstgarten des Metzgers, Hänsel und Gretel.

Sobald sie mich sahen, begannen sie ungeduldig zu blöken. Sie wussten, dass ich ihnen eine Schleckerei brachte. Wenn man immer nur Gras auf dem Teller hat, *ist* altes Brot eine Schleckerei. Ich warf es über den Zaun.

Während sie aßen, hielt ich ein Schwätzchen mit ihnen. Über das Wetter und den Wind, über Heu und Gras. Ich gab mir Mühe, leichthin, im Plauderton zu sprechen, dabei war das gar nicht so einfach. Ich konnte nicht vergessen, dass sie über kurz oder lang im Schaufenster ihres Herrn landen würden. Von den Knochen gelöst und in Stücke geschnitten. In den Augen des Metzgers war das ihre natürliche Bestimmung. Sie selbst litten nicht unter dieser Aussicht, aber mich erfüllte sie mit Abscheu.

Außerdem stellte mich diese Sache vor ein unlösbares Dilemma. Entweder gab ich ihnen zu essen oder nicht. Wenn ich ihnen zu essen gab, wurden sie schneller dick. Dann wurden sie eher geschlachtet. Deshalb nannte ich sie auch Hänsel und Gretel. Wenn ich sie nicht fütterte, lebten sie länger, aber dann bekamen sie nie etwas Leckeres. Immer nur Gras mit Gras. Das schien mir auch nicht besonders schön zu sein.

Ich legte ihnen das Problem dar. Das hatte ich schon öfter getan. Nicht dass ich eine ausführliche, die Sache klärende Antwort erwartet hätte, aber vielleicht konnten sie mir ein Zeichen geben. Ich blickte sie hoffnungsvoll an, aber ihre Kiefer arbeiteten ungestört weiter. Na ja, vielleicht war das ihre Art zu sagen, dass sie ein kurzes Leben im Wohlgeschmack einer lang dauernden Grasdiät vorzogen.

Als sie ihre Brote aufgegessen hatten, ging ich, wie immer, mit einem vagen Gefühl von Reue nach Hause. Ich hatte ihren Hunger gestillt und ihr Leben verkürzt.

Auf dem Heimweg blies ich die Brottüte auf. Ich hielt sie vor mein Gesicht. Sie blähte sich wie ein dicker Kopf aus meiner geschlossenen Faust. In meinen Augen war das der Kopf des Metzgers. Ich blickte ihn missbilligend an.

»Metzger«, sagte ich, »weißt du, was du bist? Ein Sack!« Und ich versetzte ihm einen Hieb, der es in sich hatte. Es gab einen Mordsschlag! Das hatte ich von *Jan Fliere* gelernt (Schrank 3, *Jungen- und Mädchenbücher*). Als der in die weite Welt hinauszog, nahm er nur eine große Tasche voller Papiertüten mit. Immer wenn ihm was passierte, was ihn ärgerte (und das war oft der Fall), blies er eine auf und ließ sie zerplatzen. Das erleichterte ihn. Und fröhlich pfeifend ging er weiter.

Aber so leicht wurde ich meinen Ärger nicht los. Ich betrachtete genau das Ergebnis meines Schlags. Das Gesicht des Metzgers war vorbildlich platt gedrückt. Aber was hieß das schon? Der Metzger hatte nichts davon gespürt. Vielleicht wog er in diesem Moment grinsend Hackfleisch ab, oder Schinken. Darf es ein bisschen mehr sein, gnädige Frau?

Ich fühlte mich machtlos. Das Einzige, was ich wirklich für Hänsel und Gretel tun konnte, tat ich schon: Ich weigerte mich Fleisch zu essen. Das ging nicht ohne Mühe ab, denn meine Mutter ist der Ansicht, dass man Fleisch essen muss, Punkt. »Du bleibst am Tisch sitzen, bis du dein Fleisch aufgegessen hast«, heißt es jeden Mittag.

»Wer isst denn seine Freunde auf?«, nörgle ich dann.

»Das sind nicht deine Freunde. Das ist kein Schaffleisch. Das ist Rindfleisch.«

»Ich habe nichts gegen Kühe. Kühe sind nicht meine Feinde. Und außerdem, wer isst denn seine Feinde auf?«

»Jeder, der die Chance dazu bekommt«, sagt sie dann.

Ich zog die Schultern hoch. Bevor ich das Gartentor aufstieß, schaute ich mich noch einmal um. Hänsel und Gretel drückten ihre Nasen gegen den Zaun. Sie waren wie Kinder, die gerne winken wollten, aber die Hände nicht frei hatten. Ich zwang mich zu einem Lächeln, denn ich hatte noch immer keine Lust auf Traurigkeit.

Pfeifend wie Jan Fliere ging ich über den Gartenweg zum Haus.

Doktor Mahler

Gerade als ich hineingehen wollte, steckte Renske den Kopf durch das Loch in der Hecke. Die Häuser in unserer Straße haben lange, schmale, durch Hecken voneinander getrennte Hintergärten. In beiden Hecken unseres Gartens befindet sich je ein Loch. Links, wo Sohn wohnt, ist es fast zugewachsen. Rechts wohnt Renske. Auf ihrer Seite wird das Loch in der letzten Zeit immer größer.

»Ist deine Mama daheim?«, fragte Renske.

»Sie ist einkaufen. Dann geht sie zu Moslievaus Beerdigung.«

»Bah!« Es hörte sich an wie das Geräusch, wenn man kotzen muss. Moslievau war nicht gerade Renskes Freund gewesen. Sie verstand nicht, dass man zur Beerdigung eines solchen Menschen gehen konnte. Ich ging nicht darauf ein.

Es wurde still.

»Carla hat Migräne«, sagte Renske nach ein paar Sekunden. »Wenn ich Wüffel bei Laune halten kann, komme ich gleich zu dir. Ich muss dir...«

Sie zögerte. Dann gab sie dem Satz eine andere Wendung. »Vielleicht erzähle ich dir was.«

Ich konnte mir schon denken, was es sein würde. Sie würde wohl wieder mal ein Geheimnis haben. Renske hat immerfort Geheimnisse. Sie benutzt sie als Zahlungsmittel. Wenn sie etwas von dir will, versucht sie es im Tausch gegen ein Geheimnis zu bekommen.

Renske verschwand ohne eine Antwort abzuwarten. Ich blickte ihr durch das Loch in der Hecke nach. Sie zog die Tür hinter sich zu, aber ich wusste genau, was sich drinnen abspielte.

Renskes Mutter war schon einige Jahre tot. Niemand hat je darüber gesprochen, was sie gehabt hat. Es wird also wohl Krebs gewesen sein. Carla ist Renskes zweite Mutter. Die hat oft Migräneanfälle. Das Einzige, was sie dagegen tun kann, ist Schmerztabletten schlucken und unbeweglich auf dem Bett liegen. Dann muss Renske auf ihren Halbbruder aufpassen. Jerry heißt der, aber wir nennen ihn Wüffel. Das ist das Einzige, was er mit seinen zwei Jahren mehr oder weniger deutlich sagen kann. »Wüffel.« Und dann fängt er an zu schreien, bis er ein Stück Würfelzucker bekommt.

Wenn sie ungestört spielen will, hat Renske nur eine Wahl: Sie stopft ihren kleinen Bruder mit Würfelzucker voll. Dann ist er still. Jacques, Renskes Vater, wird böse darüber. Zucker ist schlecht für die Zähne. Aber Jacques ist irgendetwas Wichtiges in Brüssel, bei einem Ministerium. Er hat viel, viel Arbeit und kommt selten vor zehn Uhr abends nach Hause. Also bekommt Wüffel so viel Zucker, wie er mag.

»Es sind doch nur seine Milchzähne«, sagt Renske.

Aber manchmal, wenn sie ihm allzu viel Zucker zugesteckt hat, bekommt sie ein schlechtes Gewissen. »Übertreibe ich nicht ein bisschen?«, fragt sie mich dann.

Es geht mich nichts an, und von mir aus würde ich nie etwas darüber sagen. Aber wenn sie mich ausdrücklich fragt, nicke ich.

Dann mischt sie Fluortabletten unter die Zuckerwürfel.

Mein Blick glitt nach oben, von der Tür, durch die Renske verschwunden war, zum Fenster von Carlas Schlafzimmer. Während Renske unten Wüffel mit Süßigkeiten verwöhnte, lag Carla oben im Bett und lauschte einer düsteren, berauschenden Musik. Ich konnte nichts hören, weil das Fenster geschlossen war. Aber ich wusste, dass sie Musik hörte, denn im Sommer, wenn Carlas Fenster offen steht, weht die Musik heraus.

»Carla hat wieder Migräne«, sagen die Nachbarn dann, wenn sie die Musik hören. Dann schlage ich mein Buch zu und setze mich mit dem Rücken gegen die Wand des Gartenhauses. Ich mache die Augen zu. Ich werde ganz Ohr.

Einmal, als die Musik wieder wie eine schwerelose Wolke von Trauer über der Gegend hing, kam Renske und setzte sich neben mich. Wüffel war eingeschlafen und sie war auf Strümpfen herausgeschlichen.

»Mahler«, sagte Renske, als die Musik aufhörte.

Sie sah, dass ich sie nicht verstand.

»Der Komponist«, erklärte sie. »Die Musik ist von Mahler gemacht.«

»Ach so, der«, sagte ich.

»Kennst du ihn?«

»Ja, natürlich.«

»Du lügst«, sagte Renske. »Mahler ist schon lange tot.«

Das war Pech. Aber ich blieb dabei, dass ich ihn kannte. Nicht persönlich natürlich. Und ich beschrieb Mahler als einen großen, ernsten Herrn, der nie lachte. Er lebte in einem vornehmen, aber verfallenen Haus. Erker und Balkone auf allen Seiten. Und ein verwilderter Garten. Ein See. Dort wandelte er zwischen den Bäumen herum. Er betrachtete sie ohne sie zu sehen. Sein Kopf war voller Musik.

Renske starrte mich ungläubig an. Stimmte es doch, dass ich diesen Herrn Mahler kannte?

»Natürlich kenne ich ihn. Wie sollte ich das sonst alles wissen?«

Und ich erzählte, was ich über Herrn Mahler noch alles wusste. Dass er viele Katzen besaß. Sie liefen hinter ihm her. Sie miauten vor Hunger. Aber er hörte sie nicht. Er hörte nur Musik, manchmal langsam und schleppend, dann wieder stürmisch bewegt. Und wenn seine Frau abends spät nach Hause kam, fragte er nicht, wo sie so lange gewesen war oder warum das Essen nicht fertig war. Nein, er zog sie mit zum Klavier und ließ sie die Musik hören, die er sich tagsüber ausgedacht hatte.

Musik ausdenken, das schien mir eine feine Sache. Vielleicht sollte ich das später auch tun. Und Renske würde dann in einem langen schwarzen Kleid am Klavier stehen und mit geschlossenen Augen zuhören. Auf dem Klavier würde ein silberner Kerzenständer stehen. Die Flammen würden sich im Rhythmus der Musik bewegen. Über Renskes Wange würde eine Träne rollen. Und so weiter.

Ich beendete meine Geschichte mit einer Frage: Warum glaubte Renske, dass ich Herrn Mahler nicht kannte? Wenn sie auf die Musik lauschte, die aus Carlas Zimmer kam, wüsste sie all diese Dinge doch selbst, oder? Renske nickte: Jetzt, wo ich es sagte, ja. Aber es war ihr nie aufgefallen.

Inzwischen hatte die Musik erneut begonnen. Wir schlossen wieder unsere Augen. Und lauschend verstanden wir, warum Carla, wenn sie Migräne hatte, bei Herrn Mahler Zuflucht suchte.

Herr Mahler war nicht nur ein Komponist. Er war auch ein Arzt. Er hat heilende Musik geschrieben.

Der Zauberer von Kruizele

Aber es war nun Herbst geworden. Es stürmte, die Blätter fielen herab. Und Carlas Fenster blieb geschlossen. Es würde noch lange dauern bis zum nächsten Frühling, bis ich Herrn Mahlers Musik wieder zu hören bekam.

Ich ging hinein. Als ich die zerplatzte Brottüte in den Treteimer werfen wollte, musste ich wieder an Moslievau denken. Der würde auch bald weggeräumt. In eine Graböffnung. Diesmal konnte ich den Gedanken an Moslievau nicht sofort abschütteln. Die Übereinstimmung zwischen meiner achtlosen Wegwerfbewegung und dem, was auf dem Friedhof passieren würde, war zu schockierend. Wie erstarrt blieb ich stehen, den Fuß noch auf dem Pedal.

Plötzlich wurde mir klar, dass ich Moslievau nie mehr sehen würde. Nie mehr die brennenden Augen in dem verknautschten Gesicht. Zum ersten Mal fiel mir auf, wie sehr sich Moslievau in mein Leben eingenistet hatte.

Es war ganz allmählich passiert. Eines Tages, nicht lange nach meiner ersten Begegnung mit ihm, hatte er um vier Uhr am Schultor gestanden. Wahrscheinlich war er zufällig vorbeigekommen, aber von diesem Tag an tat er das öfter. Und auf die Dauer ließ er keinen Tag mehr aus.

Nicht dass er der Einzige gewesen wäre. Dort standen immer ein paar Leute und warteten: Mütter, Omas, Opas. Und manchmal auch ein Vater. Aber Moslievau schloss sich dieser Gruppe nie an. Er stand immer an derselben Stelle auf der anderen Straßenseite, dem Schultor gegenüber. Dort wartete er auf uns. Unbeweglich. Schweigend.

Er schaute nur.

Und so, wie er da stand und schaute, jagte er den Kindern von Kruizele Angst ein. Sogar Krebbe hatte Angst vor ihm. Auf dem Schulhof wurden Geschichten über ihn erzählt. Alle möglichen seltsamen Kräfte wurden ihm zugeschrieben. Er tat nichts, aber in unserer Einbildung wurde er langsam, aber sicher zu einem gefährlichen Monster.

Eines Tages forderte Krebbe ihn heraus. Als wir weit genug von ihm entfernt waren, rief er spöttisch seinen Namen: »Moslievau!«

»Moslievau!«, machten es ihm die anderen Kinder im Chor nach. »Moslievau!«

Damals übernahm er die Rolle, die sich die Kinder für ihn ausgedacht hatten. Eine Feder schoss in seinen krummen Rücken, er richtete sich kerzengerade auf. Seine Augen flammten, seine Faust flog in die Luft und er machte ein paar drohende Schritte in unsere Richtung.

Von diesem Moment an war er für immer zum Kinderschreck von Kruizele geworden.

Was ich über Moslievaus Vergangenheit wusste, hatte ich von meinem Vater. Der erinnerte sich noch an den Fischhandel, den Moslievau früher betrieben hatte. Man sah selten jemanden in seinem Laden. Deshalb suchte er mittwochs und freitags selbst seine Kunden auf. Er hatte einen glänzenden Lieferwagen mit zwei Lautsprechern daran. Die brachten raue Töne hervor, ein unverständliches Kauderwelsch, aber immer in genau gleich langen Sequenzen. Und das letzte Wort jeder Sequenz war »Moslievau«. Dieser Ruf war mit der Zeit zu seinem Namen geworden. Niemand schien seinen wirklichen Namen zu kennen.

Manche Leute hielten Moslievau für eine Verballhornung von »Muscheln und Fische«, aber mein Vater fand diese Erklärung zu simpel. Seiner Meinung nach waren die seltsamen Klangsequenzen regelrechte Beschwörungen. Und »Moslievau« war der Zauberspruch, der sie bekräftigte. Wie Menschen, die beten, am Ende ihres Gebets immer »Amen« sagen. So ähnlich. Mit diesem Wort zwang Moslievau die Leute aus den Häusern zu kommen und Fische zu kaufen.

Mein Vater erinnerte sich lebhaft daran, wie stark dieser Zauberspruch war. Als er so alt gewesen war wie ich, waren jeden Mittwoch und jeden Freitag Fisch- oder Muscheldüfte aus den Kruizeler Häusern gekommen. Jeden Mittwoch und Freitag hatte der Zauberspruch seine Kraft bewiesen.

»Glaub mir«, sagte mein Vater oft, »Moslievau ist ein Zauberer und sein Ruf ist ein vierundzwanzigkarätiges Zauberwort.« Seiner Meinung nach war dieser Ruf viele hundert Jahre alt. Weitergegeben vom Vater auf den Sohn, wie ein unausrottbarer Floh, war er bis in unsere Zeit und in unser Dorf gekommen. Doch nun war er zum Aussterben verdammt, denn Moslievau hatte weder Kind noch Kegel.

Ehrlich gesagt, mein Vater hat manchmal ganz schön übertrieben, wenn es um Moslievau ging. Aber ich behielt meine Bedenken immer für mich. Wenn jemand eine Geschichte erzählt, darf man ihm nichts in den Weg legen. Man muss ihm glauben. Oder man sollte wenigstens so tun, als würde man ihm glauben. Sonst verdirbt man sich selbst das Vergnügen.

In gewissem Sinn lieferte mein Vater übrigens den Beweis für seine Aussagen. Als er von Moslievau erzählte, machte er den Ruf des Fischverkäufers nach. Es klang wie die Kruizeler Übersetzung von »Sesam, öffne dich«. Und dann passierte auch wirklich ein Wunder. Auf einmal öffnete sich Papas Kinderzeit. Seine Augen, die meist matt und müde aussahen, begannen zu strahlen wie die von Alibaba. Aufgeregt führte er mich durch die Höhlen seiner Kindheit. Plötzlich war er nicht älter als ich. Er erzählte und erzählte, und mit jedem Wort wurden die Bilder, die die Zeit mit ihrem Schatten bedeckt hatte, wieder sichtbar. Beim Erzählen verwandelte er sich in einen glücklichen Menschen. Das bewies doch die Kraft des Zauberspruchs.

Übrigens machte sich Moslievau zu Papas Zeiten noch die Mühe, nicht wie ein Zauberer auszusehen. So verwandelte er sich jeden Sommer in einen Eisverkäufer. Vormittags verkaufte er Fische, nachmittags setzte er eine andere Mütze auf, zog eine andere Jacke an, holte sein Spezialrad aus dem Stall und verkaufte Eis. Doch die Kinder ließen sich nicht täuschen. Sie kauften selten Eis bei ihm. Wegen seiner Augen. Und weil seine Eistüten einen vagen Fischgeruch verströmten. Er war zwar ein Zauberer, aber er vergaß, dass er sich mittags die Hände waschen musste.

Als er vor vielen Jahren seinen Fischladen zumachte, hörte ihn niemand mehr das Wort »Moslievau« aussprechen. Von diesem Augenblick an verbrachte er seine Zeit vor allem mit Wirtshausbesuchen. Ganze Tage saß er in den *Drei Königen.* Bis er eines Tages eine seltsame Gewohnheit annahm: Um fünf vor vier verließ er das Wirtshaus. Er nahm seinen Posten am Schultor ein.

Bei diesem Punkt verknüpfte sich Papas Geschichte mit meinen eigenen Erfahrungen.

Ich ließ das Pedal los. Der Deckel des Eimers klappte über der Brottüte zu. Moslievaus Zeit war abgelaufen. Meine Mutter wohnte, nach Kruizeler Maßstäben, einer historischen Beerdigung bei.

Obwohl, ganz fertig war Moslievau noch nicht. Zauberer lassen sich nicht ohne Widerstand einsargen. In den Tagen, die seiner Beerdigung folgten ...

Aber ich will meiner Geschichte nicht vorgreifen.

Königstreu

»Ich habe ein Geheimnis«, sagte Renske.

Sie stand in der Türöffnung, die Schuhspitzen leicht nach innen gerichtet, schlanke X-Beine, ein Strumpf heruntergerutscht bis auf den Lackschuh. Wenn sie noch in der Nase gebohrt hätte, hätte ich gedacht, die durchschnittliche Heldin aus der Abteilung *Mädchenbücher* (Schrank 2) der Kinderbücherei stünde vor mir. Die sieht genauso aus. Und die hat auch immer Geheimnisse.

»Ich habe ein Geheimnis«, wiederholte Renske, diesmal etwas nachdrücklicher.

»Jeder hat Geheimnisse«, sagte ich leichthin.

Sie schaute mich fragend an.

»Ja«, sagte ich. *»Wer kein Geheimnis hat, schläft unter dem bloßen Himmel.«*

Das war ein Zitat. Das murmelt der sterbende Kapitän im zwölften Kapitel von *Das versunkene Paradies* (Schrank 1, *Jungenbücher*). Und er nimmt sein Geheimnis mit in sein Seemannsgrab. Um auch dort ein Dach über dem Kopf zu haben.

Auf Renskes Stirn erschien eine Falte. Sie bemühte sich den Sinn meiner Antwort zu ergründen.

»Hast du denn ein Geheimnis?«, fragte sie.

»Natürlich.«

»Welches?«

So ist Renske. Immer direkt aufs Ziel los. Ich hatte keine Ahnung, welches Geheimnis ich hatte, also musste ich versuchen Zeit zu gewinnen.

»Das ist ein Geheimnis«, sagte ich.

»Schön«, sagte Renske, »dann tauschen wir.«

Genau wie in Mädchenbüchern. Wann würde Renske anfangen in der Nase zu bohren?

»Okay«, sagte ich. »Du zuerst.«

Dann hatte ich Zeit, mir ein Geheimnis auszudenken.

»Nein«, sagte Renske, »du zuerst.«

Wenn man Briefmarken oder Murmeln tauscht, gibt es keine Probleme: Ich händige dir meine Briefmarken aus und du mir deine Briefmarken. Oder Murmeln. Gleichzeitig! Aber man kann sich nicht gleichzeitig Geheimnisse erzählen. Renske weigerte sich als Erste damit herauszurücken. Ich versuchte sie unter Druck zu setzen, indem ich versprach ein paar Stunden lang auf Wüffel aufzupassen. Oder dass ich soundso oft die Hausaufgaben für sie machen würde. Vergeblich. Sie gab um keinen Daumenbreit nach.

Schließlich schlug ich vor, wir sollten losen, wer zuerst sein Geheimnis erzählen müsste. Aber Renske wollte nicht mal auf einen so vernünftigen Vorschlag eingehen. Frauen sind harte Verhandlungspartner.

Schließlich kamen wir zu einer Regelung, bei der Renske das erreichte, was sie wollte, ohne dass ich mein Gesicht verlor. Wir machten aus zu losen, bis das Los auf mich fallen würde. Wenn es zuerst auf Renske fiel, würden wir das als Voreingenommenheit des Schicksals betrachten. Und noch einmal losen.

Die Tatsachen bewiesen, dass Renske sich zu Recht gegen die Voreingenommenheit des Schicksals wehrte. Dreimal fiel das Los auf sie, bevor es einsichtig wurde und auf mich fiel.

Renske blickte mich neugierig an. Es war eine unangenehme Situation. Ich war drauf und dran ihr ein Geheimnis zu erzählen, das ich selbst noch nicht kannte. Ich gab mir Mühe, aber mir fiel auf die Schnelle einfach nichts ein. Ich musste Zeit gewinnen.

»Hör mal«, begann ich vorsichtig. »Sollten wir unsere Geheimnisse vielleicht bis nachmittags aufheben?«

»Kommt nicht in Frage«, sagte Renske. »Ich muss mit zu meiner Oma.«

»Dann bis morgen?«

»Morgen machen wir ein Picknick. In den Ardennen.«

»Ja, aber das dauert eine Weile«, sagte ich. »Es ist eine

lange Geschichte. Bist du sicher, dass wir nicht gestört werden? Durch Wüffel oder Clara?«

Ja. Sehr sicher. Sie hatte Wüffel mit einer Schachtel Zuckerwürfel in die Küche gesetzt und Carla lag mit Herrn Mahler im Bett.

Ich peinigte mein Gehirn. Ich musste etwas finden. Sofort. Alles, was ich heute getan und gedacht hatte, flitzte mir wieder durch den Kopf. Ich blieb bei Hänsel und Gretel stecken. Der Hauch einer Idee schimmerte auf.

Ich begann zu erzählen, dass ich mich vor Fleisch ekelte.

»Weiß ich«, sagte Renske. »Das ist kein Geheimnis.«

»Nein«, sagte ich, »aber was du nicht weißt, ist, dass ich Mitglied einer Vereinigung bin.«

»Einer *geheimen* Vereinigung?«, fragte Renske.

»Genau.«

»Welcher Vereinigung?«

»Rettet Hänsel und Gretel.«

»Was hast du gesagt?«

»Rettet Hänsel und Gretel. So heißt die Vereinigung. Es ist ein Club zum Kampf gegen Fleischesser. Wenn alle Menschen Mitglied werden, sind Hänsel und Gretel gerettet.«

»Du hast viel vor«, sagte Renske. »Wie viel Mitglieder hat die Vereinigung?«

»Eins«, sagte ich. »Ich habe sie erst heute Morgen gegründet. Wenn du willst, kannst du das zweite Mitglied werden. Du wirst dann sofort zur Sekretärin ernannt.«

Renske blickte mich misstrauisch an. War das mein Geheimnis? So toll fand sie es nicht.

»Was habe ich von so einer Vereinigung?«, fragte sie.

»Ich darf nicht vom Tisch, bis ich mein Fleisch aufgegessen habe. Mitglied deiner Vereinigung oder nicht, ich muss einfach mein Fleisch aufessen.«

»Dafür ist die Vereinigung ja da«, sagte ich. »Sie hilft allen Mitgliedern im Kampf gegen die Fleischesserei. Sie gibt Informationen weiter. Zum Beispiel darüber, wie man es anstellt, kein Fleisch zu essen.«

Das interessierte Renske nun doch.

»Ich höre«, sagte sie.

Ich begann mit den vorgeschriebenen Einweihungsformeln. Ganz wie im Buch.

»Schwörst du, dass du es niemandem weitersagst?«

»Natürlich! Warum sollte ich es weitersagen?«

»Sprich mir nach: Ich schwöre, dass ich es niemandem weitersage.«

Renske hob zwei Finger. »Ich schwöre, dass ich das Geheimnis niemandem weitersage.«

»Sogar nicht, wenn du gefoltert wirst?«

»Sogar nicht, wenn ich gefoltert werde.«

Ich führte Renske zu meinem Platz am Tisch.

»Setz dich«, sagte ich. Ich würde es ihr erst anschaulich erklären.

»Ich sitze immer da, wo du jetzt sitzt. Schau, hier steht mein Teller. Meine Mutter legt einen lilanen Fleischlappen drauf. Mit so ekligen Fettstücken. Sie gießt einen Schöpflöffel stinkende Soße drüber. Es ist, als ob das Ganze noch lebt. Wenn ich gegen den Tisch stoße, schüttelt sich das Zeug. Wie ein Pudding. Aber es ist kein Pudding. Es ist ein blutiger Fleischklumpen. Schau, wenn ich meine Gabel hineinpike, spritzt ein Strahl ... «

»Hör auf!«, flehte Renske.

Sie war blass geworden. Es würgte sie. Mir selbst ging es auch nicht viel besser. Wir würgten beide.

»Sollen wir über was anderes sprechen?«, fragte Renske unglücklich.

»Aber du wolltest doch wissen, wie ich es schaffe, kein Fleisch zu essen, oder?«

Sie nickte. Ich ließ sie noch ein bisschen warten. Bevor man ein Geheimnis erzählt, muss man immer einen Moment der Stille einbauen. Dann gab ich mein Geheimnis preis.

»Ich lasse den König mein Fleisch essen«, sagte ich.

Renske verstand gar nichts. Was hatte der König mit ...

»Lehn dich zurück«, sagte ich. »Was siehst du jetzt?«

Renske tat, was ich verlangt hatte. Aber sie sah nichts.

»Die Schublade!«, rief ich. »Im Tisch ist eine Schublade.«

Renske hatte es noch nicht kapiert.

Ich zog die Schublade auf. Sie war voller Kram. Murmeln, Haselnüsse, eine Sonnenbrille. Alles Mögliche. Ganz hinten war eine Blechdose.

»Siehst du die Blechdose? Ich habe sie von meiner Oma bekommen. Zum Geburtstag. Sie hatte sie mit Katzenzungen gefüllt. Sie sagt, dass die Dose sehr alt ist.«

Renske zog die Dose aus der Schublade. Der Deckel war ein vergoldeter Rahmen. In dem war das Foto eines blassen, vorbildlich gekämmten jungen Mannes mit einer Brille. Er trug eine Uniform, die überhaupt nicht zu seinem unsicheren Lächeln passte. Er hatte zwei Streifen und drei Sterne auf dem Kragen.

»Der König!«, rief Renske.

»Ja, der König. Als das Foto gemacht wurde, war er noch sehr jung.«

Der König schaute Renske verlegen an. Vorsichtig hob sie den Deckel. Innen war die Dose voller brauner Flecken. Renske roch daran und da ging ihr ein Licht auf. Ich nickte.

»Genau«, sagte ich. »Wenn meine Mutter mal schnell in der Küche verschwindet, stopfe ich ein Stück Fleisch in die Dose. Wenn sie lange genug wegbleibt, isst der König alles für mich auf.«

Renske wurde ganz still. Sie schaute den König zärtlich an. Dies war ein wichtiger Moment in ihrem Leben. Es gibt Menschen, die für den König sind, und Menschen, die gegen ihn sind. Nicht gegen ihn persönlich, sondern gegen die Tatsache, dass es einen König gibt. Renske hatte noch nie darüber nachgedacht, aber als sie die Dose betrachtete, sah ich, wie sie in wenigen Sekunden königstreu wurde.

Ich selbst bin auch königstreu.

»Und deine Mutter ist nie dahinter gekommen?«, fragte Renske.

Einmal hätte nicht viel gefehlt. Meine Mutter war ganz unerwartet aus der Küche gekommen. Ich hatte die Schublade schnell zugeschoben. Sie vermutete, dass irgendetwas faul war. Sie zog die Schublade auf, aber kein Fleisch war zu sehen. In der Schublade war nur alter Kram und eine Blechdose.

Für einen Moment hatte sie vielleicht überlegt, dass in dieser Dose ... Aber ein König liefert sich nicht aus: Der junge Fürst lächelte sie so entwaffnend an, dass sie die Dose nicht aufmachte. Dieser schüchterne junge Mann konnte kein Fleischesser sein. Dem schmeckten nur Katzenzungen.

Renske starrte noch eine Weile auf die Dose. Man sah ihr an, dass sie gründlich nachdachte.

»Es müssen zwei Dinge passieren«, sagte sie schließlich. »Erstens: Ich muss auch meinen festen Platz am Ende des Tisches bekommen. Genau wie du. Dafür brauche ich ein paar Tage. Carla wird Nein sagen. Warum willst du das plötzlich? Aber wenn ich lange genug nörgle, gibt sie schließlich nach.«

Das stimmte. Wenn Renske etwas will, nörgelt sie so lange, bis sie es geschafft hat.

»Zweitens: Ich muss mir auch so eine Dose besorgen, mit dem König drauf.«

Das würde schwer werden. Diese Dose war vierzig Jahre alt. Die war nicht mehr zu finden.

»Jede Dose ist gut«, versuchte ich es vorsichtig. »Wenn sie nur in die Tischschublade passt.«

Aber Renske war unerbittlich.

»Nein«, sagte sie, »es gibt keine bessere Tarnung als den König. Der ist über jeden Verdacht erhaben.«

Da geht meine Dose dahin, dachte ich.

Um ihre Aufmerksamkeit abzulenken, erklärte ich, was danach mit dem Fleisch passierte. »Wenn meine Mutter nicht da ist, mache ich die Dose leer. Ich bringe das Fleisch …«

»Zum Gartenhaus«, sagte Renske, »für den Kater vom Lebensmittelgeschäft. Du legst es auf einen Teller und stellst ihn in die Dachrinne vom Gartenhaus.«

»Woher weißt du das?«, stotterte ich.

Renske lachte. »Weil ich das Fleisch brauche. Ich versuche immer schneller zu sein als der Kater.«

Jetzt war ich derjenige, der nichts verstand.

»Wofür brauchst du das Fleisch?«, fragte ich.

»Ich gebe es ...«

Sie zögerte einen Augenblick. Vorhin, als ich mein Geheimnis erzählte, hatte ich sie einen Moment warten lassen. Jetzt waren die Rollen vertauscht.

»Ich gebe es ... meinem Geheimnis.«

Ich platzte fast vor Neugier.

»Los«, rief ich, »rück schon raus damit!«

In diesem Moment hörten wir Wüffel heulen.

»Es gibt zwei Möglichkeiten«, sagte Renske. »Entweder ist der Zucker alle oder er hat Zahnschmerzen.«

Es

Renske rannte weg, um Wüffel zu beruhigen. Carla sollte ja nicht merken, dass sie ihn seinem Schicksal überlassen hatte. Als ich Carlas keifende Stimme hörte, war mir klar, dass ich Renske an diesem Tag nicht mehr sehen würde.

Ich wusste nicht, wie ich mich fühlen sollte: zufrieden, weil ich im letzten Moment doch noch ein Geheimnis aus dem Ärmel gezaubert hatte, oder unzufrieden, weil ich vorläufig auf Renskes Geheimnis verzichten musste.

Die Schublade war noch offen. Die Dose stand noch auf dem Tisch. Ich blickte den König fragend an. Hatte er eine Ahnung von Renskes Geheimnis? Er lächelte unergründlich. Was wusste er schon. Ich steckte ihn zurück in die Schublade und schob sie zu.

Alles, was ich im Kopf gehabt hatte, schien plötzlich verschwunden zu sein. Nur noch die eine Frage war da: *Was ist Renskes Geheimnis?*

»Wer kein Geheimnis hat, schläft unter dem bloßen Himmel«, murmelte ich halblaut. Es war klar, dass Renske heute Nacht nicht unter dem bloßen Himmel schlafen würde. Sie würde in einem Haus ohne Fenster schlafen. Schnüffelnd wie ein erkälteter Spürhund lief ich um jenes Haus herum. Ich fand nichts, was mir Eingang verschafft hätte. Keine Tür, kein Fenster, kein Schlüsselloch.

Meine Mutter erzählte beim Essen, dass auf Moslievaus Beerdigung kaum Menschen gewesen waren. Sie fand das eine Schande.

»Ich war die einzige Frau auf dem Friedhof«, sagte sie. »Neben dem offenen Grab stand ein Korb. Er war bis zum Rand mit weißen Chrysanthemen gefüllt. Drei Stammgäste von den *Drei Königen* gingen vor mir. Kartenfreunde von Moslievau. Sie haben traurig ausgesehen. Sie vermissten ihren vierten Mann. Sie nahmen eine Blume aus dem Korb und warfen sie auf den Sarg. Dann kam ich. Ich war die Letzte. Nach mir kippte der Totengräber den Rest Chrysanthemen in die Grube. Was sollte er sonst damit anfangen?«

Die Geschichte meiner Mutter drang nur halb zu mir durch. Ich war mit meinen Gedanken bei Renske. Ich merkte kaum, dass meine Mutter die Suppenteller abräumte. Während sie ein Stück Ochsenleiche auf meinen Teller legte, fügte sie ihrer Geschichte noch etwas hinzu.

Auch das hörte ich kaum. Ich war zu sehr mit Renskes Geheimnis beschäftigt.

»Ich hoffe, dass *ich* mal ein anderes Begräbnis bekomme«, sagte meine Mutter.

Es wurde ein quälender Nachmittag. Ein kalter, nasser Wind war aufgekommen, der mich im Haus hielt. Ich hatte keine Lust, Regen, Blätter und, wer weiß, vielleicht auch noch einen Dachziegel auf den Kopf zu bekommen. Ich lief in mein Zimmer und setzte mich mit angezogenen Knien aufs Bett.

Ich starrte die Tapete an ohne das Muster zu sehen. Meine Gedanken kreisten unaufhörlich um Renskes Geheimnis. Das Einzige, was ich von ihm wusste, war, dass es Fleisch aß. *Es.* Was war dieses *Es*? Ich grübelte und grübelte den ganzen Nachmittag lang.

Um fünf war es dunkel. Es war ein durch und durch trostloser Tag. Als ich aufstand, um Licht anzumachen, war ich ganz steif vom Nachdenken über Renskes Geheimnis.

Beim Abendessen fragte meine Mutter, ob etwas los sei.

»Nein«, sagte ich, »was soll denn los sein?«

Wir schwiegen minutenlang.

Dann fragte sie, ob ich in der Bibliothek gewesen sei.

Das hatte ich glatt vergessen. Zum ersten Mal seit sieben Jahren. Und ich fand es nicht mal schlimm. Als hätte ich geahnt, dass ich in den kommenden Tagen nicht viel Lust zum Lesen haben würde.

»Was wird Herr Cnudde sagen?«, fragte sie.

Auch für diese Frage war kein Platz in meinem Kopf.

Nach dem Essen nahm ich ein Buch. *Der weiße Indianer*. Ich hatte es schon gelesen, aber das machte nichts. Ich wollte nur nach außen Haltung bewahren. Mich verstecken. Ich las Buchstaben und Wörter, aber keine Sätze. Bei jedem neuen Wort hatte ich das vorhergehende schon vergessen. Als es halb acht war, klappte ich das Buch zu. Es war besser, wenn ich schlafen ging.

Ich konnte nicht einschlafen. Es, Es, Es. Ich konnte an nichts anderes mehr denken. Ich hatte nur eine einzige Tatsache als Grundlage für meine Überlegungen: Renske gab das Fleisch, das ich für den Kater des Lebensmittelhändlers bestimmt hatte, ihrem Geheimnis. Damit musste ich mich zufrieden geben. Es gab nichts Fleisch Essendes, an das ich nicht dachte. Ich dachte an Königstiger, Uhus und Schoßhündchen. Ich dachte an Haie, an Hyänen und Kannibalen. Ich dachte an Krokodile, Bullterrier und Fleisch fressende Pflanzen.

Als ich dann doch einschlief, träumte ich, ich wäre auf der Flucht. Die unterschiedlichsten Monster verfolgten mich. Ich rannte vor Geiern und Vampiren davon, vor Piranhas und Piraten. So verschieden sie waren, hatten die Monster doch eines gemeinsam: Sie waren schrecklich hungrig und sahen in mir einen hübschen Bissen. Ich rannte um mein Leben, aber schließlich erwischten sie mich doch. Ich fühlte den Griff ihrer haarigen Tentakel in meinem Nacken.

In diesem Moment wurde ich wach. Ich war schweißgebadet. Draußen stürmte es. Ich hörte Wasser durch die Regenrinne nach unten rauschen. Irgendwo klapperte ein Fensterladen.

Tapferkeit ist eine Frage des Tageslichts. Tagsüber habe ich vor niemandem Angst, aber jetzt, in meinem dunklen Zimmer, mitten in der Nacht, klopfte mir das Herz bis zum Hals. Hörte ich da etwas atmen? Vielleicht saß Dracula unter meinem Bett, oder Blaubart. Oder *Es*. Minutenlang bewegte ich mich nicht, versuchte geräuschlos zu atmen. Nichts passierte, aber ausgerechnet von diesem Nichts ging eine Bedrohung aus, die mir das Blut stocken ließ. Nur gut, dass Renske mich jetzt nicht sah. Wenn sie gewusst hätte, wie sehr sie mich mit ihrem Geheimnis erschreckt hatte, würde ich schön dumm dastehen.

Ich versuchte mir selbst Mut zu machen. Die beste Art ist laut mit sich zu reden. Wenn dann schon Geister oder Vampire unter dem Bett sitzen, bekommen sie vielleicht Angst. Oder sie begreifen wenigstens, dass man selber keine Angst hat. Man muss dann ganz normale Sachen sagen. Man darf vor allen Dingen nicht sagen, dass es keine Monster gibt. Jemand, der keine Angst vor Monstern hat, denkt überhaupt nicht an Monster, geschweige denn, dass er darüber spricht. Also versuchte ich etwas ganz Normales zu sagen.

»Wie spät es jetzt wohl ist?«

Wenn das keine stinknormale Frage war! Und wie normal, wie alltäglich sie geklungen hatte. Ich beglückwünschte mich zu meiner Kaltblütigkeit in dieser doch etwas heiklen Situation. Dann fiel mir ein, dass es eine Frage gewesen war. Also musste auch eine Antwort darauf kommen.

»Was hast du gesagt?«, fragte ich. Vielleicht klang das ein bisschen blöd, aber etwas Besseres fiel mir im Moment nicht ein.

»Wie spät ist es?«

Jetzt fiel mir ein, dass wer oder was auch immer unter meinem Bett oder hinter dem Schrank saß, annehmen musste, dass wir zu zweit im Bett lagen. Jemand, der die Fragen stellte, und jemand, der antwortete. In den Augen des *Es* war ich also Mehrzahl. Ich war nicht mehr Kaspar, sondern Kaspar & Kaspar. Auf einen Schlag fühlte ich mich ein bisschen sicherer. *Es* würde bestimmt nicht zwei Gegner auf einmal angreifen.

»Zehn nach drei«, antwortete ich, »das weißt du doch.«

»Woher soll ich das wissen?«

Ich versuchte meine Stimme jedes Mal anders klingen zu lassen. Wenn ich zwei verschiedene Sprecher war, musste ich auch mit verschiedenen Stimmen sprechen. Sonst würde *Es* bald heraushaben, dass ich nur Theater spielte.

»Es ist doch immer zehn nach drei«, sagte ich barsch. »Schau doch auf den Kirchturm.«

»Blöd, wirklich«, antwortete ich mit einer hohen Stimme. »Ich habe nicht gefragt, wie spät es auf der Kirchturmuhr ist. Ich will wissen, wie spät es wirklich ist.«

Ich fand, dass sich das gut anhörte. Wenn dies die Stimme einer Frau war, musste ich nun wieder mit der eines Mannes antworten. Ich war ein Mann und eine Frau im Bett. Der Mann war böse, weil seine Frau ihn aufgeweckt hatte.

»Zeit zum Schlafen«, antwortete er.

Es klang mürrisch und kurz angebunden. Ein bisschen so, wie der Lebensmittelhändler immer mit seiner Frau spricht. Auf diesem Weg musste ich fortfahren. Wenn ich einen Ehekrach zwischen dem Lebensmittelhändler und seiner Frau spielte, musste das Wesen unter meinem Bett denken, es hätte sich in der Hausnummer geirrt und wäre überhaupt nicht bei mir.

»Du Sack«, zischte die Frau.

Das war dreist, zugegeben. Das würde Frau de Craecker in Wirklichkeit nie sagen, aber ich steuerte auf einen dramatischen Streit zu.

Der Lebensmittelhändler in mir war nun hellwach. Er setzte sich auf.

»Was hast du da gesagt?«, rief er mit der tiefsten Empörung, die ich in meine Stimme legen konnte.

»Du Sack!«, zischte die Frau.

»Was ist denn nun los?«, schrie der Lebensmittelhändler. »Wer wagt es, mich einen Sack zu nennen?«

»Ich«, sagte die Frau. »Du bist ein Sack und ein Korinthenkacker.«

»Verdammt und zugenäht!«, kreischte der Lebensmittelhändler. »Woher nimmt eine Dörrpflaume wie du das Recht, mich einen Korinthenkacker zu nennen?«

Sie bekam keine Gelegenheit mehr, ihm zu antworten, er überschrie sie: »Schweig, du Stück Elend! Wohnt in meinem Haus, lebt auf meine Kosten, und das Einzige, was man von so einem Miststück zurückbekommt, ist, dass es heimlich saure Drops frisst und mich einen Korinthenkacker nennt.«

»Das bist du auch«, sagte sie.

Er gab ihr, worauf sie es angelegt hatte: eine schallende Ohrfeige. Die ahmte ich nach, indem ich in die Hände klatschte. In diesem Augenblick ging die Tür auf. Mir wurde kalt.

Eine Hand knipste das Licht an.

Meine Mutter.

Gerettet!, dachte ich.

Ich atmete auf und zugleich schämte ich mich. In den Augen meiner Mutter musste ich eine komische Figur machen. Ich versuchte mir eine Ausrede auszudenken. Erst dann merkte ich, wie schrecklich sie selbst aussah. Sie war tropfnass. Die Haare hingen ihr in Strähnen herunter. Sie weinte. Tränen rollten über ihre Wangen. Aber sie machte kein Geräusch. Das war sehr seltsam. Mir wäre es lieber gewesen, sie hätte geheult wie eine Sirene. Auf einen Schlag hatte ich meine Todesangst von vorhin vergessen.

»Warum weinst du?«, fragte ich.

»Ich weine nicht«, sagte meine Mutter.

Warum gab sie nicht einfach zu, dass sie traurig war? Dann hätte ich fragen können, was ihr fehlte. Dann hätte ich sie trösten können.

»Ich konnte nicht schlafen«, sagte sie. »Ich hatte Kopfweh. Ich dachte, ich gehe ein bisschen im Regen spazieren. Mir mal ein bisschen den Wind um die Ohren blasen lassen.«

Ich tat, als glaubte ich ihr. »Du hättest ruhig einen Schirm mitnehmen können«, sagte ich. »Dann wärst du nicht so nass geworden.«

»Ich wollte nass werden«, sagte sie. »Ich wollte mir die Kopfschmerzen wegspülen lassen. Ich bin bis zum Heldenplein gelaufen. Und plötzlich habe ich die Friedhofsmauer gesehen. Ohne nachzudenken bin ich zum Eingang gelaufen. Es war dunkel. Und doch wieder nicht. Überall schimmerten weiße Flecken. Chrysanthemen. Die Menschen sind verrückt, habe ich gedacht, was nützen einem Chrysanthemen, wenn man tot ist? Aber es hat mir trotzdem gefallen. Ich lief zwischen den Blumen hindurch, bis ich zu Moslievau kam. Sein Grab war ein düsterer Fleck zwischen all dem Weiß. Nur Erde. Nasse, kalte Erde. Und plötzlich fühlte ich, wie nass ich war, wie ich gefroren habe. Ich fing an zu rennen, und beim Rennen dachte ich an dich. Vielleicht ist Kaspar aufgewacht, dachte ich. Vielleicht sucht er mich. Ich rannte und rannte. Und als ich in den Flur kam, hörte ich dich sprechen.«

Ich nickte, als wäre das selbstverständlich.

»Verrückt, dass ich bei so einem Wetter auf die Straße laufe«, sagte sie und lächelte unbeholfen. Sie holte ein Taschentuch aus ihrer Tasche und wischte sich die Tränen von den Wangen. Als sie es wieder wegsteckte, war ihr Gesicht voller roter und schwarzer Streifen. Ich sagte nichts, aber ich fragte mich, warum sie sich nicht abgeschminkt hatte, bevor sie ins Bett gegangen war. Oder hatte sie sich zurechtgemacht, um nachts durch den Regen zu laufen?

Meine Mutter zog ihren Mantel aus. Sie setzte sich neben mich aufs Bett.

»Du hast so laut gerufen«, sagte sie. »Warst du wütend oder hast du Angst gehabt?«

Ich konnte unmöglich von *Es* erzählen. Ich konnte doch Renskes Geheimnis nicht verraten, bevor ich es selbst überhaupt wusste.

»Wütend«, sagte ich.

»Auf wen?«

»Ich habe gedacht, ein Dieb wäre unter meinem Bett. Oder ein Mörder. Ich habe versucht ihn zu erschrecken.«

»Du mit deinen Büchern«, seufzte sie. »Du hast zu viel Fantasie. Fantasie ist für nichts gut. Warum musst du dir noch Diebe und Mörder einbilden, wenn es sowieso schon so viel Unheil in der Welt gibt?«

Statt stolz zu sein, dass ich mich gegen den Schurken unter meinem Bett so gut gewehrt hatte, hielt sie mir noch eine Standpauke. Das war eine beruhigende Feststellung: Meine Mutter begann schon wieder sich selbst ähnlich zu werden.

»Legst du dich ein bisschen zu mir?«, fragte ich.

Ich rückte zur Seite. Sie musste sich klein machen, damit sie in mein Bett passte. Sie fühlte sich kalt an. Ich wollte sie in den Arm nehmen und trösten, aber das ging nicht. Sie war viel zu groß. Das bisschen Wärme, das ich hatte, konnte ihre Kälte nicht bezwingen. Ein paar Minuten lang lagen wir schweigend da. Dann reichte es ihr. Sie gab mir einen Kuss.

»Schlaf jetzt«, sagte sie, »sonst kriege ich dich morgen nicht aus dem Bett.«

Sie machte das Licht aus und zog die Tür zu. Ich hörte sie die Treppe hinuntergehen. Warum ging sie nicht sofort in ihr Zimmer? Ich wartete eine Weile, dann stieg ich aus dem Bett. So leise wie möglich lief ich die Treppe hinunter. Vor der Tür zum Wohnzimmer blieb ich stehen und lauschte. Ich hörte nichts. Da stieß ich die Tür auf.

Meine Mutter schaute verärgert hoch. Sie saß am Tisch, mit aufgestützten Ellenbogen. Ihre Finger spielten mit einem Bierdeckel, den sie schnell unter ihrer Hand versteckte. Ein misslungener Zaubertrick. An der anderen Seite des Tisches stand ein halb volles Bierglas. Daneben ein Aschenbecher. Im Zimmer roch es nach Zigarettenrauch.

»Ich muss pinkeln«, sagte ich.

Sie glaubte mir nicht. Sie fühlte sich ertappt. Ich mich auch.

»Ich habe gedacht, dass du das Licht vergessen hast. Ich bin gekommen, um das Licht auszumachen.«

Morgens hatte sich der Wind gelegt, aber es regnete noch immer. Als ich den Rollladen hochzog, sah die Welt so ungemütlich aus, dass ich am liebsten wieder ins Bett gekrochen wäre und mir die Decke bis über den Kopf gezogen hätte. Lustlos zog ich mich an.

Meine Mutter sah nicht gut aus. Sie hatte große Ringe unter den Augen. Vielleicht hatte sie die ganze Nacht kein Auge zugetan. Trotzdem war sie besonders freundlich. Sie versuchte mich zum Lachen zu bringen. Sie spielte, sie wäre ein Roboter. Sie schenkte sich Kaffee ein, wie ein Roboter das tun würde, mit eckigen, mechanischen Bewegungen.

Verrückt spielen passte eigentlich nicht zu ihr. Das machte es besonders komisch. Als sie mich lachen sah, konnte sie sich selbst nicht beherrschen. Aber sie wollte nicht aus der Rolle fallen. Sie versuchte nicht nur Kaffee einzuschenken wie ein Roboter, sondern auch wie einer zu lachen. Unvermeidlich wurde daraus ein Kleckern. Ein Strahl Kaffee landete auf meiner Hand.

Sie erschrak, denn der Kaffee war heiß. Aber als sie sah, dass es nicht schlimm war, fuhr sie mit dem Spiel fort. Mit gleichmäßigen Bewegungen, wie ein mechanischer Spielzeughund, leckte sie mir die Hand sauber. Ich bog mich vor Lachen.

Über das, was nachts geschehen war, schwiegen wir beide.

Nach dem Frühstück lief ich hinaus. Da und dort lagen heruntergefallene Zweige. Einige Baumkronen waren schon fast blattlos: seltsame Linien auf einem grauen Blatt Papier. Ich steckte den Kopf durch das Loch in der Hecke. Die Rollläden bei Renske waren fast alle unten. Sie waren schon weg.

Mist, dachte ich, bei so einem Wetter ein Picknick in den Ardennen.

Um sicher zu sein, lief ich zur Garage. Ich öffnete das Schwingtor. Jacques' Mercedes war weg. Mir war klar, dass ich noch vierundzwanzig Stunden warten musste, bis ich Renskes Geheimnis erfuhr, aber das war mir jetzt egal. Meine Gedanken waren von dem seltsamen Verhalten meiner Mutter in Beschlag genommen.

Ich machte die Garagentür wieder zu. Als ich mich umdrehte, sah ich, wie sich im ersten Stock des Hauses gegenüber ein Vorhang bewegte. Ich wurde von den alles sehenden Augen von Frau Philby beobachtet. So heißt sie nicht wirklich, wir nennen sie nur so. Mein Vater hat sich den Namen für sie ausgedacht. So hieß ein legendärer Meisterspion. Mehr noch als Auge ist Frau Philby ein großes Ohr, in das alles hineingeflüstert wird, was Nachbarn gegenseitig voneinander wissen können. Und mehr noch als ein großes Ohr ist sie ein säuerlicher Mund, der alles Gehörte sauber sortiert und miteinander verbunden, ausgeschmückt und kommentiert wieder ausspuckt.

Nebenbei gesagt, ich hätte Frau Philby lieber nicht in diese Geschichte aufgenommen. Sie hat es nicht verdient. Aber sie hat sich reingedrängt, sie ist mir einfach vor die Füße gelaufen.

Okay, Frau Philby. Sie sind in meine Geschichte eingebrochen. Aber dann sollen auch alle erfahren, was ich über Sie denke! Ich ging zur Straße und schaute frech zu dem Vorhang hinauf, der sich bewegt hatte. Ich sah Frau Philby nicht, aber ich wusste, dass sie dort war und zu mir herunterschaute. Ich riss die Augen weit auf und streckte ihr eine lange Zunge heraus.

»Guten Morgen, Frau Philby«, sagte ich. »Guten Morgen, Miststück.«

Ich blieb den ganzen Tag unten. So abwesend ich gestern durch das Haus gelaufen war, so anwesend war ich heute. Ich verlor meine Mutter keinen Moment aus den Augen. Ich verkroch mich wieder hinter dem *Weißen Indianer*, nicht um mich zu verstecken, sondern um sie heimlich, über den Buchrand hinweg, zu beobachten.

Manchmal saß sie da und starrte minutenlang vor sich hin. Das war sehr beunruhigend, denn wenn es jemanden gibt, der kein Sitzfleisch hat, dann ist das meine Mutter. Sie ist immer sehr beschäftigt.

»Ich werde nie fertig«, sagt sie oft. Oder: »Die Arbeit wird und wird nicht weniger.« Sie meint, dass sie nichts daran ändern kann. Sie muss einfach abstauben, Fenster putzen oder Bilder gerade hängen. Ob sie will oder nicht.

»Ich würde auch mal gerne auf einem Stuhl sitzen und nichts tun, wie andere auch«, seufzt sie manchmal. Aber das klappt nicht, weil ihrer Meinung nach ein Haus nur darauf wartet, sofort ganz und gar zu verdrecken. Und bevor man sich's versieht, steht der Fernseher auf der Spüle und das schmutzige Geschirr auf der Kommode.

Ich frage mich, ob mein Vater nicht auch deshalb weggegangen ist. Seiner Meinung nach hat Mama einen sehr lästigen sechsten Sinn. Den musste ich mir als eine Art Vergrößerungsglas vorstellen, durch das Staubkörner und Flusen viel größer und zahlreicher aussehen, als sie in Wirklichkeit sind.

Weil mein Vater darauf bestand, ist sie deswegen auch mal zu einem Arzt gegangen. In Gent. Der Mann gab ihr Tabletten, die nichts halfen. Dann gab er ihr andere Tabletten, die ebenfalls nichts halfen. Schließlich schickte er sie spazieren, ans Meer, in den Dünen des Sanatoriums *Wohlgemut*. Das machte sie todunglücklich. Als endlich klar war, dass das auch nichts half, haben wir sie entführt, denn sie wollten sie dort nicht gehen lassen. Wir sind einfach mit ihr weggefahren ohne vorher etwas zu sagen.

»Ich komme gerade noch rechtzeitig«, sagte meine Mutter, als wir zu Hause ankamen. Sie meinte, dass es Frühling war und daher Zeit für den jährlichen Großputz. Nach dem Kaffeetrinken zog sie andere Kleidung an. Sie suchte sich ein ganzes Arsenal von Staubtüchern, Schwämmen und Putzlappen zusammen, nahm den Staubsauger und machte sich ans Werk. Eine halbe Stunde später hörten wir sie singen, *Tineke van Heule*. Seither wissen wir, dass etwas nicht stimmt, wenn sie nicht unaufhörlich arbeitet.

Und jetzt war es wieder so weit. Aber was fehlte ihr genau? Ich versuchte in allem, was sie tat, in jedem Wort, das sie sagte, eine Spur zu finden, den Ansatz einer Erklärung ihres nächtlichen Heulanfalls. Als mir das nicht gelang, versuchte ich sie durch die eine oder andere Bemerkung zu Vertraulichkeiten zu bewegen.

»Gemütlich, nicht wahr? So zu zweit«, sagte ich zum Beispiel.

»Ja«, antwortete meine Mutter. »Sehr gemütlich.«

Eine halbe Stunde später versuchte ich es noch einmal, mit anderen Worten. Nach einer weiteren halben Stunde wieder. Aber jeder Versuch prallte an ihr ab. Mamas *Es* war um vieles größer und unzugänglicher als Renskes.

So blieb es den ganzen Tag: sehr gemütlich, so zu zweit.

Das Paradies von Fräulein Monica

Die Gemeindeschule von Kruizele ist eine kleine Schule. Übersichtlich, sagt Fräulein Monica. Sogar wenn man die Kinder der Vorschule mitzählt, kommt man nicht mal auf hundert. In der sechsten Klasse sind wir nur zu acht. Deshalb nimmt Fräulein Monica auch die fünfte Klasse dazu, die Klasse von Renske. Manche Fächer und Aufgaben sind bei der fünften und sechsten gleich, andere sind verschieden.

Fräulein Monica ist auch die Rektorin. Viele finden das seltsam, denn außer Lehrer Freddy von der Vorschule gibt es auch noch Fräulein Goedele und Herrn Pijcke. Die sind beide älter als Fräulein Monica.

Auf dem Schulhof stehen Fräulein Goedele und Herr Pijcke immer zusammen. Zu Fräulein Monica sagen sie nur das Nötigste und es klingt immer ein bisschen kurz. Deshalb ist Fräulein Monica auf Lehrer Freddy angewiesen. Zwischen den beiden klappt es ziemlich gut.

Was die Kinder betrifft, die sind sehr froh, dass sie

Fräulein Monica als Rektorin haben. Nicht dass die anderen Lehrkräfte schlecht wären, aber eine Ente ist nun mal kein Schwan. Ich darf gar nicht daran denken, dass Herr Pijcke Rektor sein könnte. Man braucht sich nur mal den Verbandskasten vorzustellen. Für den ist der Rektor zuständig. Und es ist egal, ob man in der Vorschulklasse ist oder in einer anderen – wenn man hinfällt und ein Knie blutet, wird man von Fräulein Monica versorgt. Die kleineren Kinder landen dann automatisch auf ihrem Schoß. Bei Herrn Pijcke würde das nicht so schnell passieren.

Seit Fräulein Monica Rektorin ist, hat die Erste Hilfe bei Unglücksfällen enorm zugenommen. Auch wenn du nicht blutest oder dir den Knöchel nicht verstaucht hast, kannst du dich behandeln lassen. Es reicht, dass dein Hamster oder deine Katze gestorben ist, um von Fräulein Monica getröstet zu werden.

Lehrer Freddy findet übrigens, dass in Kruizele verdächtig viele Katzen und Wellensittiche sterben. Das glaube ich nicht, aber es ist wahr, dass in unserer Schule viele Kinder hinfallen. Alle, sogar Krebbe, laufen mit einem Pflaster oder mit Flecken von Jod aus Fräulein Monicas Verbandskasten herum.

Soll ich etwas zugeben? Als ich noch klein war, bin ich sehr gerne hingefallen.

Fräulein Monicas Klasse ist nicht nur die schönste der Schule, sondern des ganzen Landes, und ich zweifle nicht daran, dass sie die schönste der Welt ist. Das ist nicht ihr Verdienst. Sie hat die Klasse zwar schön eingerichtet, mit Blumen und Bildern und Schaukästen und einem Aquarium, aber das gibt es in anderen Klassen auch. Nein, Fräulein Monicas Klasse ist die schönste der Welt, weil sie eine Tür mit einem Fenster hat. Kein gewöhnliches Fenster, sondern eins, durch das du als Kind gut hindurchschauen kannst, weil es nämlich ganz unten sitzt.

Die Arbeiter, die vor langer Zeit die Tür einsetzten, hatten zu viel getrunken und hängten sie verkehrt herum ein. Herrn Cigarillo war das gar nicht recht. Herr Cigarillo war vor Fräulein Monica Rektor der Schule. Er hatte einen dünnen Schnurrbart, der auf seiner Oberlippe saß wie eine glänzende Zigarrenbanderole und einen Spitznamen geradezu herausforderte.

»Seht ihr nicht, dass die Tür verkehrt herum hängt?«, rief er. Er beschimpfte die Arbeiter so sehr, dass sie böse wurden und die Tür nicht mehr umhängen wollten. Sie schlugen sie hinter sich zu, räumten ihr Zeug zusammen und gingen nach Hause. Nicht direkt natürlich, sie machten noch einen Umweg an den *Drei Königen* vorbei.

Der Rektor kratzte sich verwirrt die Haare. Er wusste nicht, wie er es anfangen sollte, die Tür so einzuhängen, wie es sich gehörte. Eine Weile starrte er sie an, griff dann nach der Klinke und machte sie zweimal auf und zu. Sie quietschte nicht und fiel leicht ins Schloss, sie war fachmännisch gearbeitet. Herr Cigarillo strich sich nachdenklich über den Schnurrbart.

»Lassen wir hängen, was hängt«, sagte er zu sich. »Wenn ich es reparieren lasse, wird es vielleicht nur noch schlimmer.«

Weil die Arbeiter damals zu tief ins Glas geschaut haben, besitzen wir nun das schönste Klassenzimmer der Welt, denn durch dieses verrückte Fenster blickt man direkt ins Paradies.

Bis zur dritten Klasse war es das Erste, was ich tat, wenn ich morgens zur Schule kam: Ich lief zu dem Fensterchen und drückte meine Nase gegen das Glas. Vor allem im Winter war das, was ich dann sah, von atemberaubender Schönheit. Ich selbst stand draußen, im Halbdunkel, in der Kälte. Und ich schaute hinein. Dort, in Wärme und Licht, saß Fräulein Monica an ihrem Pult und schrieb. Das Licht der Schreibtischlampe fiel auf ihre Hände. Sie schaute nicht auf, sie war vollkommen in ihre Arbeit versunken.

Dann tat ich etwas, was die unwirkliche Schönheit fast unerträglich machte. Ich blies auf das kalte Glas. Es beschlug, und ich sah nur noch einen verschwommenen Fleck statt Fräulein Monica. So lange wie möglich hielt ich die Luft an, und siehe, der Dampf löste sich langsam auf. Fräulein Monica wurde wieder sichtbar, erst verschwommen, aber dann ganz klar. Fräulein Monica war ohnehin schon schön, aber wenn sie so aus dem Nebel auftauchte – ach, man muss es gesehen haben, um zu wissen, was ich meine.

Ich hielt die Luft sehr, sehr lange an. Solange ich nicht ausatmete, verschwand sie nicht in einem neuen Nebelschwaden. Erst wenn ich zu ersticken drohte, atmete ich wieder aus. Ich bin doch nicht zufällig ein guter Unterwasserschwimmer geworden.

Manchmal fühlte Fräulein Monica, dass sie beobachtet wurde. Dann schaute sie auf. Sie lächelte. Ich sah, wie ihre Lippen meinen Namen formten: »Kaspar.«

Inzwischen würde ich mich um keinen Preis der Welt mehr vor das Fenster setzen. Nicht, wenn Krebbe und Renske und die anderen es sehen könnten. Aber ich gebe zu, dass ich, wäre ich allein im Schulhof, keinen Moment zögern würde.

Als ich am Montagmorgen durch das Schultor lief, überlegte ich, ob ich Fräulein Monicas Erste Hilfe bei Unglücksfällen in Anspruch nehmen sollte. Vielleicht wäre es vernünftig, zu ihr zu gehen und ihr einfach zu erzählen, was Samstagnacht mit meiner Mutter los gewesen war. Aber vor der Tür kauerte ein Junge aus der ersten Klasse. Er hatte Turnschuhe an, weiß mit blauen Streifen. Es war der Sohn von Herrn Freddy. Ich wusste, was er sah. Ich wusste, was er fühlte. Ich konnte ihn unmöglich aus dem Zustand innerer Verzückung reißen.

Dann eben nicht. Ziellos starrte ich auf den vollen Schulhof. Dicht vor mir, ich konnte gar nicht hinschauen, sprang Liddy, die Tochter des Metzgers, Hüpfseil. Sie war erst neun, aber niemand von der Schule konnte besser Seilhüpfen als sie. Das Seil sauste – nein, es sauste nicht, es sang – so schnell durch die Luft, dass es fast unsichtbar wurde. Kreisend bildete es eine dünne, zerbrechliche Glasglocke um Liddy. Draußen, außerhalb der Glasglocke, tobten die anderen. Drinnen schwebte Liddy. Wie eine Libelle. Ihre Füße berührten den Boden zwar, aber das zählte nicht, so schnell ging es. So leicht. Und hoch oben in der Glasglocke tanzten ihre Zöpfe wie seltsame Bänder.

Als die Glocke platzte, stand Liddy wieder mit beiden Füßen auf der Erde. Sie keuchte. Wie konnte ein Metzger so eine Tochter haben, fragte ich mich.

Ich lief zum Tor. Wenn Renske doch endlich käme! Dann könnte ich mit ihr über das seltsame Verhalten meiner Mutter sprechen. Aber niemand war auf der Straße zu sehen. Die Laternen spiegelten sich auf dem Straßenbelag. Flecken, in denen ich Mama wieder am Tisch sitzen sah, vor dem Frühstück. Sie trank hastig Kaffee, aß aber nichts. Als ich sie fragte, warum sie nichts aß, sagte sie, sie müsse auf ihre Linie achten.

Blödsinn. Sie ist so dünn wie eine Bohnenstange.

Wenn du doch mal zu Hause bleiben würdest statt zur Arbeit zu gehen, dachte ich, du siehst wirklich nicht gut aus, Mama. Aber ich sagte nichts. Sie hätte ohnehin nicht auf mich gehört. Sie stand auf und zog den Mantel an. Ich begleitete sie zur Tür. Sie stand im Licht der Straßenlaterne vor unserem Haus. In der Ferne kam schon der Bus.

»Bis heute Abend«, sagte sie. Im Lichtkegel über ihrem Kopf schimmerte der Nieselregen.

Bis heute Abend! Ich werde wirklich erst beruhigt sein, wenn sie wieder daheim ist.

Wo blieb Renske denn bloß? Wütend trat ich gegen einen Ball, der in meine Nähe kam. Vielleicht sollte ich doch lieber zu Fräulein Monica gehen. Aber die kam gerade heraus. Sie lief zur Klingel. Das war der erste Teil eines festen Rituals, das man auf keinen Fall unterbrechen durfte.

Fräulein Monica legte besonderen Wert auf das, was sie das Klingelzeichen nannte. Sie hatte es im Lauf der Jahre zu einem komplizierten Zeremoniell entwickelt. Sie stellte sich neben die Glocke und richtete den Blick auf die

Kirchturmuhr. Natürlich wusste sie, dass die zehn nach drei zeigte. Trotzdem blickte sie immer wieder hinauf. Sie wollte sich nicht daran gewöhnen, dass die Uhr nicht funktionierte.

Schaut, Kinder, sagte ihr Blick. Diese Welt ist voller Dinge, die noch nicht wie geschmiert laufen. Zum Beispiel Kirchturmuhren.

Wie sie dort stand und kopfschüttelnd ihr Missfallen ausdrückte, war Fräulein Monica Mitglied der strebenden Menschheit, die den Traum von einem Paradies auf Erden hegt. Ihr Klassenzimmer, das, in das ich ging, war dafür Modell und Beispiel. Mit seinem blank gescheuerten Fußboden, der schwarz gewichsten Tafel und der gut funktionierenden Uhr verkörperte es Fräulein Monicas Hoffnung auf eine alles umfassende Ordnung: Einmal würde die Turmuhr wieder richtig gehen, und gemeinsam mit ihr alle Uhren (und Züge und Ehen) auf der Welt. Gib zu, dass eine Lehrerin, die das alles in einem Blick auf eine Kirchturmuhr zusammenfassen kann, keine gewöhnliche Lehrerin ist.

Sie blickte nun auf ihre eigene Uhr. Sie hielt das Glockenseil straff gespannt. Und dann, Punkt halb neun, lief zweimal hintereinander eine Wellenbewegung von ihrer Schulter zur Hand: *Tingelingeling, tingelingeling*. Die dritte Welle kam von weiter her. Fräulein Monica ging leicht in die Knie und holte dann plötzlich kräftig aus, mit ihrem ganzen Körper, so dass sich die Glocke überschlug. Wie auf der Kirchweih, wenn man mit der Schiffschaukel ganz hoch kommt. Dann überschlägt man sich. *Tingelingeling*. Wie ein Lied.

Die Kunst war, dass kein zusätzliches *Ling* ertönte und

kein unbestimmtes Echo zu hören war. Deshalb hielt sie nach dem letzten *Ling* resolut den Klöppel fest. Um an den Klöppel zu kommen, musste sie sich allerdings auf die Zehenspitzen stellen.

Einen Augenblick lang erstarrte sie in dieser Haltung. Sie wurde das Bild einer Ballerina: gespannte Hüften, Kopf in den Nacken geworfen, Haare im Wind, eine Hand um den Klöppel, die andere ein flatternder Schmetterling.

Das wiederholte sie noch zweimal. Als die Glocke schwieg, standen wir alle in der Reihe, mit gekreuzten Armen und sprachlos vor Bewunderung über ein solches Maß an Glockenbeherrschung. Und um diese Sprachlosigkeit ging es ihr. Wenn es geläutet hatte, wollte sie kein einziges Wort mehr hören.

»So!«, sagte Fräulein Monica, sobald wir saßen. »Guten Morgen, alle zusammen.«

»Guten Morgen, Fräulein Monica!«, riefen wir im Chor. Nur Krebbe sagte nichts. Für ihn war es noch zu früh, um irgendetwas zu sagen.

»Sind alle da?«, fragte Fräulein Monica. Natürlich hatte sie längst gesehen, dass Renske fehlte. Niemand sagte etwas.

»Gut so«, sagte Fräulein Monica zufrieden. »In dieser Klasse wird nicht angeschwärzt.« Dann fügte sie hinzu: »Und was Renske betrifft, ihr kennt den Tarif: doppelt so lange nachsitzen, wie sie zu spät kommt.«

Krebbe warf ihr einen bösen Blick zu. Er fand es himmelschreiend, dass Fräulein Monica ihn zwang schon vor Sonnenaufgang seine Stimme zu erheben.

»Vielleich issir nich gut«, nuschelte er. Je früher am Tag es war, umso weniger Buchstaben sprach er aus.

»Was meinst du, Krispijn?«, fragte Fräulein Monica.

»Dassesir vielleich nich gut is«, sagte Krebbe zur Verdeutlichung.

In diesem Moment trat Renske in die Klasse. Krebbe seufzte. Er hatte ganz umsonst eine derartige Anstrengung auf sich genommen.

»Es ist genau sechs Minuten und achtundvierzig Sekunden her, dass ich das Klingelzeichen gegeben habe«, sagte Fräulein Monica.

Renske nickte schuldbewusst.

»Ohne Pünktlichkeit kann eine Gesellschaft nicht funktionieren. Darüber will ich mit dir sprechen. Nach vier.«

Mit gesenktem Kopf ging Renske zu ihrem Platz.

Während die fünfte Klasse die Mehrzahlformen durchnahm, mussten wir ein Problem lösen. Fräulein Monica beschrieb uns eine Turmuhr, die sie im Schwarzwald gesehen hatte. Es war eine seltsame Turmuhr, denn sie hatte einen Sekundenzeiger. Am Ende des Sekundenzeigers befand sich ein Männchen, dessen Beine sich schnell hin und her bewegten. Es sah aus, als liefe das Männchen unaufhörlich im Kreis über das Zifferblatt. Die Länge des Sekundenzeigers betrug genau einen Meter.

»Ich wüsste gern, nach wie viel Zeit das Männchen einen Abstand zurückgelegt hat, der genau dem Umfang der Erde am Äquator entspricht«, sagte Fräulein Monica. Sie war stolz auf die Aufgabe, das sah man ihr an. Sie hatte sie nicht aus irgendeinem Buch herausgenommen, sondern sie hatte sie sich selbst überlegt, als sie in den Sommerferien diese Uhr betrachtet hatte.

»Ach ja«, fügte sie hinzu, »und vergesst nicht, dass es eine deutsche Uhr ist, sie läuft also auf die Sekunde genau.«

Mit gesenkten Köpfen machten wir uns an die Aufgabe. Fräulein Monica betrachtete uns von ihrem Pult aus. Wir waren alle da. Wir saßen auf den Plätzen, auf denen wir zu sitzen hatten, und wir taten, was wir zu tun hatten. Alles schien gut zu klappen in dieser besten aller Welten.

Dennoch befand sich ein Wurm im Apfel. Ich war zwar da, ich hatte zwar den Kopf über die Aufgabe gebeugt, doch ich war abwesend. Ich konnte mich einfach nicht auf diese verdammte deutsche Uhr konzentrieren. Ich saß bei meiner Mutter, im Bus zur Arbeit.

Mama merkte nicht, dass ich ihr gegenübersaß. Sie sah erschöpft aus. Sie hätte zu Hause bleiben sollen. Wenn man morgens so müde ist, ist man krank. Dann gehörst du nicht an deinen Arbeitsplatz, Mama. Du wirst falsche Zahlen eintippen. Die Kunden werden sich ärgern. Du wirst den Fehler nicht finden. Sie werden den Abteilungsleiter rufen. Herr Mestdagh wird ankommen, das Kinn erhoben, den Spitzbart wie einen Bohrer auf dich gerichtet. »Kommen Sie mal mit in mein Büro«, wird er sagen und du wirst in Tränen ausbrechen, Mama. Das alles kannst du dir noch ersparen. Warum steigst du nicht an der nächsten Haltestelle aus? Du überquerst die Straße und wartest dort auf den Bus Richtung Kruizele. Dann bist du noch vor zehn zu Hause. Ich stecke dich sofort ins Bett, und du kommst nicht mehr raus, bevor du nicht wieder ganz in Ordnung bist.

Aber meine Mutter blickte starr vor sich hin, sie hörte mich nicht.

»Los, Mama«, flehte ich halblaut.

Ich erschrak vor meiner eigenen Stimme. Um mich herum war gedämpftes Lachen zu hören. Ich fühlte, dass ich rot wurde.

Ich wagte nicht, den Kopf zu heben. Es dauerte einen Moment, dann fiel Fräulein Monicas Schatten über mein Blatt. Ihre Hände suchten an beiden Seiten meines Tischchens Halt. Ihr Mund senkte sich zu meinem Ohr.

»Ich glaube, dass du mir etwas erzählen willst«, flüsterte sie.

Ich hielt die Augen niedergeschlagen. Ihre Hände (ich hatte sie noch nie von so nahe gesehen, ich sah die hellblauen Äderchen unter ihrer Haut) waren unglaublich sauber gewaschen.

»Gut«, sagte sie, »dann ist es abgemacht. In der Pause kannst du mir das Puppentheater aufstellen helfen.«

Sofort war sie wieder verschwunden. Mit einiger Verzögerung drang es zu mir durch, dass auf ihrem Handrücken ein blonder Flaum wuchs, dünn, fast nicht wahrzunehmen, aber ich hatte ihn deutlich gesehen. Ich versuchte an etwas anderes zu denken, an dieses blöde deutsche Männchen, aber vergeblich. Fräulein Monica mochte zwar weggegangen sein, aber ihr Geruch hing noch um mich. Bei Renske im Garten wuchs ein Geißblatt, das genauso roch, wenn es blühte.

In der großen Pause legte Fräulein Monica die Hände auf meine Schultern. Sie blickte mich forschend an. Der Geißblattgeruch benebelte mich und wie im Rausch erzählte ich, was Samstagnacht passiert war. Ich wusste nicht, ob es Mama recht war, dass ich Fräulein Monica erzählte, dass sie geweint hatte, ich tat es einfach. Als ich fertig war, blickte ich Fräulein Monica erwartungsvoll an. Vielleicht konnte sie helfen. Sie zog mich an sich. Eine Weile sagte sie nichts. Dann fragte sie, wie oft ich meinen Vater noch sah.

»Alle vierzehn Tage«, antwortete ich, »von Freitagabend bis Sonntagabend. Und manchmal am Mittwochnachmittag, aber nur, wenn meine Mutter arbeiten muss. Dann versucht er freizukriegen. Wenn das nicht klappt, muss ich bei Marij bleiben.«

Fräulein Monicas Mund wurde plötzlich zu einem schmalen Streifen, als ich diesen Namen fallen ließ. Über Papa und Marij sollte ich vielleicht lieber nichts sagen.

»Kommt dein Papa noch manchmal zu euch nach Hause?«

»Er kommt mich abholen, wenn ich zu ihm gehe. Aber er kommt nicht rein, er bleibt im Auto sitzen. Er hupt zweimal. Dann weiß ich, dass er da ist.«

Fräulein Monica schnitt ein anderes Thema an.

»Hast du ein Zimmer für dich allein?«, fragte sie.

Ich nickte begeistert. Ich wollte gleich erzählen, welche Fotos ich an der Wand hatte, aber sie machte eine abwehrende Bewegung mit der Hand.

»Nicht nötig«, sagte sie. »Ich komme heute Abend und schaue mir dein Zimmer an.«

Ich begriff, dass sie mit meiner Mutter reden wollte. Darüber freute ich mich. Dass aus ihrem Besuch nichts werden sollte, konnte ich unmöglich ahnen.

Nachdem ich ihr beim Aufstellen des Puppentheaters geholfen hatte, lief ich zum Schulhof. Das Gespräch mit Fräulein Monica hatte mich erleichtert. Plötzlich erinnerte ich mich wieder an das Geheimnis, das ich bei Renske noch guthatte. Ich zog sie zu der Bank unter dem Vordach.

»Nun?«, sagte ich.

Sie machte ein enttäuschtes Gesicht.

»Dein Geheimnis!«, rief ich. »Dein Geheimnis.«

Sie schwieg. Zweifel beschlichen mich. Vielleicht hatte sie mich reingelegt. Vielleicht hatte sie gar keins.

»Du musst mir dein Geheimnis erzählen«, rief ich.

»Nein«, sagte sie.

Ich fühlte, wie Wut in mir aufstieg. Sie sollte sich ja nicht einbilden, dass sie mich so leicht loswurde.

»Warum nicht?«

Sie antwortete nicht.

»Das ist Wortbruch«, sagte ich. »Ich habe dir mein Geheimnis erzählt, jetzt musst du mir deins erzählen.«

»Nicht, wenn du es sofort weitersagst.«

Ich war verblüfft. »Ich habe Fräulein Monica nichts verraten, falls du das meinst«, sagte ich heftig.

»Nein?«, fragte Renske. »Du hast aber auf ihrem Schoß gesessen.«

Das war der Nachteil des Fensterchens in der Klassentür. Renske hatte uns belauert. Aber sie übertrieb! Fräulein Monica hatte mich höchstens mal an sich gezogen.

»Ich habe kein Wort von unseren Geheimnissen erzählt, das musst du mir glauben. Wir haben nur über meine Mutter gesprochen.«

Renske betrachtete mich misstrauisch.

»Ja«, wiederholte ich, »über meine Mutter. Ich musste ihr was über Mama erzählen.«

»Ist was mit deiner Mama?«

»Ja.«

»Was?«

»Das sag ich nicht, wenn du mir nicht zuerst dein Geheimnis erzählst.«

»Gut«, gab sie zögernd zu. »Aber ich verlange absolute Geheimhaltung.«

»Natürlich«, versprach ich. »Sogar wenn ich ...«

»Schwöre, dass du bereit bist mit deinem Leben zu bezahlen, wenn du mein Geheimnis verrätst.« Sie überlegte kurz und fügte dann noch etwas hinzu: »Und dass ich dann die Dose bekomme, die mit dem König drauf.«

Mein Leben reichte nicht. Sie wollte auch noch die Dose, in der ich mein Fleisch versteckte. Ich hob zwei Finger in die Luft. »Ich schwöre es.«

»Gut«, sagte sie. »Du musst verstehen, dass ich das verlange. Mein Leben steht auf dem Spiel.«

Ich muss zugeben, dass ich nun bald platzte vor Neugier. Renske rutschte näher zu mir. Sie berührte mit dem Mund mein Ohr.

»Ich habe jemanden ermordet«, flüsterte sie.

Sie schaute mich strahlend an. Das war doch mal ein Geheimnis!

»Ach ja?«, sagte ich. »Und auch noch in Stückchen gehackt und aufgegessen? Dann muss ich dich wohl als Mitglied von *Rettet Hänsel und Gretel* streichen.«

»Ach, sei doch nicht blöd«, sagte Renske. »Ich habe wirklich jemanden ins Jenseits befördert.«

Es war lächerlich. Ich sah schon ein Plakat vor mir, mit zwei Fotos von Renske. Eins von vorn und eins im Profil. Und unter den Fotos stand in drohenden Buchstaben: GESUCHT.

»Ist die Leiche schon entdeckt?«, fragte ich.

Renske achtete nicht auf meinen spöttischen Tonfall.

»Schon begraben«, sagte sie sachlich. »Am Samstag. Deine Mama war bei der Beerdigung.«

Es war, als bekäme ich einen Schlag ins Gesicht.

»Moslievau?«, fragte ich.

»Wer sonst?«, sagte Renske.

In diesem Augenblick kam Fräulein Monica heraus. Sie lief zur Glocke.

Fußkundlich betrachtet

Nach der Pause war Puppenspiel.

Fräulein Monica ist eine begeisterte Schauspielerin. Sie ist Mitglied des Kruizeler Theatervereins *Die Wohlwollenden*. Wer sie je im *Zerbrochenen Krug* oder in *Morgen glüht das Morgenrot* gesehen hat, bedauert, dass es nur ein Stück im Jahr gibt. Das findet Fräulein Monica auch. Um ihr Schauspieltalent nicht verkommen zu lassen, spielt sie mindestens einmal in der Woche eine Stunde Puppentheater.

»Ihr kennt natürlich alle das Märchen vom Aschenputtel«, sagte sie.

»Ja«, riefen sechzehn Stimmen gleichzeitig. Krebbe nickte nur.

»Schön«, sagte Fräulein Monica, »dann brauche ich es nicht mehr zu spielen. Dann können wir mit dem Unterricht fortfahren.«

»Nein!«, brüllten wir einstimmig, denn auch Krebbe hielt sich jetzt nicht mehr abseits.

»Ach«, sagte Fräulein Monica, »machen wir einfach weiter mit dem Unterricht. Aschenputtel ist ganz nett für kleine Kinder, aber für euch ist es die pure Zeitverschwendung.«

Das konnte wohl sein, aber zwischen Aschenputtel und dem kleinen Mistkerl auf der blöden Uhr im Schwarzwald war die Wahl schnell getroffen. Es kam darauf an, so laut wie möglich »Nein!« zu schreien.

»Neiiiiiin!«

»Meint ihr das wirklich?«

»Jaaaaaa!«

»Gut, gut«, sagte Fräulein Monica, »ich habe es gehört. Ihr braucht nicht so zu schreien.«

Der Vorhang ging auf. Eine schmutzige Puppe mit strähnigen Haaren und schwarzen Flecken im Gesicht stellte sich als Aschenputtel vor. Innerhalb einer halben Stunde würde sie so schön sein, dass der Prinz sie um ihre Hand bat. Ich folgte ihrer Verwandlung nur mit einem halben Auge. Ich dachte dauernd an Renskes Geständnis. Es schien mir ausgeschlossen, dass sie Moslievau umgebracht hatte, aber andererseits gehörte sie nicht zu den Leuten, die sich Geschichten aus den Fingern sogen. Ich wusste nicht, was ich von der Sache halten sollte. Ich warf ihr von der Seite einen Blick zu. Sie wippte ständig auf ihrem Stuhl und überschüttete Aschenputtel mit guten

Ratschlägen. Die böse Stiefmutter beschimpfte sie. Hatte dieses quecksilbrige Mädchen Moslievau aus dem Weg geräumt? Das war die Frage. Ich kam zu keiner Entscheidung und beschloss bei Sherlock Holmes (Schrank 4: *Abenteuer und Verbrechen*) zu suchen. Ich hatte alle Bände gelesen, und das kam mir nun zustatten. Ich setzte in Gedanken die karierte Mütze des berühmten Detektivs auf und wandte mich an meinen Assistenten.

»Was ist Ihre Meinung, mein bester Watson? Kann dieses Mädchen, wie heißt sie gleich wieder ...«

»Renske.«

»Genau. Kann Renske ein *Motiv* gehabt haben, diesen, wie heißt er gleich wieder ...«

»Moslievau.«

»Genau. Diesen Moslievau zu ermorden?«

Dr. Watson zermarterte sein Gehirn. Ich zog an meiner Pfeife. Ab und zu stieß ich eine Rauchwolke aus, die Watson den Blick auf den Fall noch mehr vernebelte.

»Ich glaube es nicht, Mr. Holmes«, sagte Dr. Watson schließlich. »Renske scheint mir die Unschuld selbst zu sein.«

»Genau«, antwortete ich. »Aber ist es nicht so, dass Renske große Angst vor Moslievau hatte?«

Dr. Watson nickte. Alle Zeugen hatten das bestätigt.

»Nun, nun, mein werter Watson, eine ängstliche Person ist wie ein Tier, das man in die Enge getrieben hat. Selbst von Natur aus friedliche Geschöpfe können sich in mordlustige Monster verwandeln, wenn sie in die Enge getrieben werden.«

Dr. Watson begriff, auf was ich hinauswollte. »Sie haben Recht«, sagte er. »Angst kann durchaus die Triebfeder für einen Mord sein. Aber ich hätte nie gedacht, dass Renske ...«

»Das behaupte ich auch nicht, aber wir dürfen es nicht ausschließen. Vielleicht müssen wir uns nun erst eine andere Frage stellen: Was hat die Leichenschau ergeben?«

In diesem Augenblick stieß Aschenputtel ein entzücktes »Aaaa!« aus. Die Fee hatte gerade einen Kürbis in eine prachtvolle Kutsche verwandelt. Fünfzehn Münder verstärkten diesen entzückten Seufzer zu einem plötzlichen Rückenwind. Sherlock Holmes' Mütze flog von meinem Kopf. Ich war wieder ganz einfach Kaspar. Aber im letzten Moment hatte ich mir die letzte Frage des genialen Detektivs geschnappt.

Die Antwort auf diese Frage lautete: Nichts. Es hatte überhaupt keine Leichenschau stattgefunden. Aber auch ohne Leichenschau wusste ich, dass Moslievau plötzlich gestorben war. Verdächtig plötzlich. Es gibt natürlich viele Arten, plötzlich zu sterben, aber Mord ist eine davon.

Nun begann ich mir doch Sorgen zu machen. In Detektivromanen lief es immer darauf hinaus, dass die Mörder von der Polizei verhaftet wurden. Wenn Renske Moslievau wirklich ins Jenseits befördert hatte, konnte die Polizei jeden Moment auftauchen, um sie einzusperren. Während die anderen Kinder der Klasse gespannt den gläsernen Schuh betrachteten, den Aschenputtel auf der Treppe des Palastes zurückließ, hielt ich den Blick auf das Fensterchen in der Klassenzimmertür gerichtet. Jeden Augenblick konnten dort zwei Paar Stiefel auftauchen.

Ich habe schon erzählt, wie es ist, durch dieses Fenster ins Zimmer hineinzuschauen, aber seit ich in Fräulein Monicas Klasse bin, kann ich auch von drinnen hinausschauen. Ich tue das oft. Ich habe meine Aufgaben oft früher fertig als die anderen. Dann wird mein Blick unwiderstehlich von dem Türfensterchen angezogen. Es ist wie ein Fernsehschirm. Auf den ersten Blick wirkt das Programm langweilig, aber wenn man aufmerksam hinschaut, stellt man fest, dass alles Mögliche passiert. Das Pflaster vom Schulhof wird nass anstatt trocken, oder umgekehrt. Ein Blatt fällt von den Platanen. Die Schatten ihrer Zweige verschieben sich. Oder plötzlich stehen zwei Füße vor der Tür.

Ich erkenne alle Menschen an den Füßen. Das habe ich dem Fensterchen zu verdanken. Es zwingt einen zu einer bestimmten Art des Schauens. Sogar Leute, die nie zur Schule kommen, würde ich an ihren Füßen erkennen. An ihren Füßen und einem Stück von ihren Beinen.

Angenommen, es sind ein paar lange O-Beine in graublauen Schlabberhosen, dann weiß ich sofort, dass der Postbote einen Brief bringt. Dann wird angeklopft. Unbeweglich, wie krumm gewachsene Bäume, warten die Beine, bis Fräulein Monica erscheint. Sie nimmt den Brief in Empfang, sagt »Danke« zu dem dicken, roten Gesicht des Postboten und schließt die Tür. Während sie den Brief öffnet, zögern die Beine noch, als würden sie nur widerwillig weggehen. Das stimmt auch. Der Postbote hat Fräulein Monica gern. Er hat Füße, die lieber dableiben als weggehen.

Ich kann den Leuten nicht immer am Gesicht ablesen, wie sie sind. Sie setzen andere Gesichter auf, damit nicht jeder gleich merkt, wie sie sich fühlen. Aber dann schaue ich schnell auf ihre Füße; ihre Füße verraten sie. Füße lügen nicht. Man merkt sofort, ob die Leute fröhlich oder schlecht gelaunt sind, freundlich oder böse, hoffnungsvoll oder traurig.

Ich habe das auch mal meiner Mutter erzählt. Sie hat gesagt, ich müsste Fußkundler werden, ich könnte es in Fußkunde sehr weit bringen. Als sie das sagte, schaute sie von hohen, spöttischen Absätzen auf mich herunter.

Ich erwartete also, dass jeden Augenblick zwei Paar Füße in der Türöffnung erschienen. Sie würden in hohen, schwarzen Stiefeln stecken. Das harte Leder würde erbarmungslos glänzen und darüber würden sich dunkelblaue Uniformhosen wölben. In Kniehöhe würden zwischen dem zweiten und dem dritten Bein Handschellen baumeln.

Ich hörte die anderen jubeln. Das würde sich bald ändern, wenn Renske erst die Handschellen angelegt bekäme. Dann würde es ganz still werden. Aber vorläufig jubelten sie, Renske am lautesten von allen. Der Prinz zeigte ihnen den gläsernen Schuh. Den hatte das Mädchen, mit dem er getanzt hatte, auf der Palasttreppe zurückgelassen. Und nun suchte der Prinz nach dem kleinen Fuß, der in den Schuh passte. Genau wie ich war er der Meinung, dass man nach den Füßen schauen musste. Vielleicht hatte er als Kind auch in einer Klasse mit einer so seltsamen Tür gesessen.

Als er fragte, wem dieser Schuh gehörte, riefen alle Kinder im Chor: »Er gehört Aschenputtel!« In diesem Augenblick wurde auf der Straße eine Autotür zugeschlagen. Ich war der Einzige, der es gehört hatte. Das Herz klopfte mir bis zum Hals. Ich wollte Renske zurufen, sie müsse sich verstecken, aber sie hatte nur Aufmerksamkeit für den Prinzen. Als angeklopft wurde, standen nicht vier, sondern zwei Füße im Fenster. Es waren große Füße in abgetragenen Sportschuhen. Ich erkannte sie sofort. Sie machten, fußkundlich betrachtet, einen Unheil verkündenden Eindruck.

»Jemand klopft«, rief die böse Stiefmutter. »Mach mal auf, Aschenputtel.«

»Ach, ich bin viel zu schmutzig«, sagte Aschenputtel. »Vielleicht will eines der Kinder die Tür aufmachen?«

»Ich, ich, ich«, riefen alle durcheinander. Aschenputtel schickte Celientje. Als sie die Tür öffnete, erblickte sie einen Mann von fast zwei Meter Länge. Sie kannte ihn nicht, er wohnte schon seit zwei Jahren nicht mehr in Kruizele. Doch Renske erkannte ihn. »Es ist Kaspars Vater«, rief sie.

»Ich werde Fräulein Monica rufen«, sagte Aschenputtel.

Sie verschwand von der Bühne und Fräulein Monica kam hinter dem Puppentheater hervor. Es war, als ginge das Stück weiter, mit einer anderen Kulisse, mit anderen Hauptfiguren. Fräulein Monica schlüpfte gekonnt in ihre eigene Rolle, aber mein Vater hatte Lampenfieber. Unbehaglich wand er sich in der Türöffnung und suchte nach Haltung. Es ist gar nicht so leicht, zwei Metern Haltung zu verleihen.

Papa flüsterte mit Fräulein Monica. Sie musste zu ihm hochschauen und er versuchte sich in ihre Richtung zu beugen. Er machte ein verlegenes Gesicht, als wolle er sich bei Fräulein Monica entschuldigen, dass er so weit weg war. Während er sprach, verdüsterte sich Fräulein Monicas Gesicht. Sie stellte ein paar kurze Fragen, auf die er mit einem Schulterzucken antwortete. Fräulein Monica kam wieder herein.

»Kaspar«, sagte sie, »du kannst deine Sachen nehmen und mit deinem Vater gehen.«

Als ich an ihr vorbeiging, berührte sie für einen Moment meine Schulter. Ich sah ihrem Gesicht an, dass etwas Schlimmes passiert war.

»Deine Mama hat einen Unfall gehabt«, sagte Papa, »aber es ist nicht schlimm. Trotzdem muss sie eine Weile im Krankenhaus blieben. Darum hole ich dich.«

Ich schaute ihn misstrauisch an. Seine nervös scharrenden Füße hatten mir schon klar gemacht, dass etwas Ernstes passiert war.

»Ist sie tot?«, fragte ich mit beklommener Stimme.

»Natürlich nicht!«, rief er heftig. »Wie kommst du denn darauf?«

Das klang überzeugend. Ich beschloss, dass es schlimm war, aber doch nicht *so* schlimm.

Im Skoda, auf der Fahrt nach Gent, erzählte mein Vater, dass er selbst auch nicht genau wusste, was passiert war. Er war von der Universitätsklinik aus angerufen worden. Sie hatten eine Nummer in ihrer Handtasche gefunden. Über diese Nummer waren sie an die Nummer von Papas Arbeitsstelle gekommen. Sie hatten ihm mitgeteilt, dass meine Mutter unter den Bus gelaufen war, aus dem sie gerade ausgestiegen war. Mehr wusste er auch nicht.

»Sie muss schrecklich zerstreut gewesen sein«, schloss er.

»Ich hab's noch gesagt«, sagte ich, »sie hätte zurückkommen müssen. Sie hätte daheim bleiben müssen.« Ich hätte mich schlagen können, weil ich sie nicht davon zurückgehalten hatte, das Haus zu verlassen.

»Was hast du gesagt?«, fragte Papa.

»Nichts. Ich habe nichts gesagt. Aber ich habe gedacht, sie sollte lieber daheim bleiben. Sie hat so müde ausgesehen. Krank. In der letzten Zeit hat sie schlecht geschlafen.«

Ich erzählte, was Samstagnacht passiert war. Und Sonntagmorgen. Ich erzählte alles, außer dass ich noch nach unten gegangen war, nachdem sie mein Zimmer verlassen hatte. Ich wusste auch nicht warum, aber ich hielt es für besser, nichts über das halb leere Bierglas und den Zigarettenrauch zu sagen. Papa runzelte die Stirn. Er versuchte die Einzelheiten zusammenzubringen. Schweigend schüttelte er den Kopf. Ich fragte mich, was das bedeutete. Glaubte er etwa, dass Mama absichtlich unter den Bus gelaufen war? Ich schüttelte diese Möglichkeit sofort von mir ab.

»Mama wird gleich sagen, was passiert ist«, sagte ich.

»Oh, wir fahren nicht ins Krankenhaus«, sagte Papa. »Jetzt noch nicht. Heute Abend um sieben darfst du zehn Minuten zu Mama, mehr nicht. Sie haben gesagt, dass sie in ihrem Zustand vollkommene Ruhe braucht.«

Was meinte er mit »in ihrem Zustand«? Ich schaute ihn forschend an.

»Nach allem, was ich verstanden habe, hat sie einen ordentlichen Schlag abgekriegt von dem Bus«, sagte er verlegen. »Vielleicht hat sie eine Gehirnerschütterung oder sie hat was gebrochen. Jedenfalls wird sie gerade untersucht. Deshalb ist jetzt keine Zeit für einen Besuch.«

»Wo fahren wir hin?«, fragte ich.

»Zu Marij. Ich muss wieder zur Arbeit. Heute Nachmittag muss Marij auch arbeiten, aber sie wird dich vorher in die Bollekensschule bringen.«

»Was soll ich in der Bollekensschule?«

Wir standen vor einer Verkehrsampel. Mein Vater schaute mich an.

»Du musst das verstehen, Kaspar«, sagte er ernst. »Es wird eine Weile dauern, bis Mama nach Hause darf. Ich kann dich nicht jeden Tag nach Kruizele bringen. Deshalb wirst du so lange hier in die Schule gehen.«

Ich fühlte mich beschissen. Wenn ich sowieso nicht zu Mama durfte, hätte er mich besser bei Fräulein Monica gelassen. Wie auch immer, ich wollte nicht zur Bollekensschule. Als ich ihm das gerade unumwunden mitteilen wollte, sah ich, dass sich sein Mund dauernd verzog. Als würde er weinen.

Das kann ja mal passieren, dass beide Elternteile innerhalb von zwei Tagen ein bisschen weinen.

Okay, dachte ich, einen Tag, von mir aus.

Ich sagte nichts mehr. Ich versuchte für mich alles auf die Reihe zu kriegen. Immerhin hatte ich drei Probleme.

Mein erstes Problem war meine Mutter. Ich stellte mir vor, wie sie da im Bett lag, in einem Krankenhauszimmer. Ein blasses Gesicht auf einem weißen Kopfkissen. Besorgt, weil ich nun ganz auf Papa und Marij angewiesen war. Nervös, weil sich das Haus während ihrer Abwesenheit in eine Müllhalde verwandeln würde. Unglücklich wegen irgendwelcher Dinge, von denen ich keine Ahnung hatte. Ich musste ihr helfen.

Mein zweites Problem war mein Vater. Mamas Unfall bestärkte ihn in seiner Überzeugung, ein geborener Pechvogel zu sein, jemand, der andere mitzog ins Unglück. Schließlich hatte er uns vor zwei Jahren verlassen. Hätte er das nicht getan, so dachte er bestimmt, läge Mama jetzt nicht im Krankenhaus und er bräuchte mich nicht in eine fremde Schule zu stecken. Er saß in Sack und Asche. Auch ihm musste ich helfen.

Das waren zwei sehr reale Probleme. Mein drittes Problem hatte etwas Unwirkliches. Hatte Renske Moslievau tatsächlich ermordet? Ich konnte es nicht glauben, und doch fürchtete ich das Schlimmste. Ich musste es so schnell wie möglich herausfinden. Und wenn sie wirklich schuldig war, würde auch Renske dringend meine Hilfe brauchen.

So standen die Dinge. Meine Welt war durcheinander geraten. Ich war erfüllt von Mitleid mit den drei Menschen, die mir am nächsten standen. Ich musste jeden von ihnen aus dem Dreck holen. Das ging über meine Kräfte. Es war, als würde ich langsam unter dem Gewicht der dreifachen Aufgabe in einem Morast aus Hilflosigkeit versinken. Mir blieb gar nichts anderes übrig, ich musste mich, wie Baron von Münchhausen (Schrank 4, *Abenteuer und Verbrechen*), an meinem eigenen Schopf aus dem Sumpf ziehen. Doch für diesen Kraftakt fühlte ich mich nicht stark genug. Langsam bekam ich auch noch Mitleid mit mir selbst.

»Armer Kaspar«, murmelte ich.

Mein Vater hatte es eilig. Vielleicht würde er Probleme mit seiner Chefin bekommen. Frau Cassiman war eine wandelnde Stechuhr.

»Ich fahre allein rauf«, sagte ich.

Ich winkte ihm nach. Die Reifen des Skoda machten ein zischendes Geräusch, als er durch die Pfützen fuhr. Ich drehte mich um und blickte nach oben. Meine Augen suchten Papas Wohnung im neunten Stock. Die Wolken jagten vorbei. Der Wohnblock segelte durch die Luft. Um nicht schwindlig zu werden, senkte ich den Blick. Auf der Treppe zum Haupteingang stand Marij und wartete auf mich.

Schweigend gingen wir zum Aufzug. Ich wusste nicht genau, was ich zu Marij sagen sollte. Und sie wusste nicht genau, was sie zu mir sagen sollte.

Der Aufzug musste von ganz oben kommen. Wir blickten einander an. Uns war beiden unbehaglich. Keiner von uns war der Ansicht, dass wir bereits in der Halle über Mamas Unfall sprechen sollten. Trotzdem musste jemand etwas sagen.

Marij machte einen Versuch. »Er wird was auf den Kopf bekommen«, sagte sie.

»Wer?«

»Dolf. Von Frau Cassiman. Weil er sie eine Stunde lang im Stich gelassen hat.«

Marij sagte nie: dein Papa, oder dein Vater. Sie sagte immer: Dolf. Dolf schläft noch. Dolf muss Überstunden machen. Dolf hat fünf Minuspunkte bekommen, bei der Autoinspektion.

»Hör doch auf mit dem Dolf, Dolf, Dolf«, sagte mein Vater manchmal verärgert. Er fand seinen Namen schrecklich. Wie konnte jemand sein Kind mit einem solchen Namen in die Welt schicken? Ich fand, dass er übertrieb, aber meine Meinung spielte keine Rolle. Schließlich war es mein Vater, der mit diesem Namen auf die Straße musste.

Wenn ich ihn fragte, wie er denn lieber heißen würde, wusste er keine Antwort. Manchmal machte ich ihm einen Vorschlag. Dann prüfte er kritisch den Namen, doch es lief immer darauf hinaus, dass er den Kopf schüttelte und »Nein, den nicht« sagte. Ach, er war als Dolf geboren, und als Dolf würde er seinen letzten Atemzug machen. Er lachte trübselig. Das konnte er schon immer sehr gut, trübselig lachen.

Das alles flitzte mir durch den Kopf, während wir auf den Aufzug warteten. Gedanken bewegen sich schneller als Aufzüge.

Auch im Aufzug wollte ich nicht von Mamas Unfall anfangen. Ich dachte lieber weiter an meinen Vater. Er würde sich nicht verteidigen, wenn Frau Cassiman ihn beschimpfte. Er würde zu seiner Fräse gehen, den Schalter drücken und Sohlen abschmirgeln. Das war seine Art, sie zum Schweigen zu bringen.

Mein Vater ist Schuhmacher. Er hat den Beruf von seinem Vater gelernt. Und dieser wieder von seinem Vater. Alles Schuster, die bei ihren Leisten geblieben sind. Das klingt, als läge auch meine Zukunft schon fest. Manchmal sage ich das, aber dann geht mein Vater in die Luft. »Schuhmacher, du? Nur über meine Leiche!«

Er hat acht Jahre in einer Schuhfabrik gearbeitet. Keinen einzigen Tag hat er sich dort wohl gefühlt. Das Einzige, was er in diesen Jahren tun durfte, war Schuhe zusammenheften. Er konnte alle Maschinen in der Fabrik bedienen. Wenn es nötig gewesen wäre, hätte er ganz allein einen Schuh machen können. Aber das war nicht nötig. Schlimmer: Es durfte nicht sein. Auf die Dauer bekam mein Vater das Gefühl, er sei nur ein Teil der Heftmaschine. Ein austauschbares.

Als er acht Jahre in der Fabrik gearbeitet hatte, wurde sie geschlossen. Warum, das war ihm entgangen. »Ich habe ein paar gute Arbeitshände«, sagte er, »aber damit begreift man die Dinge nicht.« Jedenfalls stand er auf der Straße. Zum Glück fand er nach ein paar Wochen wieder Arbeit, in der »Absatz-Bar« von Frau Cassiman. Nun musste er keine Schuhe mehr machen, er musste Schuhe reparieren. Und Schlüssel nachmachen. Er konnte alle möglichen und unmöglichen Schlüssel nachmachen. Ich fand das spannend. Ich war davon überzeugt, dass allerlei düstere Gestalten aus der Genter Unterwelt zu seinen Kunden gehörten. Man hätte erwarten können, dass er stolz darauf wäre. Aber nein, er machte sich von Anfang an nichts daraus. Schuhe und Schlüssel gehören ebenso wenig zusammen wie Füße und Schlösser, findet er.

Nein, ein *glücklicher* »Absatz-Bar-Mann« ist mein Vater nicht.

Daran dachte ich, als uns der Fahrstuhl nach oben brachte. Aufzüge sind langsamer als Gedanken.

»Kommst du mit in die Küche?«, fragte Marij. »Dann können wir uns unterhalten, während ich was zu essen mache.«

Ich blieb aber noch ein bisschen im Wohnzimmer, ich ging zum Fenster. Die Stadt lag mir zu Füßen, nass vom Regen. Wie träge Käfer krochen die Autos über die Straßen. In der Ferne sah ich die Hochhäuser der Universitätsklinik. Dort lag meine Mutter. Nun, da Marij in der Küche war, konnte ich einfach an Mama denken. Wie es ihr wohl ging? Hoffentlich hatte sie keine Schmerzen. Der Gedanke, dass ihr vielleicht etwas wehtat, machte mich rebellisch.

Ich will nicht, dass du Schmerzen hast, Mama!

Ich gab mir Mühe, Marij, die geräuschvoll in der Küche werkelte, nicht zu hören. Wenn Mama Schmerzen hatte, wollte ich bei ihr sein. Ich versuchte die Hochhaustürme in der Ferne zu hypnotisieren. Ich ballte die Hände.

»Ich will nicht, dass ihr etwas passiert. Ich will es nicht. Verstanden?« Ich hatte keine Ahnung, zu wem oder was ich das sagte. Das war auch nicht nötig. Hauptsache, ich sagte es. Trotzdem hatte ich nicht das Gefühl, dass die Worte ausreichten, um meiner Mutter zu helfen. Sie klangen zu harmlos. Zu ungeschickt. Ich versuchte noch intensiver an Mama zu denken. Und plötzlich hörte ich mich selbst die richtigen Worte sagen. *»Eins, zwei, drei, Schmerz vorbei!«,* sagte ich. Und dann, ich weiß nicht woher, rollte noch ein Wort über meine Lippen: *»Moslievau!«*

Ich war selbst verblüfft. Glaubte ich denn, was mein Vater immer behauptete? Glaubte ich, dass »Moslievau«

ein Zauberspruch war, der Wünschen die Kraft von Gesetzen verlieh? Natürlich nicht. Aber ich war so voll von Hoffnung, so voll von dem Willen, dass es meiner Mutter besser gehen sollte, dass das Wort wie von selbst in mir aufgetaucht war.

»Nun? Wo bleibst du?«, rief Marij.

Mein Blick ließ die Hochhaustürme los. Ich drehte mich um. Einen Moment hatte ich das Gefühl, von weit weg zurückzukehren. Als wäre ich jemand anders. Aber ich versuchte mich selbst davon zu überzeugen, dass das, was ich getan hatte, nicht verrückt war. Man konnte nie wissen, wozu es gut war. Angenommen, Moslievau wollte sich bedanken, weil meine Mutter so freundlich gewesen war ihn auf seinem letzten Weg zu begleiten. Angenommen, dass er tatsächlich ein Zauberer gewesen war. Angenommen, dass sein Ruf wirklich ein geheimer Zauberspruch war. Dann wäre es doch eine unverzeihliche Dummheit, wenn ich ihn nicht benutzte, oder? Jemand musste ihn doch benutzen. Jemand musste das Zauberwort doch aufheben und weitergeben.

Marij steckte den Kopf aus der Küchentür. Sie blickte mich fragend an.

»Ich komme«, sagte ich.

Marij wusste so wenig über Mamas Unfall wie ich selbst. Als das klar wurde, stockte das Gespräch. Wir hatten auch nicht so viel Zeit, uns lange zu unterhalten. Marij musste nachmittags arbeiten. Sie hat einen Aushilfsjob. Vor der Arbeit wollte sie mich zur Schule bringen.

Die Bollekensschule liegt ein paar Hundert Meter von ihrem Wohnblock entfernt. Marij ging mit hinein. Sie erklärte dem Rektor, was passiert war. Sie fragte, ob ich bis fünf in der Schule bleiben könne. Dann wäre sie mit der Arbeit fertig und würde mich abholen.

Als der Rektor mit mir über den Schulhof ging, fühlte ich mich bedrückt. Entweder war der Schulhof zu klein oder es gab zu viele Kinder. Ich wurde einem Lehrer Thierry von der sechsten Klasse vorgestellt. Er tat sein Bestes, um sein Handicap, dass er ein Mann war, auszugleichen. Er war äußerst freundlich. Er führte mich zum Klassenzimmer und zeigte mir, wo ich mich nachher hinsetzen sollte. Dann wollte er Einiges über mich wissen, über meine Mutter und meinen Vater, wo ich herkam. Ich antwortete so kurz wie möglich. Wenn es ging, mit ja oder nein. Es war sinnlos, sich ausführlich bekannt zu machen. Ich hatte nicht vor lange in der Bollekensschule zu bleiben.

Bevor ich es richtig merkte, war es fünf Uhr. In Lehrer Thierrys Klasse hatte ich mich abseits gehalten. Er dachte vermutlich, dass ich mich noch nicht wohl fühlte, und ließ mich in Ruhe. Das war genau das, was ich wollte, so konnte ich meine Zeit mit Nützlichem verbringen. Ich dachte an Mama und Papa und überlegte, wie ich ihnen am besten helfen könnte. Ich dachte an Renskes Geheimnis, betrachtete es von allen Seiten und kapierte es doch nicht. Schließlich gab ich es auf. Ich begann für den folgenden Tag Pläne zu machen. Als Marij mich abholte, hatte ich einen genauen Aktionsplan fertig.

Gegen sieben brachte mein Vater mich und Marij zur Universitätsklinik. Er ging nicht mit hinein, er musste dringend irgendwohin. Vielleicht war das eine Ausrede.

Vielleicht hatte er Angst, sie würde ihm vorwerfen, dass er an allem schuld sei. Oder dass sie gar nichts sagen würde, sondern ihn nur anschauen. Wie auch immer, Marij übernahm Papas Aufgabe. Ich hatte meine Zweifel, ob Mama sie gerne sehen würde, aber Marij ging mit.

Sie kannte den Weg genau. Sie brachte mich zu einem der Türme. Meine Mutter lag im sechsten Stock. Marij deutete auf eine Bank im Flur.

»Setz dich hier hin. Ich erkundige mich, in welchem Zimmer sie ist.«

Über der Tür, durch die sie verschwand, stand in roten Buchstaben:

INTENSIVSTATION

Sofort fiel mir Lynsey Wilbur ein aus *Das bange Warten* (Schrank 2, *Mädchenbücher*). Als sie Tommy Burke zum ersten Mal besuchen durfte, der in den Brunnen von Quentin Quayle gefallen war, musste sie an einem Schild vorbei, auf dem »Intensivstation« stand. Das Schild machte ihr schrecklich Angst. Sie hatte den Eindruck, dass die Buchstaben ein Band bildeten, das ihr die Kehle zuschnürte. Als sie an Tommys Bett stand, bekam sie kein Wort heraus.

Die Lampen auf dem Flur verbreiteten ein ungemütliches Licht. Ständig liefen Frauen in Kitteln vorbei. Es gab weiße, rosafarbene, blaue und grüne Kittel. Die Absätze der Frauen klapperten energisch über die grauen Bodenfliesen. Ich war froh, als Marij zurückkam. Sie wurde von einem Mann in einer grünen Jacke begleitet. Er sprach leise mit ihr. Marij hörte mit einem Ich-versteh-alles-nur-halb-Gesicht zu.

»Das ist Kaspar«, sagte sie.

»Guten Tag, Kaspar«, sagte der Mann mit gedämpfter Stimme. »Ich bin Doktor Ottevaere. Ich bringe dich gleich zu deiner Mama. Sie hat ein paar Stunden geschlafen und ist gerade aufgewacht. Sie hat nach dir gefragt. Sie wird froh sein über deinen Besuch.«

Er schien einen Moment zu überlegen, bevor er weitersprach. »Du brauchst nicht zu erschrecken, wenn du sie siehst. Von Menschen, die einen schweren Unfall hatten, kann man nicht erwarten, dass sie aussehen wie du und ich. Oft haben sie Frakturen und Quetschungen am ganzen Körper. Du musst tun, als würdest du nichts davon merken. Du musst daran denken, dass im Lauf der Zeit alles wieder gut wird.«

Die Warnung war deutlich und ich erwartete, dass meine Mutter nicht so schön aussehen würde. Trotzdem erschrak ich, als ich sie sah. Sie schien zu schlafen, ihre Augen waren geschlossen. Sie hatte große braune und blaue Flecken im Gesicht. In ihrer Nase steckten Schläuche, die mit komplizierten Apparaten verbunden waren. Ein verchromter Ständer stand neben ihrem Bett. Daran hing ein Beutel mit Blut und ein zweiter mit einer Flüssigkeit, die aussah wie Wasser. Von diesem Ständer führten wieder andere Schläuche zu ihrem rechten Arm und zu ihrem Hals. Auf einem Bildschirm lief eine bewegliche grüne Linie von links nach rechts. Aus dieser Linie schossen ständig kleine Spitzen nach oben.

Doktor Ottevaere legte seine Hand auf Mamas Hand.

»Kaspar ist hier«, sagte er leise.

Meine Mutter schlug die Augen auf. Sie sah mich mit einem Blick an, der von weit weg zu kommen schien. Dann kam er näher. Sie erkannte mich. Auf ihren Lippen erschien ein Lächeln, das dem Weinen sehr verwandt war. Sie streckte die Hand aus. Sie hatte Schmerzen. Als sie sich bewegte, verzog sie das Gesicht. Sie hielt meine Hand fest und der Doktor ließ uns allein.

»Mein rechtes Bein ist gebrochen«, sagte sie.

Mit einer Bewegung der Augen deutete sie darauf. Ich hatte schon gesehen, dass es eingegipst war, doch irgendwie war es nicht zu mir durchgedrungen, was das bedeutete.

»Und drei Rippen.« Sie seufzte. Sie zählte lieber nicht weiter auf, was alles an ihr entzwei war. »Wie geht es dir?«, fragte sie.

Ich zuckte mit den Schultern. Ich konnte unmöglich sagen, dass alles nach Wunsch ging.

Sie zog meine Hand näher zu sich. Bei der Bewegung verzerrte sich ihr Gesicht.

»Dass mir so etwas passieren musste!«, sagte sie.

»Hast du den Bus nicht gesehen?«, fragte ich.

»Nein ... das heißt ... Ich kann mich nicht daran erinnern, was passiert ist.« Sie wandte den Blick ab und begann von etwas anderem. »Wer hat dich hergebracht?«

»Marij. Papa hat mich heute Morgen von der Schule geholt, aber heute Abend musste er irgendwohin.«

Sie schwieg eine Weile. Ich konnte nicht raten, was sie dachte.

»Sie braucht nicht auf dem Flur zu bleiben«, sagte sie dann. »Sag ihr, dass sie reinkommen kann.«

Ich ging hinaus, um Marij zu holen. Sie folgte mir zögernd.

»Guten Tag«, sagte sie.

»Du brauchst nicht auf dem Flur zu bleiben«, sagte meine Mutter.

»Nein«, sagte Marij.

Eine ungemütliche Stille breitete sich aus. Schnell erzählte ich, dass ich in der Bollekensschule war. Ich ließ meine Stimme sachlich klingen, als würde mir das nichts ausmachen. Mama hatte schon genug Kummer.

Marij mischte sich ein. Sie erzählte, die Bollekensschule habe einen sehr guten Ruf, ich würde mich dort bestimmt wohl fühlen. Während sie redete, konnte ich den Blick nicht von dem ekligen Bildschirm wenden. Es schien, als renne die grüne Linie, um irgendwo anzukommen. Sobald sie den rechten Rand des Schirms erreicht hatte, sprang sie mit einem Piepton nach links.

Als ich mich zwang wegzuschauen, fiel mein Blick auf den Nachttisch neben Mama. Dort, neben ihrer Handtasche, lag ein Bierdeckel. Ich dachte sofort an den Bierdeckel, den sie Samstagnacht versteckt hatte.

»Ich habe mit dem Arzt gesprochen«, hörte ich Marij sagen. »Er ist ganz zuversichtlich, dass es dir bald besser geht.«

Während Marij sprach, schob ich mich vorsichtig näher zum Nachttisch. Ich blickte meine Mutter an und tastete mit der Hand über den Nachttisch. Scheinbar achtlos drehte ich den Bierdeckel um. Eine Telefonnummer stand darauf, eine, die man sich leicht merken konnte: 234669.

»Wirklich nicht«, sagte Marij als Antwort auf eine

Frage meiner Mutter, die mir entgangen war. »Du kannst ganz ruhig sein, für Kaspar ist gesorgt.«

Ich deckte den Bierdeckel mit der Handfläche zu, schob ihn vorsichtig über den Rand des Nachttischs und drückte mit dem Daumen gegen die Unterseite. Weder meine Mutter noch Marij merkten, dass ich ihn in die Tasche gleiten ließ.

Wir durften eigentlich nur zehn Minuten bleiben, doch Doktor Ottevaere drückte ein Auge zu und erlaubte, dass es zwanzig wurden. Dann mussten wir gehen. Ich konnte Mama keinen Kuss geben. Jede Bewegung tat ihr weh. Deshalb blinzelte ich ihr zu. Das bedeutete, dass sie mir alles überlassen konnte. Ich würde schon dafür sorgen, dass es wieder gut würde.

Im Aufzug kämpfte Marij mit den Tränen. Sie putzte sich ein paar Mal die Nase. Ich musste etwas sagen.

»Was sind Frakturen?«, fragte ich.

Sie räusperte sich.

»Knochenbrüche«, sagte sie mit einer kleinen Stimme.

»Oh«, sagte ich, »da fällt mir ein Stein vom Herzen.«

Wir hätten mindestens eine Stunde zu Fuß gehen müssen bis zur Wohnung. Ich hatte nichts dagegen, aber Marij schlug vor mit der Straßenbahn zu fahren. Während wir zur Haltestelle gingen, erkundigte ich mich, was der Arzt gesagt hatte. Marij verstand, dass es keinen Sinn hatte, mir etwas vorzumachen.

»Deine Mutter hat Glück gehabt«, sagte sie. »Doktor Ottevaere meint, sie hätte genauso gut tot sein können.

Sie hat ein paar Stunden im Koma gelegen. Das heißt, dass sie nur noch geatmet hat. Dass sie bewusstlos war. Um die Mittagszeit ist sie dann doch aufgewacht.«

Ich erschrak. Um die Mittagszeit? War es möglich, dass meine Mutter genau in dem Moment, als ich über die Stadt hinweg die Türme der Universitätsklinik sah, aufgewacht war? Konnte es sein, dass sie in dem Moment zu sich gekommen war, als ich »Moslievau« gesagt hatte? Mein Herz schlug plötzlich im Galopp.

»Doktor Ottevaere meint, dass alles gut wird. Es ist nur eine Frage von Zeit. Viel Zeit, das schon, aber mit einer Gehirnerschütterung und ein paar Brüchen und vielen Quetschungen kann man nichts anderes erwarten.«

»Was heißt das, viel Zeit?«, fragte ich.

»Monate«, sagte Marij.

Wir gingen über den nassen Fußweg. Jeder Schritt war eine Sekunde.

Monate.

Marij fühlte mit mir. Sie legte mir den Arm um die Schultern. Ohne nachzudenken drückte ich mich an sie. Eine Sekunde dauerte das, nicht länger. Als mir klar wurde, was ich tat, schreckte ich zurück. Ich hatte es immer als meine Pflicht betrachtet, Marij zu hassen, schließlich war sie schuld daran, dass Papa uns verlassen hatte. Zugegeben, aus dem Hass ist nie was geworden, ich bin kein guter Hasser. Aber die plötzliche Einsicht, dass ich sie nett fand, bedeutete einen Schock für mich.

Wir gingen wieder nebeneinander. Marij tat, als hätte sie meine Abwehr nicht bemerkt. Das nahm mich noch mehr für sie ein. Ich erinnerte mich an den Auszug meines Vaters und begann ihre Rolle bei Mamas und Papas Scheidung zu überdenken. Schließlich konnte ich nicht behaupten, sie hätte Papa entführt. Er war auf eigenen Beinen weggegangen. Bedeutete das nicht, dass er – auch ohne Marij – hatte weggehen wollen? Er war übrigens nicht sofort zu Marij gezogen. Er hatte erst ein Zimmer gemietet, in einem kleinen Hotel, das einmal bessere Zeiten gekannt hatte. *Hotel Salamander* hieß es.

»Es ist mein Schicksal«, hatte er damals gewitzelt, »ich lande immer in Schuhen.«

Er hatte das billigste Zimmer genommen, aber trotzdem läpperte sich die Miete zusammen. Außerdem berechnete der Besitzer ständig alle möglichen Extras. »Ein richtiger Filou«, hatte Papa gesagt. Er wollte so schnell wie möglich weg. Einen Monat später war er dann bei Marij eingezogen. Am darauf folgenden Samstag hatte ich sie zum ersten Mal gesehen. Von diesem Augenblick an brauchte ich nicht mehr so böse auf meinen Vater zu sein; ich gab ihr allein die volle Schuld am Bruch zwischen meinen Eltern. Mama war rührend einverstanden damit. Ihr Mann war einer anderen Frau in die Klauen gefallen. Einer Teufelin, die ihn mit Blindheit geschlagen hatte. Denn blind musste er schließlich sein, wenn er mit einer sieben Jahre älteren Frau etwas anfing.

So hatte ich über Marij gedacht, als ich sie zum ersten Mal traf. Ich war so freundlich wie ein Eisblock. Mein Vater sprach mich darauf an. Er fand es nicht schön, sagte er, wie ich mich benahm. Meine Mutter jedoch fand es sehr schön. Ich wählte schließlich den goldenen Mittelweg: die Höflichkeit.

»Guten Tag, gnädige Frau«, sagte ich beim nächsten Mal. Und jeden Satz, den ich zu Marij sagte, beendete ich mit Komma-gnädige-Frau.

»Nein, meine Hausaufgaben habe ich schon daheim gemacht, gnädige Frau.«

»Wenn ich wählen darf, hätte ich lieber Kroketten, gnädige Frau.«

»Nein, ich nicht, aber Renske, das Nachbarmädchen, hat Kaninchen und eine Schildkröte, gnädige Frau.«

Meinen Vater machte das ganz verrückt. Nach einer halben Stunde bekam er einen solchen Tobsuchtsanfall, dass ich die Welt nicht mehr verstand.

»Wenn du nicht sofort mit diesem albernen Getue aufhörst«, brüllte er, »dann schlage ich dich zu Brei. Verstanden?« Ich hatte ihn noch nie so wütend gesehen. Ich nickte. Man sollte einem Feuer speienden Drachen nie widersprechen.

»Ab jetzt sagst du Mama zu Marij. Mama oder Mamama-Marij.«

In seiner Wut verschluckte er sich an all den Mas.

Zum Glück mischte Marij sich ein.

»Das ist eine Sache zwischen Kaspar und mir«, sagte sie. »Geh du mal frische Luft schnappen, und wenn du zurückkommst, wirst du hören, was wir beschlossen haben.«

Er ging wahrhaftig weg! Wir brauchten nicht viel Zeit, um zu einem Vergleich zu kommen. Ich wollte nicht Mama sagen und sie wollte kein »gnädige Frau« hören. Es wurde also Marij.

Mir war das recht. Marij. Aber sie brauchte sich keine Hoffnungen zu machen, dass ich ihr auf den Schoß kriechen würde. Ich machte unmissverständlich klar, dass ich auf der Seite meiner Mutter stand, nicht auf ihrer. Und was entdeckte ich plötzlich? Dass ich, ohne es zu wissen, Marij schon die ganze Zeit nett gefunden hatte.

Die Türen der Straßenbahn schoben sich auf. Ohne den Tritt zu benutzen sprang ich hinauf. Ich drehte mich um, nahm Marijs Hand und zog sie hoch. Sie lächelte breit.

Ratternd fuhr die Straßenbahn los. Wir waren die einzigen Fahrgäste. Wir saßen einander in dem harten, kalten Licht gegenüber. Beide schauten wir aus dem Fenster.

Dunkle Häuser schossen vorbei, zusammen mit ihren verzerrten Spiegelbildern im Fenster.

»Dolf wird erleichtert sein, wenn er hört, dass alles wieder gut wird«, sagte Marij.

Sie schien den vorsichtigen Optimismus Doktor Ottevaeres zu teilen. Ich war übrigens geneigt es ihr gleichzutun, aber vor allem, weil ich Vertrauen in den Zauberspruch Moslievaus bekommen hatte. Meine Mutter war in dem Moment aus dem Koma aufgewacht, als ich meine Beschwörung ausgesprochen hatte, davon war ich inzwischen überzeugt.

Trotzdem hatte ich eine große Angst. Ich beschloss mit Marij zu besprechen, was ich Papa gegenüber nicht hatte sagen wollen. Ich erzählte ihr, dass Mama am Samstag bei Moslievaus Beerdigung gewesen war.

»Als sie heimkam, hat sie gesagt, sie hofft, dass sie ein schöneres Begräbnis bekommt als Moslievau.«

Ich blickte Marij an.

»Marij«, sagte ich, »glaubst du auch, dass meine Mutter unter den Bus kommen *wollte*?«

Die Spiegelbilder flitzten an uns vorbei. Das unbarmherzige Licht der Straßenbahn fiel auf Marijs Gesicht. Sie konnte sich nirgendwo verbergen.

»Nein«, sagte Marij, »das glaube ich nicht.«

»Nein, oder?«, antwortete ich.

Ich schaute hinaus. Die Welt war kalt und nass. Die Straßenlaternen warfen Lichtkegel in die Dunkelheit. Ich hörte meine Mutter sagen, was sie zu mir gesagt hatte, als ich sie heute Morgen hinausließ.

»Bis heute Abend.«

Schwänzen

In dieser Nacht schlief ich wie ein Murmeltier.

Morgens wachte ich in einem Kokon aus gedämpften Geräuschen auf: laufendes Wasser, quietschende Hähne, Klospülungen, Stimmen von Nachrichtensprechern. Es war angenehm, noch ein bisschen in diesem Zusammenspiel von Dienstagmorgengeräuschen zu dösen. Die Geräusche kamen nicht nur aus dem neunten Stock, sondern auch von unter und über mir. Auch von draußen. Sie bildeten ein Netzwerk, das mich mit allem und jedem verband. Wie unsichtbare Drähte, nicht nur zu den Nachbarn, sondern auch zu meiner Mutter und Renske, zu Fräulein Monica und Carla, zu Hänsel und Gretel. Sogar mit dem Grab von Moslievau stand ich in Verbindung.

Ich döste in diesem Netzwerk. Ich war ein Baby in einer Wiege.

Das Frühstück stand schon fertig in der Küche, aber ich ging erst noch mal schnell ins Wohnzimmer. Ich stellte mich ans Fenster, um zu kontrollieren, ob mit meiner Mutter alles in Ordnung war. In der Tiefe war die Stadt noch ein dunkler Fleck, aus dem Tupfer von vielen Hundert Straßenlaternen aufleuchteten. Der beginnende Tag trieb blasse, rosafarbene Keile in den grauen Himmel. In der Ferne erhoben sich die Türme der Universitätsklinik als dunkle Silhouetten. Ich starrte hinüber und blinzelte Mama zu, aber ich sagte nichts. Vielleicht schlief sie noch, da wollte ich sie nicht wecken.

Während ich so am Fenster stand, die Augen auf die noch dunkle Welt gerichtet, bemerkte ich plötzlich etwas Seltsames an mir. In meiner Brust glühte ein kleiner, harter Kern, den ich nicht kannte. Dieser Kern bestand nur aus Verlangen. Verlangen danach, dass alles, was schief gegangen war mit meiner Mutter, von jetzt an gut gehen würde. So stark war dieses Verlangen, dass es sich nicht nur auf Mamas Schicksal beschränkte, sondern zugleich auch meinen Vater, Renske, Marij, Carla und schließlich, es war nicht zu leugnen, die ganze Welt einschloss.

Und siehe da, wie eine Vergrößerung von Fräulein Monicas Klassentürfenster füllte sich das Fenster von Papas Wohnung mit einer unvergesslichen Vision: Ich sah alle Füße der Welt in ihren Schuhen auf richtigen Wegen wandeln. Alle Wege waren ordentlich gejätet und unkrautfrei. Alle Schuhe waren fleckenlos geputzt und glänzten. Kein einziger der Füße war durch Schwielen oder Hühneraugen entstellt.

Feierlich, wie ein Priester, streckte ich die Arme aus. Mit einem Wort konnte ich meinen königlichen Traum auf die Welt loslassen. Ein Wort würde ich sagen, nein, flüstern würde schon reichen, und alles würde neu werden. Sorgfältig, wie ein Kind, das gerade lesen gelernt hatte, sprach ich das für alle unverständliche Wort, das fast vergessene Wort eines gerade gestorbenen – vielleicht auch ermordeten – Fischverkäufers, Säufers und Kinderschrecks: *»Mos-lie-vau!«* Das Wort verließ meinen Mund und flog zu der wartenden Welt. Ich schaute zu, ich lauschte ihm nach, die Arme beschwörend ausgestreckt.

In dieser Haltung fand mich mein Vater vor, als er ins Zimmer kam.

»Was soll denn das bedeuten?«, fragte er erstaunt.

»Morgengymnastik«, sagte ich.

Ich schwang die Arme rhythmisch nach oben, zur Seite und wieder nach vorn. Dann schlug ich ein paar Geraden und Haken in die Luft und hieb mit der ausgestreckten Hand ein paar eingebildete Backsteine mitten durch.

Ich setzte mich an den Tisch, Papa gegenüber. Er sah zerknittert aus. Das war jeden Morgen so. Als wäre die Nacht ein Schlachtfeld, von dem er erschöpft zurückkehrte. Es war ein Wunder, dass er jeden Morgen wieder unverwundet beim Frühstück auftauchte.

»Morgengymnastik«, seufzte er kopfschüttelnd. »Ich wünschte, ich hätte so viel Energie wie du.«

»Kopf hoch, Papa«, sagte ich.

Marij musste schrecklich lachen. Ich verstand nicht, was daran so komisch war; ich meinte das, was ich gesagt hatte. Aber er musste sich noch in Geduld üben, ich konnte nicht alles gleichzeitig erledigen.

Nach dem Frühstück bekam ich einen Schlüssel, damit ich in der Mittagspause in die Wohnung kommen konnte. Marij und mein Vater mussten den ganzen Tag arbeiten, aber es würden belegte Brote für mich bereitstehen.

Marij begleitete mich zur Schule. Sie zeigte mir, wo ich mittags besonders aufpassen sollte.

»Sonst liegst du, eh du dich versiehst, bei deiner Mama im Krankenhaus«, sagte sie besorgt, während wir über den Zebrastreifen gingen. »Also aufpassen! Das ist nicht Kruizele. Das ist Gent.«

»Ja«, sagte ich, »ich habe es schon bemerkt.«

»Du hast ja Recht«, sagte Marij. »Ich sollte nicht so nörgeln.«

Vom Schulhof aus blickte ich Marij nach. Sie ging Richtung Zentrum. Gut so, dann konnte ich gleich ans Werk gehen.

Als sie aus meinem Blickfeld verschwunden war, lief ich zum Schultor hinaus. Das ging nicht so einfach. Das hatte ich allerdings auch nicht erwartet, ich war darauf vorbereitet.

»He! Wer hat dir die Erlaubnis gegeben, die Schule zu verlassen?«

Ich blickte auf. Es war ein Lehrer, aber er ähnelte seinen Kollegen in nichts. Er war so klein, dass er aussah wie ein Zwerg. Er trug eine schwarze Brille, die ihm dauernd auf die Nasenspitze rutschte. Die Brille versuchte vergeblich seinen Mangel an Gestalt auszugleichen.

Der bebrillte Zwerg wusste nicht, ob er böse oder verwundert sein sollte. Ich zeigte ihm den Wohnungsschlüssel und tat, als wäre ich leicht in Panik.

»Meine Mutter ist ohne Schlüssel weggegangen«, rief ich. »Sie kann nicht hinein, wenn sie den Schlüssel nicht hat.«

Er schaute mich zweifelnd an. Er schob die Brille hoch über seinen Nasenrücken.

»Bitte«, sagte ich nervös. »Sie ist gerade um die Ecke gebogen. Gleich steigt sie in den Bus, und dann ist es zu spät.« Wenn er mich nicht gehen ließ, war es seine Schuld, dass meine Mutter nicht in die Wohnung kam.

»Also los«, sagte er.

Mit dem Schlüssel in der Hand rannte ich die Straße entlang. Innerlich jubelte ich. Endlich, nach so vielen Jahren Lesen, *lebte* ich. Endlich folgte ich den Spuren der von mir bewunderten Jungenbücherhelden. Endlich tat ich, was alle Dirks und Piets und Kevins und wie sie auch immer heißen mochten ununterbrochen taten: die Schule schwänzen.

Als ich die Halle des Wohnblocks betrat, sah ich das Licht des Aufzugs auf Nummer fünf stehen. Ich hatte weder Zeit noch Geduld, um auf den Aufzug zu warten, ich stürmte die Treppen hinauf.

Außer Atem erreichte ich Papas Wohnung. An der Tür musste ich ein paar Sekunden verschnaufen, erst dann bekam ich den Schlüssel ins Schloss. Ich setzte mich auf den Hocker am Telefon. Ich legte den Bierdeckel, den ich von Mamas Nachttisch geklaut hatte, vor mich. Ein schmutziger Ring von getrocknetem Bier war darauf. In der Mitte des Rings stand die Telefonnummer: 23 46 69.

Gerade als ich den Hörer nehmen wollte, klingelte das Telefon. Ich zog die Hand zurück. Ich hatte einen wunderbaren Aktionsplan entwickelt. Alles klappte bis aufs i-Pünktchen. An alles hatte ich gedacht. Und was passierte? Das Telefon klingelte. Mein Plan war futsch. Ich schimpfte in mich hinein.

Zum Glück verlor ich meine Kaltblütigkeit nicht. Blitzschnell kam ich zu dem Entschluss, nicht abzunehmen. Wenn ich das tat, wusste man, dass ich hier war. Ich musste einfach warten, bis das Telefon schwieg. Um meine Nerven zu beruhigen, beschloss ich einen Trick aus *Die wunderbare Welt von Keesje Kraaiepoot* (Schrank 1, *Jungenbücher*) anzuwenden: Ich begann langsam um den Tisch herumzugehen. Ich stellte mir vor, dass ich die Hauptrolle in einem Zeitlupenfilm spielte. Dreimal lief ich in Zeitlupe um den Tisch. In der Wunderwelt von Keesje Kraaiepoot reichte das, und das Telefon verstummte. Doch in der wirklichen Welt von Kaspar klingelte es weiter.

Da hatte ich eine großartige Idee. Langsam rückwärts gehend, als würde der Film jetzt zurückgespult, lief ich dreimal um den Tisch und dann zum Telefon. Jawohl, gerade als ich nach dem Hörer greifen wollte, hörte das Klingeln auf.

Ich wählte 23 46 69. Fast sofort wurde abgenommen.

»Hallo«, sagte eine Frauenstimme.

»Spreche ich mit Frau Füffelgum?«, fragte ich. Ich versuchte den Namen so undeutlich wie möglich zu murmeln.

»Hier ist bei Mestdagh«, sagte die Frau. »Bestimmt haben Sie sich ver...«

»Nein, nein«, unterbrach ich sie. »Dreiundzwanzig,

sechsundvierzig, neunundsechzig, nicht wahr? Kann ich einen Moment Herrn Mestdagh sprechen?«

Ich verlangte Herrn Mestdagh, denn Frauen schreiben ihre Telefonnummer nicht auf Bierdeckel.

»Er ist nicht da.«

»Oh«, sagte ich enttäuscht. »Wann kann ich wieder anrufen?«

»Ich bin die Putzfrau. Ich weiß nicht, wann er heimkommt. Aber wenn es dringend ist, kann ich Ihnen die Nummer von seiner Arbeit geben.«

»Gerne«, sagte ich. Ich notierte die Nummer auf den Bierdeckel.

»In ein paar Tagen fährt er ins Ausland. Wenn Sie ihn vor seiner Abreise sprechen wollen, sollten Sie nicht zu lange mit dem Anruf warten.«

»Vielen Dank, ich danke Ihnen.«

In diesem Moment fiel ihr offenbar etwas ein.

»Darf ich fragen, mit wem ich die Ehre hatte?«, fragte sie.

»Mit mir«, sagte ich und legte auf.

Innerhalb von zehn Sekunden klingelte das Telefon wieder.

Verdammt! Das war der unbekannte Anrufer von vorhin. Der hatte es natürlich wieder probiert und das Besetztzeichen gehört. Er wusste, dass jemand zu Hause war, deshalb versuchte er es weiter. Abnehmen oder nicht, das war hier die Frage.

Dann dachte ich plötzlich daran, dass es ein Anruf aus der Universitätsklinik sein konnte. Mit klopfendem Herzen hob ich den Hörer hoch.

»Hallo?«, sagte ich.

Noch bevor geantwortet wurde, wusste ich, dass ich einen Riesenbock geschossen hatte. Es war natürlich der Direktor der Bollekensschule. Der wollte melden, dass ich schwänzte. Ich versuchte zu retten, was zu retten war.

»Falsch verbunden«, sagte ich. »Hier ist dreiundzwanzig, sechsundvierzig, neunundsechzig. Mestdagh.«

Die Nummer und den Namen hatte ich im Kopf parat, so schnell fiel mir nichts anderes ein. Ohne eine Antwort abzuwarten legte ich den Hörer auf. Doch ich war keineswegs beruhigt. Vielleicht hatte der Direktor der Bollekensschule meine Stimme erkannt. Vielleicht kam er sofort zur Wohnung.

Ich musste machen, dass ich wegkam.

Genau in dem Moment, als ich meine Sachen packen wollte, um mich aus dem Staub zu machen, ging ein Licht in meinem Kopf an. Mestdagh? Das konnte doch nicht *der* Herr Mestdagh sein, über den meine Mutter manchmal so ängstlich sprach?

Ich schlug die *Gelben Seiten* auf, bei *Supermärkte*, und fand eine ganzseitige Reklame der Supermarktkette samt allen Filialen und den entsprechenden Telefonnummern. Jawohl, die Nummer, die ich notiert hatte, war die Nummer der Filiale, in der meine Mutter arbeitete.

Was sollte ich tun? Wenn ich ihn jetzt anrief, kostete das Zeit. Vielleicht lief ich dann dem Direktor der Bollekensschule in die Arme. Außerdem war es mir lieber, Mamas gefürchteten Filialleiter in Lebensgröße zu treffen. Ich wollte seinen berühmten Ziegenbart mal mit eigenen Augen sehen.

»Ich komme, Herr Mestdagh«, sagte ich kampfeslustig.

»Wenn du dem Lockruf des Abenteuers folgst«, so Hägar der Schreckliche (Schrank 9, *Comics*), »dann nimm belegte Brote mit.«

Ich rannte in die Küche. Meine Butterbrote lagen auf der Anrichte. Sie waren ordentlich in Alufolie gewickelt. Ich ließ sie unberührt liegen. Ich suchte mir ein paar Tafeln Schokolade, eine Banane und eine Packung Waffeln zusammen. Nicht dass ich keine belegten Brote mag, aber Schokolade und Waffeln mag ich noch lieber. Auf der Suche nach einem Nachtisch erlaubte ich mir einen großen Griff in die Bonbondose.

Bevor ich wegging, warf ich einen Blick durch das Fenster. Nur schnell sehen, ob das Terrain sicher war. Über den Parkplatz kam ein Männchen gelaufen. Von oben sah es eher wie ein spastischer Dackel aus, aber es war der bebrillte Zwerg von der Bollekensschule. »Willkommen«, murmelte ich und wartete bei der Gegensprechanlage auf ihn. Die Wohnungstür machte ich einen Spaltbreit auf. Bei den Nachbarn im Stockwerk drüber lief die Waschmaschine. Aus dem Treppenhaus drang der Morgentratsch von zwei Frauen an meine Ohren.

Als der Summer ging, nahm ich nicht erst den Hörer ab, ich drückte sofort auf den Knopf. Solange ich den Finger drauf hatte, konnte der kleine Mann die Eingangstür aufmachen. Ich spitzte die Ohren. Im Treppenhaus war das Echo eines metallenen Tons zu hören. Das war die Eingangstür. Nun musste ich mich beeilen. Ich schoss zum Lift und drückte auf den Knopf. Unten fiel die Tür wieder ins Schloss. Das gab einen hohen, summenden Ton, der sofort von einem dumpferen ersetzt wurde: der Aufzug, der sich in Bewegung setzte. Zwerg Brillenmann kam eine Sekunde zu spät.

Ich grinste. Ich stellte mir vor, dass er mit erhobenem Zeigefinger vor dem Lift stand und schnauzte: »Wer hat dir die Erlaubnis gegeben, die Eingangshalle zu verlassen?«

Als der Lift den neunten Stock erreichte, zog ich die Tür auf. Ich zog meinen Schuh aus und klemmte ihn zwischen die Tür. So blieb der Aufzug blockiert, und ich hatte genug Zeit, um die Sachen, die ich zusammengesucht hatte, in eine Plastiktüte zu stecken und die Wohnungstür abzuschließen. Dann lief ich zum Treppenhaus neben dem Aufzug. Als ich mich über das Treppengeländer beugte, sah ich den Miniaturlehrer die Treppe heraufkommen. Seine Hand glitt über das Geländer. Ab und zu sah ich auch seine beginnende Glatze. Er befand sich nun etwa auf halber Strecke, ich hörte ihn manchmal seufzen und stöhnen. Ab und zu blieb er stehen, um nach Luft zu schnappen. Er fluchte, weil er so dumm gewesen war mich vom Schulhof zu lassen.

Als er das Stockwerk unter mir erreicht hatte, nahm ich meinen Schuh aus der Aufzugtür. Ich ging hinein und zog die Tür leise hinter mir zu. Dann zählte ich langsam bis zehn und drückte auf den Knopf.

Ich hatte erwartet, dass die Leute im Bus mich misstrauisch beobachten würden. Sie müssten sich doch fragen, warum ich nicht in der Schule war. Doch sie schauten vor sich hin, als wäre ich unsichtbar, als gäbe es mich überhaupt nicht.

Sie sahen düster aus. Auf allen Gesichtern stand die gleiche Botschaft: dass die Welt ein Ort des Kummers und der Qual war und es daher nichts zu lachen gab. Wenn wenigstens einer mal gelächelt hätte! Ich schrieb es dem Wetter zu. Der nasse Wind trieb die Wolken über den Himmel. Einige Pappeln beugten ihre geraden Rücken und ließen, erschöpft vom Regen, ihre letzten Blätter los.

Ich war der Einzige, der sich von dem Novemberwetter nicht beeindrucken ließ, aber ich war auch der Einzige, der schwänzte. Und wie! Ich hatte Lust, es allen zu erzählen. Ich hatte Lust, durch den Gang zwischen den Sitzreihen zu tanzen. Ich hatte Lust zu singen. Aber Aufmerksamkeit erregen war wirklich das Letzte, was ich tun durfte. Dann würde meine Freude nur von kurzer Dauer sein. Deshalb versuchte ich meine Mundwinkel nach unten zu ziehen und unglücklich auszusehen. Ich versuchte so auszusehen wie die anderen Busfahrgäste. Bei so vielen traurigen Gesichtern um einen herum war graue Düsterkeit die ideale Tarnfarbe.

Es war nur schade, dass die Maske, die ich aufsetzte, auf meine Stimmung abfärbte. Meine Ausgelassenheit schlug um in Niedergeschlagenheit. Bevor ich es richtig begriff, grübelte ich über die Probleme nach, die ich in den kommenden Tagen zu lösen hatte. Meine Gedanken schossen ruhelos zwischen meiner Mutter, meinem Vater und Renske hin und her. Je länger ich nachdachte, desto aussichtsloser erschien mir die Situation.

Als der Bus endlich am Supermarkt, in dem meine

Mutter arbeitete, anhielt, brauchte ich mich nicht mehr zu verstellen. Ich war genauso schlecht gelaunt wie alle anderen Fahrgäste.

Ein Kreuzverhör

Die Tür des Supermarkts ging von selbst vor mir auf. Eine höfliche Tür. Ich ging durch ein Drehkreuz und stand Auge in Auge mit dem Foto eines etwa vierzigjährigen Mannes. Er blickte mich aus zu dicht beieinander stehenden Augen Vertrauen erweckend an. Um seine dünnen Lippen spielte ein Lächeln, für das er lange geübt hatte. Unter dem Lächeln befand sich ein spitzes Kinn, das in einem noch spitzeren Bart auslief. Am äußersten Punkt des Bartes hatte sich eine exotische Schmetterlingsfliege niedergelassen.

Neben dem Foto hing ein Schild im selben Format mit folgender Botschaft:

WILLKOMMEN IN IHREM SUPERMARKT

Der Filialleiter und das Personal
dieser Supermarktfiliale
stehen zu Ihren Diensten.
IHRE Zufriedenheit ist UNSERE Belohnung.
Deshalb lassen wir nichts unversucht,
um Ihnen mit unerreichten Preisen
das Beste vom Markt zu bieten.

(gez.) R. MESTDAGH
Filialleiter

Das war er also, und ich mochte ihn nicht. Ich hatte ihn nie gesehen, aber ich wusste von meiner Mutter, dass das gesamte Personal Angst vor ihm hatte. Er brauchte noch nicht einmal sein Büro zu verlassen. Das freundliche Foto reichte, um alle zittern zu lassen.

Ich nahm mir vor keine Angst vor (gez.) R. Mestdagh zu haben.

Ich ging zu einer Frau, die das Weinregal auffüllte. Sie erkannte mich. Wenn Mama am schulfreien Mittwochnachmittag arbeitete, brachte Papa mich gegen halb sieben zum Supermarkt. Sie hatte mich bestimmt schon mal gesehen, wie ich am Eingang stand und auf meine Mutter wartete.

Ich fragte, wo ich den Filialleiter finden könnte. Sie beantwortete meine Frage nicht, sie stellte selbst Fragen. Wie es meiner Mutter gehe, was genau passiert sei. Ich sagte, es würde alles wieder gut, aber es würde eine Weile dauern, bis sie wiederkäme. Die Frau schaute mich verwundert an.

»Oh«, sagte sie, »ich dachte, sie kommt überhaupt nicht mehr.«

Nun war es an mir ein verwundertes Gesicht zu machen.

»Wieso?«, fragte ich.

Sie musterte mich zweifelnd. Es kam ihr wohl seltsam vor, dass ich nicht Bescheid wusste. Und vielleicht überlegte sie auch, ob sie etwas sagen sollte. Nach kurzem Zögern erzählte sie es mir doch.

Meine Mutter war am letzten Freitag zum Filialleiter gerufen worden. Sie war höchstens zehn Minuten weg gewesen. Mit Tränen in den Augen war sie aus seinem Büro gekommen. Jemand hatte sie gefragt, was los sei. Sie hatte nicht geantwortet. Sie hatte ihre Sachen aus der Garderobe geholt und war schluchzend weggegangen. Ohne weitere Erklärung.

»Die steht auf der Straße«, hatte jemand gesagt. Das hatten sie alle gedacht. Es war nichts Ungewöhnliches, dass jemand ins Büro gerufen wurde, wo ihm dann seine Entlassung mitgeteilt wurde.

»Aber warum? Haben Sie eine Ahnung, warum meine Mutter entlassen worden ist?«, fragte ich. »Hat sie ihre Arbeit nicht gut gemacht?«

»Mit ihrer Arbeit hat es jedenfalls nichts zu tun. Deine Mama hat besser gearbeitet als jeder andere. Sie war auch sehr pünktlich. Und freundlich zu den Kunden. Nein, das ist es bestimmt nicht. Und sonst ...« Sie zögerte. Sie stand noch immer mit einer Weinflasche in der Hand da. Sie blickte von mir weg. »Und sonst weiß ich *wirklich* nichts.« Sie machte Anstalten weiterzuarbeiten.

Wirklich. Die Betonung dieses Wortes machte mich misstrauisch. Ich war sicher, dass sie mir etwas verschwieg.

»Wann war das?«, fragte ich.

»Am Freitagmorgen. Es wird gegen elf gewesen sein.«

Mama war am Freitagabend um die übliche Zeit heimgekommen. Warum war sie nicht eher nach Hause gegangen, wenn sie entlassen worden war? Wo war sie die ganze Zeit gewesen? Warum hatte sie nichts gesagt? Was hatte die Sache mit ihrem Heulanfall in der Nacht vom Samstag zu tun? Eine Frage warf die nächste auf. Und die eine weitere. Und so fort. Eine Kette von Fragen entstand. Und am Ende der Kette von Fragen hing diese: Warum hatte Mama gestern Morgen wie immer den Bus genommen? Wohin wollte sie, wenn nicht zur Arbeit?

Vielleicht wusste Herr Mestdagh die Antwort.

»Ich weiß nicht, ob es gut ist, wenn du zu Herrn Mestdagh gehst«, warnte die Frau. »Er ist nicht besonders freundlich.«

Ich tat, als wüsste ich das nicht. Ich deutete auf sein Foto. »Was sagen Sie da! Er sieht doch sehr freundlich aus.«

Ich klopfte so laut an die Tür, dass mir die Knöchel wehtaten. Ich wollte auf keinen Fall den Eindruck machen, als wäre ich ein kleiner Junge, den man nicht ernst nehmen muss.

Es kam keine Antwort. Ich wollte gerade noch einmal klopfen, als die Tür aufging. Herr Mestdagh hielt ein Telefon mit herausgezogener Antenne an sein Ohr. Er unterhielt sich mit jemandem. Dabei schaute er mich an ohne mich wirklich zu sehen. Er blieb in der Türöffnung stehen.

»Sie sind wirklich schwer von Begriff«, sagte er barsch. »Ich habe Ihnen schon hundertmal gesagt, dass Sie am Telefon keinerlei Auskünfte geben dürfen, wenn Sie nicht genau wissen, mit wem Sie sprechen.« Er stützte sich auf ein Bein, das andere schaukelte oder trat ins Leere. Er trug spitze, glänzende Schuhe in zwei Farben, weiß und braun. Teure Schuhe.

»Gut, gut«, sagte er dann ungeduldig. »Jetzt hören Sie doch auf mit den Selbstvorwürfen. Sorgen Sie dafür, dass so etwas nicht noch mal passiert. Und wenn er mich selbst anruft, kriege ich schon heraus, wer es ist.« Er legte das Telefon auf den Tisch. Sein Kopf wandte sich in meine Richtung. Ich stand noch immer im Flur.

»Und?«, fragte er. Er sagte nicht, dass ich eintreten solle.

»Guten Morgen, Herr Mestdagh«, sagte ich. »Ich kann Ihnen sagen, wer der Anrufer war, von dem Ihre Putzfrau berichtet hat.«

Er warf mir einen erstaunten Blick zu.

»Ich«, sagte ich.

Sein Mund klappte auf. Erst jetzt bemerkte er mich wirklich. In seinem Kopf ratterten alle möglichen Räder verwirrt durcheinander. Es dauerte ewig, bis sie endlich ineinander griffen.

»Kaspar?«, fragte er.

Ich verstand nicht, woher er meinen Namen wusste. Haben Filialleiter von Supermarktfilialen Namen und Fotos der Kinder ihres Personals? Wie auch immer, sein Gesicht zeigte eine deutliche Veränderung. Plötzlich wurde er seinem Foto ähnlich.

»Bleib doch nicht an der Tür stehen«, sagte er freundlich. »Komm rein. Wie geht es deiner Mutter? Ich bin richtig erschrocken, als ich das hörte.«

Ich hatte keine Lust, darauf einzugehen. Ich war nicht gekommen, um Fragen zu beantworten, ich wollte Fragen stellen.

»Ich möchte gerne wissen, warum Sie meine Mutter entlassen haben.«

Er erschrak.

»Ich habe sie nicht entlassen.«

Ich versuchte, nicht wütend zu werden. Es war besser, ihn auf die Tatsachen hinzuweisen.

»Warum ist sie dann am Freitagmorgen weggegangen?«, fragte ich.

Darauf antwortete er nicht. Er wiederholte nur, dass er sie nicht rausgeworfen habe.

»Warum ist sie dann weggegangen, nachdem sie Ihr Büro verlassen hatte?«

Er schwieg. Das verstärkte meinen Verdacht, dass er Mama unfair behandelt hatte.

Ich bohrte weiter.

»Warum musste sie eigentlich in Ihr Büro kommen?«

Er wich aus. »Ich hatte keinen Grund, sie zu entlassen. Ich musste ihr etwas mitteilen.«

»Was?«

Wieder tat er, als hätte er meine Frage nicht gehört.

»Danach ist sie dann von selbst weggegangen.«

»Was haben Sie ihr gesagt, und *warum* ist sie weggegangen?«

»Das musst du sie schon selbst fragen.«

Er war ein sturer Verteidiger. Er hatte sich gut verschanzt. Vielleicht musste ich seine Burg aus einer anderen Richtung angreifen.

»Sie waren der Erste, der erfuhr, dass meine Mutter einen Unfall hatte«, sagte ich.

»Ja?«

»Ja.«

Ich holte den Bierdeckel aus meiner Tasche.

»Warum war Ihre Telefonnummer in der Tasche meiner Mutter?«

Herr Mestdagh, dieser Herr Mestdagh, vor dem sich

das Personal in die Hosen machte, wusste nicht, was er sagen sollte.

»Es ist Ihre Handschrift«, sagte ich.

Er nickte.

»Sie wurden vom Krankenhaus angerufen und haben sofort die Nummer vom Arbeitsplatz meines Vaters weitergegeben. Woher haben Sie gewusst, wo er arbeitet?«

Jetzt hatte ich ihn in die Enge getrieben.

»Von deiner Mutter«, gab er schließlich zu.

Ich verstand, dass dies bis zu einem gewissen Grad ein Geständnis war. Vor mir stand nicht einfach der Chef einer Supermarktfiliale, vor mir stand ein Mann, der mich erkannte, der meinen Namen wusste, der informiert war, wo mein Vater arbeitete, und der meiner Mutter seine Privatnummer gegeben hatte.

Ich hatte noch eine Frage, aber ich machte einen kleinen Umweg, um ihm keine Fluchtmöglichkeit zu lassen.

»Rauchen Sie?«, fragte ich.

Er schaute mich verblüfft an. Dann nickte er. Aber ja, er rauchte.

»Marlboro, nicht wahr?«, erkundigte ich mich.

Das war ein fauler Trick. Auf seinem Schreibtisch lag eine Schachtel Marlboro. Er bemerkte es nicht, er hielt mich für einen Hellseher.

»Sonntagmorgen lag eine leere Packung bei uns auf der Anrichte. Es gibt natürlich noch mehr Leute, die Marlboro rauchen, aber ich glaube, ich kann jetzt schließen, dass Sie Samstagabend bei meiner Mutter waren.«

Das sagte ich auf gut Glück. Ich hatte nirgends eine Zigarettenschachtel gefunden. Ich hatte nur das Bierglas gesehen und die Zigaretten gerochen.

Ich weiß nicht, ob es akzeptabel ist, wenn man lügt, um die Wahrheit herauszubekommen. Aber es hat funktioniert. Mestdagh gab zu, dass er am Samstagabend bei meiner Mutter gewesen war.

»Schau mal, Kaspar«, sagte er, »ich hatte etwas Wichtiges mit ihr zu besprechen, mit deiner Mutter. Aber es hat keinen Sinn, dir zu erzählen, worum es ging. Du würdest es nicht begreifen.«

Durch diese Bemerkung fühlte ich mich nicht gerade geschmeichelt. Er unterschätzte mich ganz gehörig. »Wenn ich Sie wäre, würde ich es einfach sagen«, meinte ich kühl. »Ich komme sowieso dahinter. Meine Mutter war völlig durcheinander nach Ihrem Besuch. Sie hat geweint. Ich will wissen, warum. Ich will wissen, ob es eine Beziehung gibt zwischen Ihrem Besuch und dem Unfall meiner Mutter.«

Herr Mestdagh zupfte nervös an seinem Bart. »Natürlich nicht«, sagte er unsicher. »Es war ein Unfall. Damit habe ich überhaupt nichts zu tun. Ich finde es sehr bedauerlich, was passiert ist, glaub mir, aber ich habe wirklich nichts damit zu tun.«

»Ich könnte das vielleicht glauben, wenn Sie mir sagen, warum meine Mutter Samstagnacht so durcheinander war.«

»Du würdest es doch nicht begreifen«, wiederholte er.

»Probieren Sie es doch einfach. Wir werden schon sehen, ob ich es begreife.«

Er zögerte. Er öffnete den Mund, als wolle er endlich die Wahrheit sagen. In diesem Moment wurde angeklopft. Schlagartig wurde Herr Mestdagh wieder der unnahbare Filialleiter. »Herein«, rief er mit fester Stimme.

Die Tür ging auf. Ein Mann in einem weißen Kittel kam herein.

»Nein, Piet«, sagte Herr Mestdagh. »Jetzt nicht.«

Der Mann nickte und ging ohne ein Wort zu sagen wieder hinaus.

Als wir allein waren, blickten wir einander an. Wir waren uns beide darüber im Klaren, wie ungewöhnlich es war, dass ich, ein elfjähriger Junge, Herrn Mestdagh einem Kreuzverhör unterzogen hatte.

»Schau mal, Kaspar«, sagte er, und seine Stimme klang, als gäbe er mir einen sachlichen Bericht. »Ich kann nur sagen, dass deine Mutter nicht entlassen ist. Sie ist als abwesend eingetragen, aus gesundheitlichen Gründen. Wenn sie wieder in Ordnung ist, kann sie, was mich betrifft, ihre Arbeit als Kassiererin wieder aufnehmen.«

Er setzte sich hinter seinen Schreibtisch und begann seine Post zu sortieren. »Wenn du mehr wissen willst, muss ich dich an deine Mutter verweisen«, fügte er noch hinzu.

Ich verstand, dass weiteres Drängen sinnlos war. Piet hatte ihn daran erinnert, dass er es war, der hier die Fäden in der Hand hielt.

Als ich Herrn Mestdaghs Bürotür hinter mir zuzog, fiel meine Selbstsicherheit in nichts zusammen. Ich war plötzlich müde. Ohne auf das Foto von Herrn Mestdagh zu achten lief ich zur Bushaltestelle.

Ich setzte mich auf die Bank im Wartehäuschen. Es bot Schutz gegen den Wind, trotzdem war es darin bitterkalt. Es war seltsam, allein hier zu sitzen, ohne meine Mutter. Ich machte die Augen zu und dachte darüber nach, was ich gehört hatte. Aber noch mehr über das, was ich noch nicht wusste. Doch ich war zu müde, um klar zu denken. Ich fiel auf der Stelle in eine Art Halbschlaf.

Beim Dösen zogen mir keine Gedanken durch den Kopf, wohl aber Bilder. Ich sah Herrn Mestdagh auf einem Schuh und einem Strumpf vor der Theke von Frau Cassimans »Absatz-Bar« stehen. Mit einem besorgten Gesicht zeigte er den zweifarbigen Schuh, den er ausgezogen hatte. Papa nahm ihn und ging damit zur Fräse. Er stellte die Fräse an und begann den Schuh abzureiben, nicht nur die Sohle, sondern auch das Oberleder. Der Schuh wurde durchsichtig. Papa drehte ihn geschickt hin und her. Der Schuh wurde zusehends kleiner ohne seine vollendete Form zu verlieren. Schließlich blieb ein gläserner Miniaturschuh übrig. Den hielt Papa ans Fenster, um ihn zu kontrollieren. Auf dem Schuh zerteilte sich das hereinfallende Sonnenlicht und formte sich neu zu einem regenbogenfarbenen Stern. Papa lachte glücklich.

Dann ging er zur Kasse. Dort saß Mama. Er bot ihr den Schuh an. »Nein, Piet, jetzt nicht«, sagte Mama. Papa war böse. Er ließ den kleinen Schuh los, und der zerbrach in tausend Stücke.

Papa, Mama, Herr Mestdagh und sogar Frau Cassiman blickten gleichgültig auf die Scherben. Dann, wie auf ein Zeichen, drehten sich ihre Gesichter einem Kind zu. Es saß auf einem Hocker vor der Theke. Es hatte alles mit erstaunten Augen beobachtet.

Das Kind war ich. Ihre Blicke weckten mich auf. Mir war sehr kalt.

Ich war froh, als der Bus kam. Man kann gegen Busfahren sagen, was man will, und urgemütlich ist es sicher nicht, besonders nicht an einem Herbsttag wie diesem. Aber der Bus war wenigstens warm. Und er brachte mich nach Hause, das war auch was.

Auf dem Platz mir schräg gegenüber saß ein Mann mit einem Stoppelbart. Er hatte einen dicken Schal um, so dass es aussah, als hätte er keinen Hals. Er holte ein Päckchen aus der Tasche. Seine dicken Finger fummelten an dem Einwickelpapier, bis er es ab hatte. Er holte ein Brettchen und eine Plastiktüte mit belegten Broten hervor. Das Brettchen legte er sich auf die Knie, darauf sortierte er die Brote je nach Belag: das Häufchen links mit Käse, Ei in die Mitte, Schinken rechts. Wenn der Belag nicht gleich zu erkennen war, hob er die obere Brotscheibe vorsichtig an. So entstanden drei genau gleiche Stapel, die er sekundenlang liebevoll betrachtete.

Ich kann euch aufessen, sagte sein Blick.

Neben ihm stand eine Thermoskanne. Er schraubte den Deckel ab und goss sich dampfenden Kaffee hinein.

Ich glaubte zu wissen, was er dachte, nämlich: Womit soll ich bloß anfangen?

Er wählte ein Eibrot. Dann merkte er, dass ich ihn beobachtete, und er glaubte wohl, sein Appetit habe mich angesteckt.

»Willst du auch ein Brot?«, fragte er. »Ich habe genug.«

»Nein«, sagte ich, »ich habe mein eigenes Vesperpaket.« Dabei deutete ich auf die Tüte, die ich neben mich auf den Sitz gelegt hatte. Seine Augen wurden größer.

»Wirklich?«, sagte er. »Lass doch mal sehen. Nicht dass ich neugierig wäre, aber ich möchte gerne wissen, was du drin hast.«

Ich hatte wenig Lust, die Tüte auszupacken. Ich erwartete die unvermeidlichen Bemerkungen über notwendige Bestandteile einer nahrhaften Mahlzeit. Doch er drängte: »Los. Ich sehe doch, dass du Appetit hast.«

Na gut, von mir aus. Ich hatte zwar kein Brettchen wie er, aber es gelang mir doch, alles auf meinen Knien auszustellen: die Banane, das Päckchen Waffeln, die Tafel Schokolade mit Himbeerfüllung, die mit Nüssen, die mit Sahnetrüffel und die Bonbons. Die Augen des Mannes glitzerten. Um seinen Mund erschien ein Grinsen, das sich schnell ausbreitete. Schließlich war das Grinsen so breit, dass meine Banane perfekt hineingepasst hätte.

»Toll«, jubelte der Mann. »Hat deine Mutter das Päckchen für dich gemacht? Dann hast du die beste Mutter der Welt.«

Er lachte, so dass man seine schneeweißen Zähne sehen konnte. Sie strahlten in voller Pracht. Ich fand es prima, dass ich einen Erwachsenen getroffen hatte, der mich nicht erziehen wollte.

Nun blickte der Mann von meinen Knien zu seinen und wieder zurück. Er stellte vergleichende Studien an und kam zu dem Schluss, dass meine Ausstellung die schönere war. Sein Lächeln verschwand, sein Gesicht bewölkte sich. Er erklärte mir auch, warum.

»Trees gibt mir nie Schokolade mit«, sagte er unglücklich. »Sie macht mir jeden Tag mein Frühstückspaket. Sie packt mir immer leckere Sachen ein, aber nie was wirklich Gutes. Zum Beispiel nie Schokolade.«

Neidisch betrachtete er die Tafeln auf meinen Knien.

»Trees sagt, Schokolade ist schlecht für die Zähne. Sie hat natürlich Recht. Schau mal.« Er stellte den Becher mit Kaffee ab, grinste so breit er konnte und holte sein Gebiss aus dem Mund. Er hielt es mir vor die Nase.

»Falf«, sagte er.

Brotkrümel und Reste vom Ei saßen zwischen den Zähnen. Ich kann nicht sagen, dass ich es appetitlich fand. Als er sah, wie ich zurückwich, lachte er, dass sein ganzes Zahnfleisch zu sehen war.

»Jeder bekommt einen Morffreck, wenn ich die Fähne herausnehme«, sagte er. »Tieht einfach nach nix auf.«

Es stimmte, ich bekam ein seltsames Gefühl in der Magengegend. Zum Glück steckte er sich das Gebiss wieder in den Mund.

»Ich sage Trees immer: Du hast Recht. Ich habe mir die Zähne mit Schokolade und Süßigkeiten versaut. So ist es und nicht anders. Aber kannst du mir sagen, sage ich, warum ich jetzt keine Schokolade mehr essen soll, wenn meine Zähne ohnehin zum Teufel sind? Wenn ich keine Zähne mehr habe, wie kann ich sie mir dann mit Schokolade kaputtmachen? Und weißt du, was sie dann sagt? Dass Schokolade auch schlecht ist für falsche Zähne.«

Wieder starrte er meine Süßigkeiten an. Sein Gesicht verdüsterte sich immer mehr. Doch plötzlich schoss ihm eine Idee durch den Kopf und es erhellte sich. Er fragte, ob wir kein Geschäft machen könnten. Ein Geschäft? Ich blickte ihn erstaunt an.

»Schau«, schlug er vor, »wenn ich eine von deinen Schokoladen bekomme, bekommst du alle meine Brote.«

Mir war es recht. Er konnte mein ganzes Mittagessen

haben, auch ohne dass er mir was dafür gab. Der Blick in seinen Mund, in diese eklige, rosafarbene Zahnfleischhöhle, hatte mir den Appetit verdorben. Doch er schlug mein Angebot aus; er wollte nur etwas nehmen, wenn ich seine Brote akzeptierte. »Ich bin kein Bettler«, sagte er.

Ich machte ihm klar, dass ich jedenfalls nicht das Brot mit Fleisch wollte.

»Wieso?«, fragte er erstaunt. »Bist du Vegetarier?«

Ich nickte. Er musste das einen Moment verarbeiten, dann gab er mir einen ermutigenden Klaps auf die Backe.

»Ach«, sagte er, »mach dir nichts draus, das geht vorbei.«

Wir tauschten. Ich bekam seine Käse- und Eibrote, er mein komplettes Mittagessen. Vorsichtig nahm er ein Stück Schokolade zwischen Daumen und Zeigefinger. Den kleinen Finger winkelte er so elegant ab wie jemand, der Tee aus einer Porzellantasse trinkt.

»Erst die mit Himbeer«, sagte er, während er sie auswickelte. »Dann die mit Nüssen. Die mit Sahnetrüffel hebe ich mir für zuletzt auf. Gut, besser, am besten, das ist die richtige Reihenfolge.«

Er brach die Tafel in Stücke. Rosafarbener, klebriger Brei drang heraus. Er legte das erste Stück auf die Zunge und schloss die Augen.

»Herrlich«, sagte er, »herrlich, herrlich.«

Nun hätte ich die Augen zumachen können, dann hätte ich seinen sabbernden Mund nicht gesehen, aber die Ohren konnte ich vor den schmatzenden Geräuschen ja doch nicht verschließen. Also versuchte ich mich abzulenken.

»Wohin fahren Sie?«, fragte ich.

Der Mann öffnete die Augen. Es dauerte ein paar Sekunden, bis die Frage zu ihm durchdrang. »Nirgendwohin«, sagte er lachend. »Ich habe eine Jahreskarte. Als ich in Pension ging, war ich plötzlich dauernd mit Trees in einem Zimmer. Stunden, Tage und Wochen. Ich ging die Wände hoch. Ich weiß jetzt, warum so viele Leute ein Jahr nach ihrer Pensionierung schon auf dem Friedhof liegen. Wenn es so weit ist, werde ich noch lange genug dort liegen, dachte ich. Ich nahm meinen Mantel und ging zum Bahnhof. Ich fragte, wie viel das kostete, so ein Jahresabonnement, mit dem man mit allen Bussen und Zügen fahren kann. Soundsoviel, sagte der Mann. In Ordnung, sagte ich. Trees war begeistert, weil wir uns jetzt nicht mehr auf die Nerven gehen würden. Dass du mich nach all den Jahren so gern siehst, sagte sie. Sie hatte Tränen in den Augen.«

Er steckte das letzte Stück der ersten Tafel in den Mund. Während er die zweite aufmachte, erzählte er seine Geschichte fertig. »Und so habe ich umgeschult auf Reisender. Ich nehme jeden Tag den Bus oder den Zug. Sobald Trees mein Frühstück fertig hat, fahre ich los. Ich mache es vom Zufall abhängig: welcher Bus oder welcher Zug eben zuerst kommt. Ich brauche nirgendwohin. Das ist das Allerschönste: Ich muss nichts. Ich darf alles.« Er lachte. Er war wirklich ein seltsamer Mann, aber auch sehr glücklich.

»Sieh mich gut an«, sagte er. »Zwischen all den Müssern in diesem Bus bin ich ein seltener Vogel, ich bin ein Dürfer.«

Ein Streifen Himbeerfüllung rann durch seinen Stoppelbart. Er versuchte ihn aufzulecken. Als seine Zunge die Stoppeln gesäubert hatte, begann er mit der Nussschokolade.

Noch bevor er die dritte Tafel in Angriff nehmen konnte, waren wir in Kruizele. Ich musste aussteigen. Er fand es schade. »So jung und schon müssen«, sagte er.

Ich hatte keine Zeit, ihm zu erklären, dass ich den ganzen Tag Dinge tat, die ich nicht durfte. Wenn ich ein Müsser gewesen wäre, hätte ich jetzt im Bollekensschulhaus gesessen.

Er winkte mir nach, als der Bus abfuhr. Viel Chancen, ihn wiederzusehen, bestanden nicht. Ich wusste nicht, wo er herkam. Ich wusste nicht einmal, wie er hieß. Das Einzige, was ich wusste, war, dass seine Frau Trees hieß. »Dürfer von Trees«, sagte ich zu mir. Irgendwie passte dieser Name zu ihm. Dürfer von Trees. Jeder in meiner Umgebung gehörte zu den Müssern. Mein Vater, meine Mutter, Marij, Carla, egal wer – sie standen morgens auf und gingen, wie von fremden Mächten geschoben und gezogen, zu irgendwelchen Orten, wo sie nicht hingehen wollten, taten Dinge, die sie nicht tun wollten, in einer von Uhren beherrschten Welt. Und dann tauchte plötzlich jemand auf, der anders war. Ein Dürfer. Der Dürfer von Trees.

Ich schaute dem Bus nach, bis ich ihn nicht mehr sehen konnte.

»Auf Wiedersehen, Dürfer«, sagte ich. »Gute Reise.«

Da stand ich dann, ein Schwänzer, mit einer Tüte voller belegter Brote, und betrachtete verwirrt den Heldenplein. Ich fühlte mich wie Svevo aus *In die neue Welt*

(Schrank 8, *Reisen und Information*), als er in Rocklin, Colorado, ankam. Die Reise in die Vereinigten Staaten hatte lange gedauert. Das letzte Stück hatte er hinten in einem geschlossenen Lastwagen zurückgelegt. Er konnte nicht hinausschauen. Als der Lastwagen in dem Ort hielt, in dem er in Zukunft wohnen sollte, wurde das Tuch zurückgeschlagen. Dort, in einer rechtwinkligen Fläche aus unwirklichem Licht, hing die unbekannte Stadt. Was er sah, glich in nichts dem Dorf in den Abruzzen, von wo er gekommen war. Und doch war da auf eine geheimnisvolle Art kein Unterschied. Svevo fühlte sich zugleich heimatlos und daheim.

Ich blinzelte, aber das seltsame Gefühl verschwand nicht. Ich betrachtete die Platanen am Straßenrand. Sie standen zittrig und trostlos und träumten vermutlich vom vergangenen Sommer. Auch sie waren wehrlos dem verwirrenden Gefühl ausgeliefert, dass alles dasselbe war und doch unwiderruflich anders. Mein Gefühl allerdings war nicht den Jahreszeiten zuzuschreiben. Der Herbstregen als Spielverderber: Wäre es nur so gewesen. Dann hätte es gereicht, auf die Sonne zu warten, auf die Ankunft des Frühlings, auf die neuen Blätter der Platanen, damit mein Dorf das vertraute Aussehen zurückbekam. Ein Winter hätte gereicht.

Aber so war es nicht. Alles war anders, weil ich es mit anderen Augen betrachtete.

Ich fühlte, wie die Tüte mit den Broten des Dürfers schwer wurde in meiner Hand. Vielleicht hatte ich noch Zeit, sie zu Hänsel und Gretel zu bringen. Wie spät war es? Ich drehte mich um nach der Kirchturmuhr. Während ich es tat, wusste ich schon, wie sinnlos das war, es war hier immer zehn nach drei. Ich unterbrach meine Bewegung und drehte mich wieder zurück. Erst als ich ein paar Schritte gemacht hatte, drang es bis zu meinem Bewusstsein durch, dass die Zeiger auf meiner Netzhaut gesprungen waren. Ich drehte mich um und sah, dass es auf der Turmuhr Viertel vor eins war.

Fräulein Monica würde sich freuen. Jemand hatte die Turmuhr wieder in Gang bekommen. Die Zeit war nach Kruizele zurückgekehrt. Mit gleichmäßigen Schritten, den Blick ins Unendliche gerichtet, lief sie ihre Runden durch das Dorf: ein verrückter Jogger.

Ich wurde jeden Augenblick einen Augenblick älter.

Das vollkommene Verbrechen

Diesmal blieb ich nicht bei Hänsel und Gretel, um mich mit ihnen zu unterhalten. Während sie sich die belegten Brote schmecken ließen, rannte ich nach Hause.

Ich sah sofort, dass jemand da gewesen war. Einer der Stühle war nur halb unter den Tisch geschoben. Auf dem Tisch lagen ein Kugelschreiber und ein unordentlich in der Mitte durchgerissenes Stück Papier. Ich lief die Treppe hinauf. In Mamas Zimmer stand die Spiegeltür ihres Kleiderschranks offen. In ihren Kleidern hatte jemand herumgewühlt. Hatte der Einbrecher angenommen, dass meine Mutter dort Geld oder Juwelen versteckt hatte? Dann hatte er Pech gehabt.

Unter anderen Umständen hätte ich sofort die Polizei angerufen, aber die suchte mich vielleicht. Ich beschloss den Einbruch nicht weiter zu beachten, schon weil ich etwas anderes vorhatte. Es wurde Zeit, dass ich mich um die Sache mit Renske kümmerte. Jetzt zur Schule zu gehen war ein Risiko. Wenn es schief ginge, säße ich in einer Stunde wieder in der Bollekensschule. Doch ich verließ mich darauf, dass Fräulein Monica mich bis vier Uhr bei sich behalten würde. Die Zeit reichte, um Renske wegen Moslievaus Tod auf den Zahn zu fühlen.

Vorausgesetzt, dass sie noch auf freiem Fuß war, natürlich.

Auf der Straße traf ich Krebbe. Er kam aus dem Lebensmittelgeschäft, die Taschen voller Süßigkeiten. Er deutete auf seine linke Jackentasche. »Gekauft«, sagte er. Dann deutete er auf die rechte: »Geklaut.« Er teilte seine Beute mit mir. Ich bekam Bonbons, Oblaten und Karamellen. Dann fiel ihm plötzlich ein, dass ich hier eigentlich nichts zu suchen hatte.

»Schwänzt du?«, fragte er, als sei das die normalste Sache der Welt. Krebbe ging nie in die Bibliothek. Er las nie ein Buch, aber er sah Hunderte von Videofilmen im Jahr. Auch in Filmen wurde regelmäßig geschwänzt.

»Ja«, sagte ich möglichst beiläufig. Wenn Krebbe das so selbstverständlich fand, brauchte ich nicht zu tun, als wäre es eine Heldentat.

Ich wollte das Gespräch auf Renske bringen. Das war ein heikler Punkt. Wir wissen voneinander, dass wir beide Renske gern haben. Eigentlich sind wir Rivalen. Ich versuchte es über einen Umweg.

»Waren heute alle in der Schule?«

Er ließ einen Lutscher zwischen den Lippen baumeln

und zog an ihm wie an einer Zigarre. Er sah aus wie ein Gangster, der viel Geld mit Drogen verdient hat.

»Nein«, sagte er ohne die Zigarre aus dem Mund zu nehmen.

Na also, man hatte Renske geschnappt.

»Wer hat denn gefehlt?«, fragte ich, besorgt, dass seine Antwort meinen Verdacht bestätigen könnte.

»Du.«

Was für eine Neuigkeit! Verärgert blickte ich ihn an, aber er machte ein ganz unschuldiges Gesicht. Er hatte wichtigere Dinge im Kopf.

»Morgen Abend fahre ich nach Anderlecht«, sagte er. »Zum Fußballspiel. Mit meinem Vater.«

Fräulein Monica ging mit Herrn Freddy auf dem Schulhof auf und ab. Sie waren in ein tiefgründiges Gespräch verwickelt. Es dauerte eine Weile, bis sie mich bemerkte.

»Kaspar!«, rief sie erstaunt. »Was ist denn los? Solltest du nicht in Gent in der Schule sein?«

Ich schwieg. Sie verstand, dass etwas nicht in Ordnung war. Sie wollte mich unter vier Augen sprechen. Während ich ihr ins Klassenzimmer folgte, sah ich zu meiner Erleichterung Renske am Schultor auftauchen. Carla war bei ihr. Sie kamen auf uns zu. Carla nahm Fräulein Monica einen Moment zur Seite.

Renske stellte sich neben mich. Ich war froh, dass ich sie sah. Zugleich war ich verärgert, weil sie tat, als könnte sie kein Wässerchen trüben, während ich mir die ganze Zeit Sorgen um sie gemacht hatte.

»Wie hast du es geschafft …«, fragte ich, aber sie legte einen Finger auf die Lippen.

»Pssst!«, machte sie mit einem Blick auf Fräulein Monica und Carla. »Erzähl lieber, wie es deiner Mutter geht.«

Doch daraus wurde nichts. Ich musste Fräulein Monica begleiten.

Fräulein Monica setzte sich auf ihren Stuhl. So konnte sie Auge in Auge mit mir sprechen.

»Komm mal her, Kaspar«, sagte sie.

Ich schob mich ein paar Zentimeter in ihre Richtung.

»Wenn es etwas gibt, was ich von Herzen verabscheue«, sagte sie, »dann ist es lügen.«

So begann sie immer, wenn man was auf dem Kerbholz hatte. Anschließend legte sie einem die Hände auf die Schultern, blickte einem tief in die Augen und versicherte, sie habe einen sehr gern, auch wenn man etwas ausgefressen habe.

Dagegen kam niemand an. Innerhalb kürzester Zeit legte jeder eine Beichte ab. Dann gab es eine mütterliche Ermahnung und – als Vergebung – einen Kuss.

»Ich weiß, dass du weggelaufen bist«, sagte Fräulein Monica. »Carla hat einen Anruf von deinem Vater bekommen. Sie ruft ihn jetzt an, damit er wenigstens weiß, dass du angekommen bist.« Fräulein Monica schaute mich vorwurfsvoll an. »Hast du dir nicht überlegt, dass dein Vater sich große Sorgen machen würde, wenn er von deinem Verschwinden erfährt?«

Ich senkte den Kopf.

»Carla wird deinen Vater fragen, ob du heute Nachmittag hier bleiben darfst. Dann kann er dich abends abholen. Sie kommt gleich zurück und sagt, ob er einverstanden ist.«

Gut. Also bekam ich eine Chance, mit Renske zu sprechen.

»Während wir warten, will ich dir ein paar Fragen stellen. Als Erstes: Warum bist du aus der neuen Schule weggelaufen?«

Sie legte die Hände auf meine Schultern. Ich stemmte mich dagegen.

Ich konnte weder über Herrn Mestdagh noch über Renskes unheimliches Geheimnis sprechen.

»Weißt du, dass ich dich sehr gern habe, Kaspar?« Ihre Augen waren tiefe Teiche.

Wenn ich nicht ertrinken wollte, musste ich weiter zu Boden sehen.

»Ich verstehe, dass du eine schwere Zeit durchmachst, Kaspar, und ich möchte dir gerne helfen. Doch dazu muss ich wissen, was alles los ist.«

Ich blickte weiterhin zu Boden. Ich tat, als sähe ich dort etwas Interessantes. Und plötzlich sah ich etwas sich bewegen. Da kroch etwas. Es war von Gott geschickt.

»Schauen Sie mal, Fräulein Monica«, rief ich. »Ein Marienkäferchen.«

Unwillig blickte sie zur Seite. Das Tierchen durchkreuzte ihre Taktik.

»Armes Tier«, sagte ich. »Wenn wir nichts unternehmen, wird es gleich unter den Füßen der Kinder zertrampelt.«

Das hielt Fräulein Monica nicht aus. Sie ließ meine Schultern los.

Uff!

Wir knieten uns auf den Boden und beugten uns über das Marienkäferchen.

»Süß, nicht wahr?«, sagte ich treffsicher. »Vielleicht können Sie gleich im Unterricht was darüber erzählen?«

Fräulein Monica nickte zärtlich. Doch plötzlich entdeckte sie etwas, was ihr den Atem stocken ließ: Ein häutiges Flügelchen kam unter einer harten Flügeldecke heraus.

»Armes Ding!«, jammerte sie. »Vielleicht hat es sich den Flügel gebrochen. Wie kriegen wir den nur wieder in Ordnung? Schau doch mal, wie hilflos es über den Boden krabbelt.«

Mir war, als spräche sie nicht nur über das Marienkäferchen, sondern auch über mich.

Sie warf mir einen mitleidigen Blick zu. Ich tauchte in ihren Augen unter.

»Coccinella duodecimpunctata«, flüsterte sie. Es klang wie Filmmusik.

Und siehe, ganz kurz, fast beiläufig, drückte Fräulein Monica ihre Lippen auf meine Wange. Ein warmes Gefühl strömte durch meinen Körper.

Es war November, aber das Geißblatt blühte.

In diesem Augenblick kam Carla herein. Einfach ohne anzuklopfen. Sie merkte nicht, dass sie ungelegen kam.

»Ich habe Dolf an der Strippe gehabt. Er war froh, dass Kaspar da ist, aber er hat sich auch sehr geärgert. Ich fürchte, dir blüht heute Abend was.«

Beim letzten Satz hatte sie sich zu mir umgedreht. Ihr Blick sagte: Was hast du aber auch schon wieder angestellt! Dann schickte sie mich hinaus. Sie musste noch etwas mit Fräulein Monica besprechen.

Auf dem Schulhof umringten mich die anderen. Sie

wollten wissen, was Fräulein Monica gesagt hatte, aber ich wollte mit Renske sprechen.

»Hier«, sagte ich zu Liddy, der Tochter des Metzgers. »Aber gerecht verteilen.«

Ich drückte ihr alle Süßigkeiten in die Hand, die ich von Krebbe bekommen hatte. Ihre Zöpfe flogen, als sie weglief und die Meute hinter sich herlockte.

So, jetzt waren wir endlich allein. Ich fragte Renske, wie sie es in Gottes Namen geschafft habe, der Polizei nicht in die Hände zu fallen.

Sie schaute mich erstaunt an. Wieso hatte ich solche Angst vor der Polizei?

»Kaspar«, sagte sie, »du weißt doch, dass die Polizei strohdumm ist.«

Stimmte das? Die paar Polizisten, die ich persönlich kannte, zeichneten sich wirklich nicht durch Schlauheit aus. Aber einfach zu sagen, dass alle ...

»Weißt du noch, wie es war, als Carlas neues Rad gestohlen wurde?«, fragte Renske. »Papa hat die Polizei gerufen. Sie haben Carla anderthalb Stunden verhört. Sie haben eine richtige Akte angelegt. Sie haben was weiß ich alles unternommen. Und wer hat das Rad gefunden?«

Ich nickte.

»Du«, sagte ich.

»Genau!«, sagte Renske. »Und weißt du zufällig auch noch, wo ich das Fahrrad gefunden habe?«

Auch das wusste ich: an die Wand der Polizeistation gelehnt.

»Ja«, sagte Renske. »Ich bin reingegangen und habe ihnen gesagt, dass Carlas gestohlenes Rad an ihrer Mauer lehnt. Ganz erstaunt haben sie gefragt, ob das wirklich das Fahrrad von meiner Mutter wäre. Es stand schon anderthalb Monate da.«

Ich kannte diese Geschichte. Ganz Kruizele hatte sich darüber lustig gemacht. Der Dieb hatte das Fahrrad vor der Polizeistation abgestellt. Vielleicht hatte er Gewissensbisse bekommen. Oder er hatte es nicht wirklich gestohlen, sondern nur ausgeliehen.

»Anderthalb Monate lang haben sie sich gefragt, wem dieses Fahrrad wohl gehören könnte«, sagte Renske. »Nein, es gibt keine schlauen Polizisten.«

»Aber«, sagte ich, »da ging es nur um ein Fahrrad. Jetzt geht es um ein Menschenleben. Du kannst einen Diebstahl nicht mit einem Mord vergleichen.«

Renske betrachtete mich mit einer Mischung aus Mitleid und Ungeduld.

»Vielleicht solltest du später zur Polizei gehen«, sagte sie. »Natürlich kann man einen Diebstahl nicht mit einem Mord vergleichen. Aber es scheint mir doch ein bisschen unwahrscheinlich, dass sie, wenn sie ein gestohlenes Fahrrad vor ihrer eigenen Haustür nicht entdecken, so mir nichts, dir nichts einen Mordfall lösen können.«

»Aber selbstverständlich nicht«, bestätigte ich etwas lehrerhaft.

Doch Renske ließ sich nicht aus der Ruhe bringen.

»Sie wissen nicht mal, dass Moslievau keines natürlichen Todes gestorben ist. Sie haben keine Akte angelegt. Wie können sie einen Fall lösen, der gar nicht existiert?«

Dagegen ließ sich nichts sagen. Aber beruhigt war ich trotzdem nicht – das lag wohl an meiner Veranlagung.

Deshalb rückte Renske nun mit ihrem Hauptargument heraus: »Außerdem war es das perfekte Verbrechen.«

Eigentlich hatte ich Renske zuerst fragen wollen, warum sie Moslievau um die Ecke gebracht hatte. Doch als sie nun das perfekte Verbrechen erwähnte, stellte ich eine andere Frage: »Wie hast du ihn …?«

In diesem Moment ging die Glocke.

Ich hätte heulen können vor Enttäuschung. Ich kam mir vor wie die Hauptfigur in einem Jungenbuch. Immer, wenn gleich etwas Wichtiges passieren soll, kommt in Jungenbüchern etwas dazwischen. Ein unerwünschter Besucher taucht auf, ein Flugzeug stürzt in den Vorgarten oder irgendwo geht eine Klingel.

Ich weiß, dass sich das alles ganz hübsch liest. Es dient der Spannung, und deine Neugier wird ja auch bald befriedigt. Aber wenn dir so was im wirklichen Leben passiert, ist es unerträglich.

Ich schaute hinauf zum Himmel. Ich wusste nicht, ob dort ein Gott wohnte, der mit mir umsprang wie ein Schriftsteller mit dem Helden seines Buches. Die Erwachsenen können sich nicht einigen, ob es Gott gibt, also braucht man mich auch nicht zu fragen. Aber wenn – *wenn* ich von so einem Gott erfunden worden bin, dann hat er leicht sadistische Züge. Dass jemand Vergnügen daran fand, mich auf so eine gemeine Art zu ärgern, machte mich fuchsteufelswild.

Und als ich, beim Weiterdenken, zu der Einsicht gelangte, dass dieser Gott dann auch meine Mutter unter den Bus hatte laufen lassen, da wurde ich – falls es das gibt – noch wilder als fuchsteufelswild.

Ich betrachtete die Wolken und streckte ihnen die Zunge raus. Und dann, es hörte einfach nicht auf, kam der nächste Gedanke. Mit Gedanken ist es wie mit dem Unglück, einer kommt selten allein. Wenn es diesen alles beherrschenden Gott wirklich gab und er es also verdient hatte, dass ich ihm die Zunge rausstreckte, dann war es doch wieder er, der bestimmte, dass ich jetzt, in diesem Moment, die Zunge rausstreckte. Offenbar spielte jemand ein ziemlich überhebliches Spiel mit mir. Dieser Gedanke war mehr, als ich ertragen konnte.

Er machte mich fuchsteufelswild-hoch-drei.

Als die letzten Töne von Fräulein Monicas Glocke verklungen waren, standen alle in der Reihe. Renske hatte sich hinter mich gestellt. Sie rückte ganz nahe an mich heran und flüsterte mir ins Ohr, wie sie Moslievau umgebracht hatte.

»Pietje«, sagte sie, »ich habe Pietje losgelassen.«

Ich blickte sie verblüfft an. Wie konnte Pietje ...?

»Wenn es geläutet hat, will ich nichts mehr hören«, sagte Fräulein Monica. »Und umdrehen gibt es dann auch nicht mehr.«

Ein dreieckiger Tisch

Kanarienvögel nicht mitgerechnet gab es meines Wissens nur einen Pietje in ganz Kruizele. Das war Renskes Schildkröte. Die hatte sie mal zum Geburtstag bekommen. Jacques hatte damals den ganzen Garten mit einer Mauer aus Ziegelsteinen einfassen lassen. Innerhalb der

Mauern kroch Pietje frei herum. Manchmal ließ er sich tagelang nicht sehen, aber früher oder später fand man ihn dann unter einem Salatkopf oder im Obstgarten.

Während alle Kinder der Reihe nach das Marienkäferchen bestaunten, marterte ich mein Gehirn mit der Frage, wie Pietje Moslievau hatte töten können. Der Gedanke, dass eine Schildkröte von kaum fünfzehn Zentimeter Länge einen Menschen aus dem Weg räumen konnte, kam mir absolut blödsinnig vor. Doch was wusste ich schon über Schildkröten im Allgemeinen oder über Pietje im Besonderen? Herzlich wenig, das musste ich zugeben.

Ich sah natürlich, dass Renske ein sehr persönliches Verhältnis zu ihm hatte. Sie liebte ihn deutlich mehr als beispielsweise ihre Kaninchen. Ihrer Meinung nach hatte er mehr Charakter, mehr Persönlichkeit und auch mehr Geschichte. Sie glaubte, dass Pietje mindestens hundertfünfzig Jahre alt war. Wenn man sich überlegte, welch ein Schatz an Erinnerungen sich in diesem Köpfchen angesammelt hatte! Hundertfünfzig Jahre! Mit so vielen Erfahrungen, mit so vielen Erinnerungen war Pietje unwidersprochen eines der intelligentesten Geschöpfe auf Erden.

Als ich einmal gewagt hatte, diese Behauptung anzuzweifeln, hatte sich Renske ganz schön auf den Schlips getreten gefühlt.

»Okay«, hatte sie empört gesagt, »du brauchst es nicht zu glauben, nur weil ich es sage. Ich werde es dir beweisen. Experimentell! Mehr kann ich nicht für dich tun. Wenn du dann noch an Pietjes Intelligenz zweifelst, ist dir nicht zu helfen.«

Sie stellte sich auf die Schwelle der Hintertür ihres Hauses, steckte zwei Finger in den Mund und stieß einen schrillen Pfeifton aus.

»Jetzt kommt er«, sagte sie triumphierend. »Das ist ein Signal.«

Sie hatte mit Pietje Dutzende von Zeichen ausgemacht, die er alle verstand. So konnte sie ihm Guten Morgen und Gute Nacht wünschen. Sie konnte ihm zum Beispiel mitteilen, dass sein Schüsselchen wieder gefüllt war. Sie konnte ihm einen guten Appetit wünschen. Und sie konnte ihn zu sich rufen.

Erwartungsvoll blickte ich mich im Garten um. Alles Mögliche bewegte sich: Kaninchen, Amseln, Schmetterlinge.

Aber kein Pietje.

»Nun?«, sagte ich.

Renske schaute mich verwundert an. Hatte ich wirklich erwartet, dass Pietje sofort angerannt käme? »Pietje ist doch kein Hund. Vielleicht ist er ganz hinten im Garten. Stell dir mal vor, du wärst eine Schildkröte. Wie lange würdest du brauchen, um von ganz hinten im Garten bis hierher zu kommen?«

Nun ja, die Durchschnittsgeschwindigkeit von Schildkröten hatte ich tatsächlich nicht bedacht.

»Geh ruhig nach Hause«, sagte Renske. »Ich rufe dich, wenn er ankommt.«

Ich zog ab. Eine Viertelstunde später kam sie, um mich zu rufen.

Pietje stand ein wenig benommen an der Hintertür.

»Du glaubst doch nicht etwa, ich hätte ihn hierher getragen?«, fragte Renske.

Das hätte ich nie gewagt.

Um mir die letzten Zweifel zu nehmen, wiederholte sie das Experiment ab und zu. Oft dauerte es sehr lange, bis Pietje auftauchte. Doch dafür gab es eine Erklärung. Von ganz hinten im Garten bis zum Haus, das war für eine Schildkröte mindestens eine Tagesreise.

Die Begeisterung, mit der Fräulein Monica den Unterschied zwischen den verhärteten Vorderflügeln und den häutigen Hinterflügeln bei Marienkäferchen erklärte, ließ mich unberührt. Ich grübelte nur über Pietje, Renske und Moslievau nach. Als Fräulein Monica den feinen Unterschied zwischen einem sieben- und einem zwölfpunktigen Marienkäferchen beschrieb, hatte ich mir mindestens schon fünfzig Versionen des Mordes an Moslievau überlegt – und wieder verworfen. Fräulein Monica merkte natürlich, dass ich mit den Gedanken nicht bei der Sache war, aber sie ließ mich in Ruhe. Vermutlich meinte sie, dass ich an meine Mutter dachte.

Mama! Ich ging so auf in Renskes Angelegenheiten, dass ich Mama fast vernachlässigt hätte! Als ich das plötzlich kapierte, machte ich mein Versäumnis sofort wieder gut. Ich konzentrierte mich auf sie und im Nu war ich im Krankenhaus.

»Hallo«, sagte ich.

Sie lächelte. »Guten Tag, Kaspar.« Sie hatte schon die ganze Zeit auf mich gewartet.

»Wie geht es dir?«, fragte ich.

»Gut. Ich brauche nicht mehr auf der Intensivstation zu bleiben. Sie haben mich heute Morgen hierher gebracht.«

»Um halb acht?«

»Ja. Woher weißt du das?« Sie machte ein verwundertes Gesicht.

»Ach, nur so«, sagte ich. Ich konnte ihr wohl kaum erklären, dass ich genau in diesem Moment am Fenster von Papas Wohnung gestanden und meine Zauberformel ausgesprochen hatte.

»Ich bin aber sehr müde. Ich hatte eine unruhige Nacht. Doch jetzt, wo ich in einem normalen Zimmer liege, kann es nur besser werden.«

Sehr gut, dachte ich. Mama geht es schon besser. Wenn ich sie nur im Auge behalte, wird alles wieder gut. Ich schob die Vorhänge zu, ging zu ihrem Bett und gab ihr einen Kuss.

»Versuch ein bisschen zu schlafen. Heute Abend komme ich wieder vorbei.«

Sie hatte die Augen geschlossen. Sehr verletzlich sah sie aus, verletzlich, aber zufrieden.

»Schlaf gut«, sagte ich. Und um ganz sicherzugehen, fügte ich hinzu: *»Moslievau!«*

Um vier Uhr hielt mich Fräulein Monica in der Klasse zurück.

Das Marienkäferchen hatte mir einen Aufschub gewährt, jedoch keine Befreiung. Ob ich wollte oder nicht, sie würde mir helfen.

»So«, sagte sie. »Und wohin gehst du jetzt?«

Zu Renske natürlich, aber das konnte ich nicht sagen.

»Nach Hause.«

»Daraus wird nichts. Du gehst zu Carla. Dein Vater hat gesagt, dass er dich von dort abholt.«

Was für ein Glück! Da hatte ich zwei Stunden Zeit, um mit Renske zu sprechen. Falls Fräulein Monica mich nicht zu lange bei sich behielt.

»Aber du hast mir noch immer nicht gesagt, warum du heute Morgen weggelaufen bist. Gefällt dir die neue Schule nicht?«

»Nein«, sagte ich.

»Was passt dir nicht an ihr?«

»Nichts.«

Doch Fräulein Monica ließ sich nicht so leicht von etwas abbringen. Sie legte die Hände auf meine Schultern.

»Was hast du dort, einen Lehrer oder eine Lehrerin?«

»Einen Lehrer. Herrn Thierry.«

Fräulein Monica nickte, als erkläre das alles. »Es klappt nicht zwischen dir und Herrn Thierry?«

»Es hat nichts mit Herrn Thierry zu tun. Ich bin einfach lieber hier.«

»Warum?«

»Darum.«

»Darum ist keine Antwort. Überleg mal genau: Was vermisst du in deiner neuen Schule?«

Als sie das fragte, sah ich meine Chance kommen. »Sie«, sagte ich. Es war nicht gelogen, und Fräulein Monica wusste das. Sie zog mich an sich. Jetzt konnte ich sie um alles bitten.

»Fräulein Monica?«

Sie schaute mich an. In ihren Augen schwammen Goldfische.

»Könnten Sie meinen Vater fragen, ob ich wieder zu Ihnen in die Schule darf? Er braucht mich nicht immer zu bringen. Ich nehme einfach den Bus. Das habe ich heute

Morgen auch getan. Und über Mittag gehe ich nach Hause.« Ich blickte sie flehend an. Wenn sie Papa genügend bat, würde schon alles so klappen, wie ich es wollte.

»Gut«, sagte Fräulein Monica. »Ich rufe deinen Vater an, sobald ich zu Hause bin.«

Eigentlich hätte ich lieber erst mit Renske gesprochen, aber Carla hatte Windbeutel gekauft. Speziell für mich. Ich machte aus der Not eine Tugend und griff gierig zu. Die Windbeutel schmeckten so gut, dass wir alle ganz still wurden. Solange man etwas Leckeres im Mund hat, gibt es nur wenig zu sagen.

So saßen wir am Tisch und nichts war zu hören außer dem Geräusch mahlender Kiefer: Renske, Carla mit Wüffel auf dem Schoß und ich. Die Szene war so selbstverständlich, dass ich mich vollkommen zu Hause fühlte.

Und dann tat ich plötzlich etwas ganz Seltsames. Ich radierte in Gedanken meinen Vater und meine Mutter weg. Es gab sie nicht mehr. Es hatte sie nie gegeben. Ich lebte seit meiner Geburt in diesem Haus. Carla war meine Mutter, Renske und Wüffel waren meine Geschwister. Auch Renskes Vater radierte ich weg. Er war ohnehin nie da.

Eine Winzigkeit störte mich noch: Eine Seite des rechteckigen Tisches war frei. Das erweckte den Eindruck, als sei irgendjemand vorübergehend nicht da, würde aber gleich heimkommen. Dieser Gedanke war mir unangenehm. Kein Problem: In meiner Vorstellung gab ich dem Tisch eine andere Form. Ich nahm einfach eine Seite weg und nun war er dreieckig. Es gab keine leere Stelle mehr, niemand wurde erwartet.

Mit einer Schwester, die Renske hieß, mit einem Bruder, den wir Wüffel nannten und der auf dem Schoß einer Mutter saß, die ihre Kinder zu Windbeuteln einlud, fühlte ich mich vollkommen glücklich.

Es dauerte nur ein paar Sekunden, dann drang die Ungeheuerlichkeit meiner Fantasievorstellungen zu mir durch. Ich, der nicht begreifen konnte, dass Renske (wenn es stimmte, was sie sagte) Moslievau aus dem Weg geräumt hatte, liquidierte kaltblütig meine eigenen Eltern, um ohne trübe Gedanken in problemloser Geborgenheit Windbeutel futtern zu können. Ich schämte mich tief.

Was war in diesem Moment auf meinem Gesicht zu lesen? Jedenfalls muss ich idiotisch ausgesehen haben, denn Renske, die mir gegenübersaß, fing an zu lachen. Erst versuchte sie noch sich zu beherrschen, dann fielen alle Hemmungen. Sie heulte vor Lachen wie eine Sirene. Ihr Gesicht lief rot an, und als wäre es aus Ton, wurde es von unsichtbaren Händen zu immer neuen Grimassen geformt.

Meine Verblüffung dauerte nur ein paar Sekunden. Dann wurde ich von ihrer Fröhlichkeit mitgerissen. Ich bekam selbst einen Lachanfall, genau wie Renske. Auch Carla musste dran glauben. Erst betrachtete sie uns nur amüsiert, aber allmählich fing sie ebenfalls an zu lachen. Nur Wüffel blieb ernst. Nicht dass er nicht mitlachen wollte, aber er suchte nach einem passenden Grund. Als er den nicht fand, beschloss er wohl einen zu fabrizieren. Wie ein alter Komiker begann er alle möglichen verrückten Gesichter zu schneiden. Da waren wir ganz verloren. Das war kein Gelächter mehr, das war ein Wolkenbruch. Die Tränen strömten uns über die Wangen.

Es dauerte so lange, bis Carla sich verschluckte. Die Kuchenkrümel spritzten durch die Gegend. Hustend, mit beiden Händen vor dem Mund, floh sie in die Küche. Unser Lachanfall war vorbei. Wir konnten einfach nicht mehr. Renske legte den Kopf auf den Tisch.

Ich tastete nach meinem Taschentuch, um mir die Tränen abzuwischen. Da fiel mir der dreieckige Tisch wieder ein. Ich dachte an meinen Vater und an meine Mutter, für die kein Platz war an diesem Tisch, und ich fühlte die Tränen, die ich gerade geweint hatte, unaufhörlich weiterströmen. Vergeblich bemühte ich mich um Selbstbeherrschung. Die ganze nasse Trauer, die ich ohne es zu merken in mir gespeichert hatte, war nicht mehr einzudämmen. Ich lief über. Es war nicht mehr zu halten.

Ich hätte es noch nicht mal schlimm gefunden, dass ich weinte, wenn Carla und Renske und Wüffel mich nicht so mitfühlend angestarrt hätten. Ich sprang auf und lief hinaus. Durch das Loch im Zaun und den Vorhang meiner Tränen bahnte ich mir einen Weg zu unserer leeren Garage. Dort, in der diskreten Gesellschaft von zwei Fahrrädern, einem alten Kirchenstuhl und einigen weiteren ausrangierten Möbelstücken, gab ich mich ohne Widerstand einem befreienden Heulausbruch hin. Seit Celestinas Klaps vor elf Jahren hatte ich keine Träne mehr geweint. In ein paar Minuten holte ich nach, was ich ein ganzes Jahrzehnt lang versäumt hatte.

Sie ließen mich eine Weile allein. Zum Glück. Erst als alle Traurigkeit aus mir geflossen war und einer unbestimmten, verschwommenen Wehmut Platz gemacht hatte, ging die Garagentür auf. Renske kam herein. Langsam, wie ein Raumfahrer in der Schwerelosigkeit, stand ich auf. Endlich würde ich erfahren, wie sie Moslievau in die ewigen Jagdgründe geschickt hatte.

Renske tat, als wäre nichts passiert.

»Ich frage mich«, sagte sie, »ob du in euer Haus reinkannst.«

Ich stellte mich auf den Kirchenstuhl und holte den Schlüssel vom Balken.

»Komm«, sagte ich. Wir gingen hinein. Wir liefen durch die Küche zum Wohnzimmer. Ich knipste das Licht an. Ohne ein Wort zu sagen setzten wir uns genau auf dieselben Plätze wie am Samstag, als ich Renske mein Geheimnis erzählt hatte. Außer dem einen Stuhl, der nicht mehr an seinem Platz stand, und dem Schreibzeug auf dem Tisch hatte sich nichts verändert.

»Wo waren wir stehen geblieben?«, fragte Renske.

Der jähe Tod des Balthasar Duykelaar

»Bei deinem Geheimnis«, sagte ich. »Ich hab dir meins erzählt, jetzt bist du dran.«

Renske schwieg ein paar Augenblicke. Vielleicht wusste sie nicht so recht, wo sie beginnen sollte.

»Glaubst du an Geister?«, fragte sie schließlich.

Ich schüttelte den Kopf.

»Das habe ich befürchtet«, sagte Renske enttäuscht. »Dann muss meine Geschichte noch ein bisschen warten, dann muss ich dich erst aufklären.«

Sie zog das Stück Papier, das auf dem Tisch lag, näher zu sich. Sie nahm den Kugelschreiber und zog einen senkrechten Strich.

»Schau her«, sagte sie. »Hier leben die Menschen. Und die Tiere und die Bäume und die Häuser und alles.« Sie deutete auf den Bereich rechts von dem senkrechten Strich und kritzelte ein paar Figuren hinein, um ihre Erklärung zu verdeutlichen. Dann zeigte sie auf den Bereich links von der Trennlinie. »Hier leben die Geister. Beide Bereiche zusammen bilden die Welt. So zu tun, als gäbe es einen von ihnen nicht, ist dumm. Da behältst du nur die halbe Welt übrig.«

Sie schaute mich an, um zu sehen, ob ich ihr folgen

konnte. Ich nickte ein bisschen zögernd. Gut, dann konnte sie fortfahren.

»Die meisten Menschen glauben nicht an Geister. Was ich nicht sehe, gibt es nicht, sagen sie. Das ist Unsinn. Schau, wenn sich diese Kritzeleien plötzlich in ein buntes Bild verwandeln, dann muss das doch eine Ursache haben. Dann ist ein unsichtbarer Künstler am Werk. Da hast du es: unsichtbar. Normale Menschen sind nicht unsichtbar. Geister schon. Verstehst du? Aus dem Entstehen von Farben kannst du die Existenz von Geistern ableiten.«

Ich starrte verblüfft das Papier an. Keine Spur von Farbe war zu sehen. Aber ich sagte nichts. Je mehr Einwände ich vorbrachte, desto länger musste ich auf Renskes Geschichte warten.

»Schön! Wenn du das alles begreifst, kann ich jetzt den Beweis liefern. Du weißt, dass meine Mutter tot ist. Nun, sehe ich unglücklich aus?«

Ich musste zugeben, dass sie das nicht tat.

»Gut. Und weißt du auch, warum ich nicht traurig bin? Weil meine Mama zwar tot ist, aber doch lebt. Als Geist. Sie ist ständig in meiner Nähe. Sterben heißt doch nur, dass du umziehst von hier nach da.« Ihr Zeigefinger schob sich von rechts nach links über das Blatt. »Aber meine Mama hat keine Schwierigkeiten mit dieser Linie. Sie läuft einfach hin und her. Immer wenn ich sie brauche, ist sie da.«

Es war zu schön, um wahr zu sein. Aber das sagte ich nicht. Ich wollte den Trost, den sie sich in ihrer Einbildung geschaffen hatte, nicht schmälern, nicht zerstören.

Renske beugte sich nun vertraulich zu mir. Ein geheimnisvolles Lächeln spielte um ihren Mund.

»Kaspar, ich habe eine Überraschung für dich. Wir sind hier nicht allein.« Sie deutete auf den leicht zurückgeschobenen Stuhl. »Darf ich dich meiner Mutter vorstellen? Mama, das ist Kaspar.«

Ich starrte den Stuhl verblüfft an. Behauptete sie allen Ernstes, dass der Geist ihrer toten Mutter auf diesem Stuhl saß? Ich hatte Lust zu fragen, ob die gnädige Frau vielleicht mal schnell die Zeichnung ihrer Tochter bunt anmalen könnte. Dann würde ich alles glauben. Doch ich nahm an, dass Renske empört wäre über so viel Unglauben. Damit die Sache weiterging, traf ich eine kluge Entscheidung. Ich nickte dem leeren Stuhl zu.

»Guten Tag«, sagte ich höflich.

Renske war zufrieden mit mir.

»Schön«, sagte sie. »Ich kann nicht erwarten, dass du Mamas Anwesenheit schon fühlst, so etwas braucht mehr Zeit. Aber du hast bewiesen, dass du begreifst, dass es auf der anderen Seite der Linie eine Welt aus Geistern gibt. Und dass meine Mama dauernd hin- und herpendelt.«

Ich nickte. Ich war bereit alles zuzugeben, wenn ich nur ihre Geschichte zu hören bekam.

»Okay«, sagte Renske. Sie drehte sich zu dem Stuhl. »Darf ich es ihm jetzt erzählen?«

Der Stuhl war einverstanden.

Renskes Geschichte hatte fast ein Jahr früher begonnen. Es war Anfang Januar und es hatte tagelang geschneit. Überall lagen dicke Schneehaufen. Die Leute hatten ihre Gehsteige geräumt, damit die Fußgänger sich nicht durch den Schnee quälen mussten, wenn sie zum Bäcker oder zum Lebensmittelhändler wollten. Doch nun hatte

Frost eingesetzt und die Gehsteige waren spiegelglatt geworden.

»Weißt du das noch?«, fragte Renske.

Natürlich wusste ich es.

An diesem Tag war Renske nach vier noch in der Schule geblieben; sie hatte Fräulein Goedele helfen dürfen. Damals war sie noch in der vierten Klasse gewesen. Sie mussten alles Mögliche für den nächsten Tag vorbereiten. Als Fräulein Goedele sie gehen ließ, war es schon fast dunkel. Die Straßenlaternen waren schon an und die Äste der Platanen auf dem Schulhof warfen drohende Schattenfinger über den Schnee. Mehr rutschend als gehend glitt Renske zum Tor. Sie sah, dass auf dem Gehsteig zur Straße hinunter Asche gestreut war, trotzdem hatte sie Angst, sie könnte ausrutschen. Mit ausgebreiteten Armen taumelte sie weiter.

»Und dann passierte es«, flüsterte Renske heiser. »Ein Schatten sprang plötzlich hinter der Mauer hervor. Es war Moslievau. Er hatte gesehen, dass ich nicht mit euch zusammen weggegangen war. Und er erinnerte sich natürlich daran, dass ich ihn am Tag zuvor aus sicherem Abstand gehänselt hatte. Er hatte die ganze Zeit in dieser Eiseskälte auf mich gewartet. Mehr als eine Stunde. Er wollte sich unbedingt an mir rächen.«

Renskes Hand umklammerte meinen Arm, als suche sie noch immer Schutz gegen Moslievaus Angriff. Der war mit einem solchen Karacho hinter der Mauer hervorgesprungen, dass er ausrutschte und in einem zusammengekehrten Schneehaufen am Straßenrand landete.

»Ich darf nicht daran denken, was passiert wäre, wenn er mich wirklich erwischt hätte«, sagte Renske. »Ich bekam einen Mordsschreck. Ich wollte wegrennen, aber der Gehsteig war so glatt, dass ich nicht vorwärts kam. Ich machte ein paar rutschende Schritte, meine Arme ruderten durch die Luft und endlich stolperte ich einen halben Meter an Moslievau vorbei in den Schnee.

Moslievau hatte sich inzwischen auf die Knie gerappelt. Als er mich in den Schnee fallen sah, kroch er auf mich zu. Ich hatte eine Todesangst. Er fuchtelte mit den Armen und erwischte meinen linken Fuß. Mein Leben stand auf dem Spiel. Ich trat und strampelte so wild, dass sich mein Fuß aus meinem Tiroler Fellstiefel schob. Ich krabbelte hoch und rannte weg, an einem Fuß einen Stiefel, am anderen nur den Strumpf. Ich rannte um mein Leben. Erst als ich weit genug entfernt war, wagte ich mich umzuschauen.

Moslievau war hochgekommen. Er klopfte sich den Schnee von den Beinen und begann ein seltsames Lied zu singen. Seine Stimme war heiser. Dazu tanzte er eine Art Indianertanz. Mit hölzernen Bewegungen hüpfte er auf seinen Mokassins durch den Schnee und schwenkte meinen Stiefel wie eine Trophäe über dem Kopf. Erst jetzt fing ich an zu weinen. Vor Angst und vor Wut. Vor allem vor Wut. Ich konnte es nicht aushalten, dass er meinen Stiefel in den Klauen hielt. Ich versprach mir selbst, dass ich mich rächen würde. Heulend und mit einem halb erfrorenen linken Fuß humpelte ich nach Hause.«

Renske ließ meinen Arm los. Sie rieb sich die Tränen aus den Augen. Ich erinnerte mich vage daran, dass sie mir die Geschichte erzählt hatte, aber damals hatte sie die Starke gespielt. Sie hatte sich nicht anmerken lassen, was für eine Angst und Wut sie gehabt hatte.

Langsam begann ich zu begreifen, warum sie Moslievau aus dem Weg geräumt hatte.

Renske machte eine Pause. Sie holte tief Luft, bevor sie den Faden ihrer Geschichte wieder aufnahm.

Carla war wütend, als sie erfuhr, was passiert war. Sie rief Jacques an. Der ließ seine Arbeit im Stich, was noch nie geschehen war. Renske zitterte und weinte noch immer, als er eine Stunde später zu Hause ankam. Noch einmal musste sie alles genau erzählen. Als sie fertig war, lief Jacques ohne ein Wort zu sagen aus dem Haus. Eine halbe Stunde später war er zurück. Er lief ins Badezimmer und wusch sich die Hände, als hätte er sie sich sehr schmutzig gemacht.

»So«, sagte er, während er seine Hände abtrocknete, »ich glaube, der hat seine Lektion gelernt.«

Er setzte sich an den Tisch. Beim Essen erzählte er von seiner Strafexpedition. Er hatte Moslievau in den *Drei Königen* gefunden, wo er auf einem Hocker an der Theke thronte. Er lud jeden ein, der hereinkam, und hatte schon ein paar Runden ausgegeben. Er erkannte Jacques nicht mal.

»Karl, bring dem Herrn auch was«, lallte er.

Jacques erkundigte sich, warum er so spendabel sei.

»Einfach so«, antwortete Moslievau. »So bin ich nun mal, das liegt mir im Blut.«

Da packte ihn Jacques an der Kehle. Moslievau wurde nüchtern. Er pisste sich in die Hose vor Schreck. Jacques machte ihm ein für alle Mal klar, was ihn erwartete, wenn er noch ein einziges Mal einen Finger nach Renske ausstreckte. Oder nach irgendeinem anderen Kind.

»Dann hast du dein letztes Bier getrunken, du vergammelter Matjeshering«, sagte Jacques. »Dann komme ich höchstpersönlich und drücke dir die Kehle zu.«

»UND MEIN STIEFEL?«, fragte Renske.

Den hatte Jacques nicht mitgebracht. Moslievau hatte behauptet, er hätte ihn nicht mehr. Der Stiefel wäre am Schultor liegen geblieben. Jacques hatte die ganze Umgebung abgesucht, aber der Stiefel war unauffindbar geblieben. Als Renske das hörte, begann sie wieder zu weinen.

»Weißt du was?«, sagte Carla. »Morgen kaufen wir neue Stiefel. Schönere.«

Aber darum ging es Renske nicht. Es ging ihr darum, dass Moslievau ihren Stiefel vielleicht irgendwo versteckt hatte. Dass er ihn mit seinen dreckigen Händen anfassen konnte. Davor graute ihr.

Nun hob sie den Blick und schaute mich an. »Weißt du, Kaspar, es war, als hätte er meine Seele in den Klauen. Ich war ratlos. Bis du gekommen bist.«

Das Letzte sagte sie nicht zu mir, sondern zu dem Stuhl. Sie warf ihm einen warmen Blick zu. Er lächelte. Renske wandte sich wieder zu mir.

»Wenn ich in der Tinte sitze, kommt meine Mama, da kann man sich drauf verlassen. Und weißt du, was sie gesagt hat? Dass ich mir das nicht gefallen lassen durfte. Wenn Moslievau meinen Stiefel nicht innerhalb von vierundzwanzig Stunden zurückgab, sollte ich ihn ermorden.«

Ich starrte Renske verblüfft an.

»Ja«, sagte sie, »ich bin auch erst erschrocken. Ich wollte mich unbedingt rächen, aber ich wäre nie auf den

Gedanken gekommen, ihn zu ermorden. Aber meine Mama wies mich auf zwei Dinge hin. Erstens befand ich mich, solange Moslievau meinen Stiefel noch besaß, im gesetzlichen Zustand der Selbstverteidigung, und zweitens: Wenn ich Moslievau tötete, blieb er doch am Leben. Als Geist. So wie meine Mama.«

Dann erzählte sie weiter. »Das Erste, was meine Mama mir fest einprägte, war, dass ich keine halbe Arbeit machen durfte. Es musste das vollkommene Verbrechen sein. Das bedeutete, dass ich Moslievau um die Ecke bringen musste ohne die geringste Spur zu hinterlassen. Ich hatte keine Ahnung, wie ich das tun könnte.«

Sie wechselte einen verständnisinnigen Blick mit dem leeren Stuhl.

»Ich war damals schrecklich dumm«, sagte sie zärtlich. »Schrecklich naiv, nicht wahr, Mama?«

Dann wandte sie sich wieder an mich.

»Mama erklärte mir, dass ich keine normalen Waffen benutzen dürfte. Messer, Kugeln, Gift und so weiter – das alles hinterlässt Spuren, die früher oder später zum Täter führen. Das verstand ich zwar, aber ich überlegte, was ich sonst tun könnte.

Nicht mit Gewalt, noch nicht mal mit List, sondern einfach mit Willenskraft, antwortete meine Mama. Und sie erinnerte mich an das Buch, du weißt schon, in dem dieser schwarze Butler…«

»Das Nagelbild des Dr. Spencer«, sagte ich.

»Genau«, sagte Renske.

Ich hatte ihr das Buch damals gegeben, weil ich es so atemberaubend gefunden hatte. Dr. Spencer war ein englischer Lord mit einem unmöglichen Charakter. Ein Mistkerl! Auf alle möglichen Arten peinigte er James, seinen schwarzen Butler. Der ließ alles gleichmütig über sich ergehen. »Yessir«, sagte er immer. Doch er wartete seine Zeit ab. Und die kam, als Dr. Spencer ein afrikanisches Nagelbild erbte. Es stellte einen Mann mit einem riesigen Kopf, großen weißen Augen und einem ausgestülpten Nabel dar. Um seinen Hals hing eine Muschelkette, und in seinem Körper steckten Dutzende von Nägeln. Das Bild bekam einen Ehrenplatz auf dem Buffet.

Eines Abends lud Dr. Spencer einige Gäste ein. Er setzte sie im Halbkreis um das Artefakt, wie er das Bild nannte. Er erklärte seinen Besuchern, dass dieses Artefakt früher als Träger eines Fluches benutzt worden sei.

»Das ging folgendermaßen vor sich«, dozierte er. »Der Medizinmann konzentrierte sich über dem Bild auf denjenigen, dem er etwas Böses antun wollte. Er starrte es lange an und dann entstand Wut in ihm. Wut und Hass. Gegen das Bild und gegen denjenigen, den es darstellte. Seine Wut und sein Hass wuchsen und wuchsen und füllten ihn schließlich ganz aus, bis in die Fingerspitzen und bis in die Zehen. Erst als er das Gefühl hatte, vor lauter Hass zu zerspringen, öffnete er den Mund und sprach einen tödlichen Fluch aus. Dabei trieb er einen Nagel in das Bild. Innerhalb weniger Stunden starb dann das Opfer unter schrecklichen Schmerzen.«

Dr. Spencer genoss die Betroffenheit, die seine Worte ausgelöst hatten. Doch dann beruhigte er seine Gäste: Dieses Phänomen war wissenschaftlich erklärbar. *Mentale Suggestion, Mesmerismus, Telekinese.* Diese gelehrten Worte flogen den Gästen um die Ohren. Die Erläuterungen Dr. Spencers wurden zu einer akademischen Vorlesung und endeten in einem Lobgesang auf das, was er *die geheime Kraft des souveränen Willens* nannte.

»Meine Damen und Herren«, beendete Dr. Spencer seine Rede, »dieses Artefakt ist ein mehrfaches *Corpus Delicti* ...«

»Ein was?«, fragte eine Dame flüsternd ihren Gemahl.

»Ein Gegenstand, mit dem ein Verbrechen verübt worden ist«, übersetzte der Mann.

Dr. Spencer warf einen Blick, der eine Mischung aus Verachtung und Mitleid zeigte, auf die ungebildete Dame, die es gewagt hatte, seine Erläuterungen zu stören. »Ein mehrfaches *Corpus Delicti*«, wiederholte er, »das jedoch nie gegen die Schuldigen benutzt werden kann. Es ist, meine Damen und Herren, die Waffe für das vollkommene Verbrechen.«

Er nahm das Bild in die Hand und zählte die Nägel. Er kam auf vierunddreißig.

»Vierunddreißig Menschen sind mit Hilfe dieses Artefakts ermordet worden«, sagte er.

»Mir läuft es kalt über den Rücken«, sagte die ungebildete Dame.

»Aber ich nehme nicht an, dass sich Engländer unter ihnen befunden haben«, fuhr Dr. Spencer beruhigend fort. »Auch wenn man das natürlich nie mit Sicherheit wissen kann ... Wie auch immer, das alles spielte sich auf dem unzivilisierten Kontinent ab, von dem James kommt. Nicht wahr, James?«

Aller Augen richteten sich auf den schwarzen Butler.

»Yessir«, sagte James. Er wandte den Kopf zur Seite.

Keiner der Anwesenden merkte, dass in seinen Augen *die geheime Kraft des souveränen Willens* funkelte.

Nun, um die lange Geschichte abzukürzen: Vierzehn Tage später erwachte Frau Spencer neben einer Leiche.

»Herzstillstand«, stellte der Arzt fest.

Aber warum steht ein Herz plötzlich still, während andere einfach weiterschlagen? Der Arzt fand keine klare Ursache. Und niemand dachte daran, die Zahl der Nägel in dem Artefakt auf dem Buffet noch einmal nachzuzählen.

»Genau«, sagte Renske. »Das Nagelbild des Dr. Spencer. Du verstehst jetzt, worauf meine Mama hinauswollte. Aber ich besaß kein Nagelbild. Dann such dir einen anderen Träger für deinen Fluch, sagte Mama. Und plötzlich hatte ich eine großartige Idee, nicht wahr, Mama?«

Der Stuhl nickte wieder.

»Wirklich wahr, Kaspar, es war meine Idee, Pietje als Träger zu benutzen«, sagte Renske stolz.

»Du hast doch keine Nägel in Pietje geschlagen?«, fragte ich entsetzt.

»Spinnst du?«, sagte Renske. »Ein wandelndes Stecknadelkissen wäre doch zu auffällig gewesen. Auf Mamas Rat hin schickte ich den Fluch auf eine andere Art los. Ich setzte mich vor Pietje, presste alle Willenskraft, die ich hatte, zu einem tödlichen Fluch zusammen und schrieb dann mit Kreide den Namen des Opfers auf Pietjes Panzer: Moslievau. Mama meinte, das würde reichen. Pietje würde den Fluch bestimmt zu Moslievau bringen.«

Bis dahin hatte ich Renske nicht unterbrechen wollen, nun konnte ich mich nicht mehr zurückhalten.

»Wann war das denn?«, fragte ich.

»Im Januar.«

»Aber... also, Moslievau ist erst letzten Samstag beerdigt worden. Und jetzt haben wir November.«

Sie sollte mir jetzt bloß nicht damit kommen, dass dieser Zeitunterschied lediglich auf die Trägheit einer Schildkröte zurückzuführen sei.

»Warte doch«, sagte Renske. »Ich hatte noch keine Erfahrung mit diesen Dingen, deshalb machte ich ein paar Fehler. Man muss Lehrgeld bezahlen. Ich hatte zum Beispiel nicht an die Mauer um den Garten gedacht. Es dauerte einige Tage, bis ich merkte, dass Pietje nicht drüberkam. Ich löste heimlich einen Ziegel aus der Mauer und setzte Pietje direkt vor das Loch. Er zögerte nicht und kroch hinaus.

Ein paar Wochen lang sah ich ihn nirgends, aber das machte mir keine Sorgen. Er musste nicht nur die Strecke bis zu Moslievaus Haus zurücklegen, sondern auch wieder heimkommen. Das ist eine schwere Aufgabe für eine Schildkröte. Was mich viel mehr beunruhigte, war, dass ich Moslievau noch immer quietschvergnügt und gesund vorm Schultor stehen sah.

Eines Tages stand der Milchmann vor der Tür, mit Pietje in der Hand. Ob das unsere Schildkröte sei, fragte er. Pietje war auf halber Strecke im Gemüsegarten des Apothekers hängen geblieben. Der Apotheker hatte ihn dem Milchmann gegeben.

Pietje sah todmüde aus. Er hatte mehr Runzeln als früher an seinem kleinen Kopf. Unvorstellbar traurig schaute er mich an. Der Arme war einfach erschöpft. Ich nahm mir vor, ihn eine Woche lang mit Kraftfutter zu verwöhnen, bevor ich ihn wieder in den Kampf schicken würde. Ich stellte einen Teller unter die Bank im Obstgarten und sorgte dafür, dass immer leckere Häppchen auf dem Teller lagen. Eines Tages probierte ich es auch mit Salami, und die war eine Stunde später schon aufgefressen. Ich hatte nicht gewusst, dass Schildkröten auch Fleisch fressen, aber ich freute mich darüber. Wenn ich ihm genügend Fleisch gab, würde er schnell wieder stark sein.«

Als Renske das sagte, ging mir ein Licht auf. Die Dose mit dem König fiel mir ein.

»Genau«, sagte Renske. »Ich hatte schon so oft gesehen, wie du Fleisch für den Kater des Lebensmittelhändlers hingestellt hast. Von dem Moment an gab ich es Pietje. Ich bin sicher, dass du mir das nicht übel nimmst.«

Ich antwortete nicht.

»Als Pietje zu Kräften gekommen war, schickte ich ihn wieder auf den Weg. Zwei Wochen später aber stand der Milchmann wieder vor der Tür und wollte wissen, ob Pietje vielleicht eine Wanderschildkröte sei.

Ich überlegte hin und her, kam aber nicht drauf, was diesmal schief gegangen war. Ich rief meine Mama. Sie wies mich auf ein Detail hin, auf das ich nicht geachtet hatte. Hatte ich Moslievaus Namen richtig auf Pietjes Panzer geschrieben? Wenn ich den Namen falsch geschrieben hatte, konnte ich nicht erwarten, dass Pietje den Auftrag richtig ausführte. Das war ein Problem. Wie schrieb man Moslievau eigentlich? Ich versuchte es mit Moslievau, Moslievo, Moslyvau und Moslyvou. Alles vergeblich. Ich verlor Monate.

Erst dann wurde mir klar, dass ich noch immer auf der

falschen Spur war. Ich weiß, dass es dumm von mir war, nicht eher daran zu denken, aber erst als der Milchmann Pietje wieder mal zurückbrachte, wusste ich, was ich übersehen hatte. Moslievau hieß gar nicht Moslievau.«

»Nein«, sagte ich. »Moslievau war der Ruf, mit dem er seine Kunden angelockt hat.«

»Genau«, sagte Renske. »Und wie er wirklich hieß, das habe ich erst vor vierzehn Tagen herausbekommen. Es war gar nicht so einfach. Niemand schien zu wissen, wie er wirklich hieß. Ich wagte auch nicht, allzu auffällig Fragen zu stellen. Das hätte mich nur verdächtig gemacht.

Am Schluss fing ich an die Post aus seinem Briefkasten zu holen. Die Briefe ragten immer ein Stück aus dem Schlitz heraus, also war es ziemlich einfach. Ich brauchte keine Angst zu haben, dass er mich erwischte, er saß ja immer in den *Drei Königen.* Anfangs hatte ich keinen Erfolg, er bekam immer nur Werbeprospekte. Aber vor vierzehn Tagen war ein richtiger Briefumschlag dabei, so einer mit Fenster, du weißt schon. Vom Finanzamt. Im Fensterchen las ich seinen Namen: Balthasar Duykelaar.

Jetzt hatte ich ihn! Ich achtete genau auf die Schreibweise des Namens, Balthasar mit th, Duykelaar mit y. Dann steckte ich den Brief zurück und rannte nach Hause. Ich setzte Pietje eine kräftige Mahlzeit vor. Anschließend wiederholte ich meinen Fluch mit so viel Nachdruck und Hingabe, dass Pietje mitleidig den Kopf schüttelte. Ja, und dann schrieb ich Moslievaus richtigen Namen auf Pietjes Panzer. Diesmal ging ich kein Risiko ein. Ich steckte Pietje in eine Einkaufstasche und brachte ihn persönlich zu Moslievaus Garten.

Und diesmal war es nicht der Milchmann, der Pietje

zurückbrachte, sondern der Postbote. Zugleich mit Pietje hielt er Carla eine Todesanzeige hin. Während ich Pietje streichelte, las Carla den Namen des Verstorbenen vor: Balthasar Duykelaar. Wer ist das?, fragte sie. Erst als sie die Adresse las, verstand sie, dass es um Moslievau ging. Sie las, dass er im gesegneten Alter von dreiundsiebzig Jahren *jäh* verstorben sei. Ich kannte das Wort nicht und fragte Carla, was es bedeutet.

Plötzlich, sagte Carla. Wahrscheinlich hat er einen Herzstillstand bekommen.«

So. Das war also Renskes Geheimnis. Es war eine schöne Geschichte, zweifellos, aber sie hatte weder Hand noch Fuß. Ich zweifelte keinen Augenblick daran, dass Moslievau eines natürlichen Todes gestorben war. Renske bildete sich nur ein, dass sie ihn ins Jenseits befördert hatte, so wie sie sich auch einbildete, sie könne mit ihrer Mutter sprechen. Aber ich sagte nichts. Renskes Mutter war sowieso schon tot genug. Das bisschen Leben, das sie im Kopf ihrer Tochter noch hatte, wollte ich nicht auch noch kaputtmachen.

Alles in allem war ich erleichtert, dass sie sich die Sache mit dem Mord nur eingebildet hatte. Mein Schreckensbild, dass Renske im Gefängnis landen könnte, gründete sich auf nichts. Ich genoss es, eine Sorge weniger am Hals zu haben. In Zukunft konnte ich mich auf andere Dinge konzentrieren.

»Ich brauche wohl nicht zu betonen, dass ich dir das alles unter sechs Augen erzählt habe«, sagte Renske. »Wenn du was verrätst, bist du dran.«

Unter sechs Augen? Ach ja, der Stuhl. Ich versicherte

ihr, dass ich schweigen würde wie ein Grab, auch wenn ich gefoltert würde. Renske nickte zufrieden.

»Das war es also«, sagte sie. »Das ist doch ein anderes Kaliber als dein kleines Minigeheimnis, oder?«

Ich antwortete nicht.

»Apropos, dein Geheimnis ... Jetzt, wo deine Mama nicht zu Hause ist, brauchst du die Dose mit dem König doch nicht. Es wäre schade, wenn sie die ganze Zeit nicht benützt würde. Was hältst du davon, wenn ich sie mir so lange ausleihe?«

Sie hatte die Schublade schon herausgezogen. Sie hielt die Dose schon in den Händen. Der König blickte sie schüchtern an. Vielleicht war es ganz gut, wenn er auch mal mit einem Mädchen mitgehen durfte.

»Nimm sie ruhig«, sagte ich.

Ich war mit den Gedanken noch bei ihrer Geschichte. Meine Hände spielten mit dem Papier, auf das sie ihre Bildchen gekritzelt hatte. Sie waren noch immer nicht bunt angemalt. Erst als ich das Papier umdrehte, merkte ich, dass es ein Teil der Todesanzeige von Moslievau war.

Während wir hinausgingen, fragte ich mich, wie sicher ich sein konnte, dass Renskes Geschichte wirklich nur das Produkt einer sich überschlagenden Fantasie war.

»Neunundneunzig Prozent sicher«, murmelte ich, als ich den Schlüssel umdrehte.

»Hast du was gesagt?«, fragte Renske. Sie blickte mich freimütig an. Sie konnte keine Mörderin sein. Und doch, ich fühlte es – dieses eine Prozent Unsicherheit würde mir noch zu schaffen machen.

»Nein«, seufzte ich.

»Grübelst du immer noch über Moslievau nach?«, fragte Renske. Sie legte mir den Arm um die Schultern. »Glaub mir, Kaspar, Moslievau findet es nicht schlimm, dass ich ihn umgebracht habe. Er ist jetzt ein Geist, und das ist doch ganz was Anderes.«

Ich erschrak. Sie hatte nicht geflüstert, sondern laut gesprochen. Laut, mit ihrer klaren Mädchenstimme. Gleich würden in ganz Kruizele Mördergeschichten die Runde machen. Ich legte den Finger auf den Mund.

»Psst!«, sagte ich. »Die Nachbarn haben Ohren.«

Frau Paridaens

Mein Vater diskutierte in der Küche mit Carla.

Die Standpauke, die ich noch guthatte, weil ich heute Morgen geschwänzt hatte, war ausgeblieben. Vielleicht hatte Carla ihm von meinem Heulanfall erzählt. Oder sein Ärger war einfach so vergangen. Mein Vater ist nie lange böse.

»Ich bin spät dran«, sagte er, während er den Skoda anließ. »Frau Cassiman hat mir Schwierigkeiten gemacht. Deine Mama wird glauben, du kommst gar nicht mehr.« Er trat aufs Gas. Die Straße lag nass und glänzend vor uns. Ich dachte an Mamas Unfall.

»Wenn du nur dafür sorgst, dass wir heil im Krankenhaus ankommen ...«

»Du hast Recht«, sagte mein Vater und fuhr langsamer, »aber mein grüner Blitz ist so ungestüm. Wenn ich mal kurz die Zügel locker lasse, fängt er an zu galoppieren.«

Es war das billigste Auto am Markt. Seine Freunde lachten meinen Vater manchmal aus und sagten, es müsste verboten sein, mit Waschmaschinen durch die Gegend zu fahren. Aber er sprach weiterhin von seinem Skoda wie ein Pferdenarr von einem Vollblut.

»Was habt ihr abgemacht?«, fragte ich. »Du und Carla?«

»Fräulein Monica hat mich angerufen«, sagte er. »Sie möchte, dass du wieder zu ihr in die Schule gehst. Ich sagte, ich könnte dich unmöglich jeden Tag bringen und abholen. Ach, das regeln wir schon, sagte sie. Und als ich zu Carla kam, war schon alles geritzt. Du kannst, wenn es nötig ist, immer bei Carla schlafen.«

Er holte ein Stück Papier aus der Tasche. »Sie hatte dein Programm für die nächsten Tage schon bereit, schau. Heute Abend bringe ich dich zurück, und morgen Mittag gehst du mit ihr ins Krankenhaus.«

Er hatte widersprochen, aber es hatte nichts geholfen. So war es und nicht anders.

Dann sagte er noch: »Carla ist ein höchst passender Name für einen Vulkan, finde ich.«

Meine Mutter lag nicht mehr auf der Intensivstation. Es dauerte eine Weile, bis wir sie fanden. Als wir gerade ihr Zimmer betreten wollten, ging die Tür auf und Doktor Santens kam heraus.

»Geh du schon mal rein«, sagte Papa zu mir. »Ich möchte noch mit Doktor Santens sprechen.« Er war erleichtert, dass er nicht sofort hineinmusste.

Mama lag in einem großen Zweibettzimmer, im ersten Bett.

»Da bist du ja«, sagte sie. Sie drückte mir die Hand. Ich gab ihr einen Kuss.

»Ja«, sagte ich. »Wie geht es dir?«

Es ging ihr viel besser. Es war ein gutes Zeichen, dass man sie in dieses Zimmer gebracht hatte.

»Hast du noch Schmerzen?«, fragte ich.

»Schon. Vor allem die gebrochenen Rippen tun mir

weh. Aber es geht. Heute Nachmittag habe ich sogar ein schönes Nickerchen gemacht. Davon wird man gleich ein ganz anderer Mensch.«

Ich nickte zufrieden. Mein Zauberspruch funktionierte prima. Meine Mutter sah auch wirklich viel besser aus. Vielleicht lag es daran, dass die Apparate verschwunden waren. Keine Drähte, keine Schläuche, kein ekliger Monitor. Wenn es einem besser geht, nehmen sie diese Dinge weg, und dann geht es einem gleich noch mal besser.

»Ach ja«, sagte Mama, »ich habe dich ja noch gar nicht vorgestellt.« Sie deutete auf das Bett am Fenster. »Das ist Charlotte. Charlotte, das ist Kaspar.«

Die Frau, die Charlotte hieß, hatte sich auf die Ellenbogen gestützt und blickte mich misstrauisch an. Sie trug ein Haarnetz über ihren Dauerwellen. Ihre Zähne lagen grinsend in einem Glas Wasser auf ihrem Nachttisch. Der Dürfer von Trees fiel mir ein, aber ich wusste gleich, dass das blöd war. In einem Krankenhaus liegen nur Müsser.

Die Frau stieß ein undeutliches Röcheln aus. Sie hatte etwas gefragt, aber ich konnte sie beim besten Willen nicht verstehen. Meine Mutter kam mir zu Hilfe.

»Sie will wissen, wie alt du bist.«

»Elf«, sagte ich.

Ein neues Geröchel folgte, eigentlich mehr ein Hustenanfall, in dem ich weder eine Frage noch eine Mitteilung entdecken konnte. Dann sagte Charlotte mit dem bisschen Atem, das ihr noch blieb, etwas, was ich verstand. Mama musste es nicht übersetzen.

»Gottverdammt«, piepte sie. Das galt dem Hustenanfall. Sie spuckte den Schleim in eine Schale.

Meine Mutter zog mich an sich. »Achte nicht auf sie«, flüsterte sie. »Es geht ihr nicht gut. Sie tut nur zwei Sachen: husten und fluchen.« Sie seufzte. »Ich hätte lieber ein Einbettzimmer gehabt, aber die sind so viel teurer. Wenn es wirklich unerträglich wird, kann ich ja immer noch bitten, dass der Vorhang vorgezogen wird.« Sie deutete auf einen Vorhang mitten im Zimmer.

»Soll ich ihn zuziehen?«, fragte ich.

»Lass nur«, meinte sie. »Bleib einfach ganz nah bei mir. Ich muss etwas mit dir besprechen, was sie nichts angeht.«

Das war mir Recht. Ich hatte auch einiges mit ihr zu besprechen. Aber in diesem Moment kam eine Schwester herein.

»Alle Blumen her!«, rief sie mit professioneller Fröhlichkeit.

Zwei Vasen mit Schnittblumen standen auf der Fensterbank. Die gehörten Charlotte. Die Schwester brachte sie hinaus auf den Gang.

»Nachts dürfen keine Blumen im Zimmer bleiben«, sagte meine Mutter. »Das scheint ungesund zu sein.«

Die Schwester kam zurück und holte den Blumentopf von Mamas Nachttisch. Chrysanthemen. Ich hatte sie vorher nicht beachtet, aber nun fiel mir auf, wie sie das Zimmer mit ihrem Weiß verschönt hatten. Die Karte, die an den Blumen hing, flatterte, als die Schwester zum Flur ging.

Wo der Blumentopf gestanden hatte, lag nun das unordentlich abgerissene Stück einer Todesanzeige. Es schien genau zu dem Blatt zu passen, auf dem Renske herumgemalt hatte. Auf das Papier war eine Liste geschrieben, mit Kugelschreiber. Jedes Wort war links daneben angekreuzt. Der Abdruck des Blumenstocks bildete einen feuchten Kreis mitten auf der Liste.

Der Blick meiner Mutter war vorwurfsvoll. »Du bist aus der Schule weggelaufen«, sagte sie.

Wie konnte sie das wissen? Sie hatte Papa doch noch gar nicht gesehen. Wer hatte es ihr erzählt? Ich senkte die Augen und gab keine Antwort.

»Warum machst du so was?«

Ich zuckte mit den Schultern.

»Versprichst du mir, dass das nicht noch mal passiert?«

»Versprochen«, sagte ich. »Übrigens, warum sollte ich auch? Ich brauche nicht mehr in die Bollekensschule zu gehen. Papa hat erlaubt, dass ich wieder in Kruizele in die Schule gehe. Fräulein Monica und Carla haben ihn darum gebeten. Wenn Papa mich nicht zur Schule bringen kann, darf ich bei Carla schlafen.«

»*Mich* muss man offenbar nicht fragen«, sagte sie gekränkt.

»Die Idee stammt von Fräulein Monica und Carla.«

»Ja, ja, schieb's nur auf andere. Ist es auch ihre Schuld, dass du heute Morgen bei meiner Arbeit warst?«

Das wusste sie also auch. Für jemanden, der im Bett lag, war sie ziemlich gut informiert. Ihr Mund war zu einer dünnen Linie geworden.

»Ich will nicht, dass das noch mal passiert«, sagte sie in einem Ton, der keinen Widerspruch duldete.

Ich nickte und damit war die Sache für sie erledigt. Sie sah wieder freundlich aus. Aber wenn ich sie gleich über die Rolle ausfragte, die Herr Mestdagh in ihrem Leben spielte, würde sie vielleicht wieder böse werden. Ich beschloss noch damit zu warten.

»Also schläfst du heute Nacht bei Carla?«, fragte sie.

Ich nickte.

»Dann hol dir saubere Unterwäsche und einen Pyjama aus deinem Zimmer. Und vergiss deine Zahnbürste nicht. Du weißt ja, wo der Schlüssel liegt.«

»Ja«, sagte ich. »Vielleicht sollte ich ihn lieber wegnehmen. Jemand war im Haus. Ein Stuhl war verschoben, und auf dem Tisch lag ein Kugelschreiber. Und in deinem Schrank hat jemand rumgesucht.«

»Hast du geglaubt, man hätte bei uns eingebrochen? Nein. Man hat meine Sachen geholt. Mit meinem Schlüssel. Also lass deinen ruhig auf dem Balken liegen, so kannst du ihn nicht verlieren.«

»Wer hat deine Sachen geholt?«, fragte ich.

Sie tat, als hätte sie diese Frage nicht gehört.

»Hat Marij dich hergebracht?«, erkundigte sie sich.

»Nein, Papa. Wir sind von Kruizele direkt hierher gekommen. Papa ist auf dem Flur geblieben, um mit Doktor Santens zu sprechen.«

»Wo bleibt er denn? Warum kommt er nicht rein?«

»Vielleicht traut er sich nicht.«

Sie schaute mich an, als hätte ich etwas Unvernünftiges gesagt. Hatte sie denn vergessen, dass Papa nie hereinkam, wenn er mich zu Hause abholte? Hatte sie denn vergessen, dass es, wenn sie etwas besprechen mussten, nur zwei Möglichkeiten für sie gab: Entweder sie wussten nicht, was sie sagen sollten, oder sie fingen an zu streiten.

»Hol ihn«, sagte sie. »Sag, ich werde ihn nicht auffressen.«

Mein Vater stand an einem Fenster im Flur. Ich holte ihn. Vor Mamas halb offener Zimmertür blieb er stehen und klopfte noch einmal an, bevor er den Kopf durch die Tür steckte. Eine Giraffe, die um die Ecke schaut. Erst dann trat er wirklich ins Zimmer.

»Schon besser, was?«, fragte er.

»Ja«, antwortete meine Mutter.

»Man muss Angst haben auf die Straße zu gehen. Bevor man es weiß, ist man über den Haufen gefahren. Vor allem von Lastwagen und Bussen. Die glauben, dass ihnen die ganze Welt gehört. Fußgänger zählen nichts mehr. Weißt du, wie viel Fußgänger in unserem Land jährlich überfahren werden?«

»Nein«, sagte sie.

Ich sah sofort, dass er es auch nicht wusste. Er hatte nur so dahergeredet, weil er Angst hatte vor der Stille. Wenn er meiner Mutter gegenübersteht, leidet mein Vater an einer Art Stille-Phobie. Ich war neugierig, wie er sich aus der Affäre ziehen würde.

»Sehr viele«, sagte er.

Was Besseres fiel ihm nicht ein. Mama betrachtete ihn verwundert.

»Oh«, sagte sie, »ich dachte, du wüsstest die genaue Zahl.«

»Nein«, sagte er, »woher sollte ich die wissen?«

Unter anderen Umständen wäre das der Punkt gewesen, wo sie einen Streit anfingen. Meine Mutter hätte gesagt, er hätte gerade so getan, als wüsste er die Statistik auswendig. Dann hätte er gesagt, dass sie ihn doch lange genug kannte, um zu wissen, dass er keinen Kopf für Statistiken hatte. Und sie hätte gesagt, dass sie das nur allzu gut wüsste, aber warum tat er dann, als hätte er so einen Kopf? Und so weiter und so weiter. Ich wusste genau, wie ein Gespräch zwischen meiner Mutter und meinem Vater normalerweise ablief. Doch nun stockte es. Statt zu streiten schwiegen sie beide. Ich wusste nicht, was ich schlimmer fand.

Ich wollte gerade etwas sagen, um ihnen ein bisschen zu helfen, aber Charlotte kam mir zuvor. Sie fragte etwas, doch ihre Frage ging in Geröchel unter.

Papa schaute erstaunt zu ihr hinüber. Er hatte ebenso wenig etwas verstanden wie ich. Zum Glück hatte sich meine Mutter schon genug passive Kenntnisse in der Röchelsprache angeeignet.

»Sie fragt, ob du sie nicht kennst«, übersetzte sie.

Papa machte einen ungeschickten Schritt in Richtung Charlotte. Er schüttelte den Kopf.

»Gottverdammt«, stöhnte Charlotte.

»Sie heißt Charlotte«, sagte Mama.

Papa kannte keine Charlotte. Das führte zu neuem Geröchel.

»Sie sagt, dass sie alle ihre Schuhe bei dir sohlen lässt«, übersetzte Mama.

Aber Papa konnte Charlotte noch immer nicht unterbringen. Als sie das merkte, lief sie rot an und brach in ein noch längeres Geröchel aus. Sogar meine Mutter konnte sie nicht mehr verstehen.

Es war klar, dass etwas passieren musste. Charlotte schnappte nach Luft. Noch einen Anfall würde sie nicht aushalten. Zum Glück hatte ich in diesem Moment eine Eingebung. Ich dachte an den Dürfer von Trees. Wie unkenntlich er gewesen war, als er sein Gebiss herausgenommen hatte! Ich lief zu Charlottes Nachttisch und nahm das Glas, in dem ihr Gebiss schwamm. Das »Gottverdammt«, das schon fix und fertig bereit war, blieb ihr im Hals stecken. Sie verstand, was ich meinte, fischte ihr Grinsen aus dem Glas und schob es sich in den Mund. Ihr eingefallenes Gesicht bekam wieder Form. Etwas von vergangenem Glanz schimmerte durch ihre Falten. Genug für Papa, um sie zu erkennen.

»Frau Paridaens!«, rief er bestürzt.

Charlotte sank erschöpft in die Kissen zurück.

»Sehe ich wirklich so schlecht aus?«, fragte sie.

Nun, da sie ihr Gebiss im Mund hatte, konnte man sie ganz gut verstehen. Papa wand sich in Entschuldigungen. Er sagte, Frau Paridaens sei eine treue Kundin der »Absatz-Bar«. Er verstehe gar nicht, wieso er sie nicht sofort erkannt habe.

Frau Paridaens war zu erschöpft, um noch etwas zu sagen. Sie machte die Augen zu. Ein paar Tränen liefen über ihre Wangen. Papa war ganz durcheinander.

»Ich habe auch nicht gewusst, dass Sie Charlotte heißen«, stotterte er.

Mama fand, dass es jetzt reichte. Sie war genauso müde wie Charlotte.

»Wenn ihr noch nach Kruizele fahren wollt, wird es höchste Zeit für euch«, sagte sie.

Auf dem Gang kniete ich mich neben die weißen Chrysanthemen. Auf der angehefteten Karte stand eine kurze Nachricht: *Es tut mir Leid. Gute Besserung. Bob.*

So sparsam dieser Bob mit seinen Worten war, so großzügig war seine Handschrift.

Papa schlug sich an die Stirn. »Wir hätten natürlich Blumen mitbringen müssen«, sagte er. »Ich habe noch zu Marij gesagt, dass wir Blumen kaufen müssen.«

Ich hörte ihm nicht richtig zu. Bob? Wer war denn das? Ich blickte hoch. Vielleicht wusste Papa, wer das war.

»Sie kommen von Bob«, sagte ich.

Ich versuchte seine Reaktion auf den Namen einzuschätzen. Ich hatte den Eindruck, dass er einen Moment die Fassung verlor, aber wenn das so war, konnte er es gut verbergen. Er benutzte Frau Paridaens als Ablenkung. Natürlich, er hatte sie nie ohne Zähne gesehen. Und sie war immer zurechtgemacht, wenn sie zur »Absatz-Bar« kam.

»Und ich habe sie auch nie fluchen gehört«, sagte Papa.

Als er fertig war, fragte ich ihn direkt, ob er diesen Bob kenne. Aber er ließ sich nicht verblüffen. Er antwortete mit einer Gegenfrage.

»Kennst du ihn?«

»Nein.«

»Dann frag doch mal deine Mama. Vielleicht kennt sie ihn ja.«

Dürfer der Zweite

Als mein Vater sein tschechisches Vollblut anlassen wollte, sagte das einfach *Njet*. Papa versuchte es noch einmal und noch einmal, aber sein lieber Skoda 105S blieb stur bei seinem *Njet*.

Papa betrachtete missmutig das Armaturenbrett. Jetzt

war ihm alles zu viel. Ein Tag in der verdammten »Absatz-Bar« – das war normal. Ein Sohn, der die Schule schwänzte – das konnte mal passieren. Ein Besuch im Krankenhaus, wo sich die Exfrau von einem zweifelhaften Unfall erholte – ein Mensch musste auch mal in einen sauren Apfel beißen. Aber das alles zusammen und noch dazu ein Auto, das nicht mehr mitmachte – nein!

»Man könnte wirklich den Mut verlieren«, sagte Papa. »Zum Glück kann ich das nicht, weil ich ihn schon längst verloren habe.«

Das hörte sich witzig an, aber er tat mir Leid. Wie er so dasaß, die Arme auf dem Steuer, die Knie hochgezogen, fehlte ihm jeder Schwung. Es wurde Zeit, dass ich meinen Zauberspruch mal ganz allein auf ihn losließ.

»Hör auf zu jammern«, sagte ich. »Komm, wir holen jemanden, der uns hilft.«

»Ach ja?«, sagte er. »Und wen gedenkst du zu holen? Einen Arzt? Eine gute Idee. Hier in der Gegend gibt es Ärzte noch und noch.« Es fehlte ihm an der Energie, das Problem anzugehen. Er konnte nur noch Witzchen machen.

»Vielleicht sollten wir doch lieber einen Psychiater rufen. Es würde mich nämlich nicht wundern, wenn es sich hier um ein psychisches Problem handeln würde. Stell dir nur mal vor, Kaspar, du bist eines der billigsten Autos der Welt. Es fehlt dir nichts, du hast alles, was du haben solltest, aber du heißt Skoda, und all die Porsche und Mercedes und sogar die Volkswagen schauen dich von oben herab an.«

Er sprach nicht nur über den Skoda. Er meinte auch

sich selbst. Ich wollte nicht mehr zuhören, ich wollte etwas *tun.*

»Ich gehe jemanden suchen«, sagte ich.

Ich wollte aussteigen, aber Papa hielt mich zurück. »Warte«, sagte er, »ich habe eine Idee.« Er holte die Bedienungsanleitung aus dem Handschuhfach. Sie enthielt eine lange Liste von Autokrankheiten. Krankheitserscheinungen, Ursachen und Heilungsmöglichkeiten standen in getrennten Spalten nebeneinander.

»Hier«, sagte Papa, »da ist es schon: *Das Auto will nicht starten.*«

Sein Gesicht verdüsterte sich. Eine ganze Latte von möglichen Ursachen war angegeben. Ob es überhaupt Sinn hatte, damit anzufangen?

»Komm«, sagte ich, »wir gehen eine nach der anderen durch.«

»Du weißt, dass ich ein Pechvogel bin«, sagte Papa. »Wenn es ein Dutzend Möglichkeiten gibt, wähle ich bestimmt elfmal die verkehrte. Ich könnte natürlich unten anfangen, damit lege ich das Schicksal vielleicht rein.«

»Wenn ein Pechvogel unten anfangen will, wird die erste Möglichkeit wohl die richtige sein«, sagte ich. »Fang oben an.«

Er tat, was ich gesagt hatte.

»Kein Benzin mehr«, las er vor, und dann auch gleich die Heilungsmöglichkeit: *»Benzin nachfüllen.«*

Er dachte kurz nach. »Vielleicht ist es das«, sagte er dann. »Ich erinnere mich nicht mehr daran, wann ich getankt habe. In der Regel macht Marij das.«

»Du kannst doch einfach den Benzinstand ablesen«, sagte ich.

Aber die Benzinuhr funktionierte nicht mehr. Sie war noch ein Vorkriegssystem mit einem Schwimmer, der sich alle Naslang festklemmte. Papa hatte es aufgegeben, ihn reparieren zu lassen. Mir war klar, dass wir nicht länger suchen mussten.

»Komm«, sagte ich. »Wo ist die nächste Tankstelle?«

Die Tankstelle war um diese Zeit natürlich geschlossen. Es gab nur eine Selbstbedienungssäule. Aber wir hatten natürlich keinen Kanister. Papa sagte, das wäre ein erneuter Beweis dafür, dass er ein Pechvogel sei.

Ich ging zu dem Haus gegenüber und klingelte.

»Gut, dass du da bist, um zu klingeln«, sagte Papa. »Sonst wären die Leute bestimmt gerade im Kino oder sonst wo.«

Sie waren da und ein paar Minuten später gingen wir mit einem Kanister voll Benzin zurück. Wir füllten es dem Skoda ein. Mal sehen, ob er jetzt noch immer bei seinem *Njet* blieb.

»Vielleicht solltest lieber du das Auto anlassen«, sagte Papa. »Wenn ich es mache ...«

»Hör auf!«, rief ich gereizt. »Jetzt starte endlich. Deine Zeit als Pechvogel ist endgültig vorbei.«

Er blickte mich verwundert an, dann drehte er den Schlüssel um. Sein grüner Blitz sprang sofort an.

Während wir vom Parkplatz fuhren, fragte er, was ich eben gerade gemeint hätte. Warum war seine Zeit als Pechvogel vorbei?

»Ich habe einen anderen Namen für dich gefunden«, sagte ich feierlich. »Nichts mehr mit Dolf dem Pechvogel.«

»Ehrlich?«, fragte er ungläubig. »Ein Name, der zu mir passt?«

»Ja«, sagte ich. »Ich gebe zu, dass es nicht leicht war, einen solchen Namen zu finden, aber jetzt habe ich ihn.«

Er schaute mich gespannt an.

»Los«, sagte er, »ich bin schon ganz neugierig.«

»Dürfer«, sagte ich.

»Dürfer? Ist Dürfer ein Name?«

»Ab jetzt schon«, sagte ich. »Ab jetzt ist es dein Name.« Ich erzählte ihm von meinem Zusammentreffen mit dem Dürfer von Trees. Als ich fertig war, sagte er eine ganze Weile nichts. Er war sehr beeindruckt.

»Ein schöner Name«, sagte er schließlich.

Wieder dachte er nach. Je länger er nachdachte, desto anziehender wurde wohl der Name.

»Ein schöner Name«, wiederholte er, »aber kein leichter. Ich kann diesen Namen nicht ohne weiteres tragen. Erst müssen sich ein paar Sachen verändern.«

»So ist es«, bestätigte ich. »Dürfer ist kein Name, mit dem man jeden Tag zur Absatz-Bar geht. An deiner Stelle würde ich mir mal eine andere Arbeit suchen.«

»Das ist eine gute Idee«, sagte er. »Aber weißt du auch, in was für einer Zeit wir leben? Weißt du, wie viel Arbeitslose es gibt?«

»Nein«, sagte ich, »wie viel?«

Das wusste er natürlich nicht. »Viele«, sagte er, »sehr viele.« Er schüttelte den Kopf. »Nein, es ist nicht realistisch. Ich bin mit vierzehn von der Schule gegangen. Ich habe keine Zeugnisse. Nein, wenn ich die Absatz-Bar verlasse, bin ich arbeitslos.«

»Na gut«, sagte ich kurz, »dann musst du eben Dolf bleiben.«

Er merkte, dass mir sein ewiger Pessimismus auf die Nerven ging.

»Aber«, fuhr er fort, »du hast gut reden. Wenn du glaubst, dass es so einfach ist, dann sag mir doch mal, wo ich was suchen soll?«

Das war einfach. Er musste einfach das tun, wozu er Lust hatte.

»Was wolltest du denn am liebsten tun, als du so alt warst wie ich?«, fragte ich.

»Entdeckungsreisender«, antwortete er sofort. »Aber der Beruf ist ausgestorben. Alles ist schon entdeckt.«

Da war ich nicht so sicher.

»Wenn ich du wäre, würde ich es in dieser Richtung probieren«, sagte ich.

»Schau mal«, sagte er. »Als ich so alt war wie du, habe ich alle Bücher über Entdeckungsreisende verschlungen. Magellan, Columbus, Stanley, Liverpool, Heyerdahl, ich habe sie alle gelesen. Aber ich bin nicht mehr elf, ich bin fünfunddreißig. Es waren schöne Bücher, aber ich habe sie zugeklappt. Ich hatte keine Wahl. In der wirklichen Welt geht es anders zu.«

Ich ging nicht darauf ein, es wäre sonst eine uferlose Diskussion geworden. Ich kam auf die Entdeckungsreisenden zurück, die er genannt hatte.

»Ist Liverpool ein Entdeckungsreisender?«, fragte ich. »Ich dachte, Liverpool wäre eine Stadt.«

»Natürlich ist Liverpool eine Stadt«, sagte Papa. »Aber es war auch ein Entdeckungsreisender. Die Stadt ist übrigens nach ihm benannt worden. Ich weiß nicht viel, aber über Entdeckungsreisende kannst du mich alles fragen.«

In der Erinnerung klappte er nun ein Buch aus seiner Kinderzeit doch wieder auf.

»Weißt du, was mir so gut gefallen hat? Das Treffen von Stanley und Liverpool. Ich habe dieses Kapitel bestimmt hundertmal gelesen. Stanley war schon monatelang auf der Suche nach Liverpool, oder war es umgekehrt? Es kann auch umgekehrt gewesen sein, das ist egal. Nach monatelangen Strapazen mit Krankheit und Entbehrungen, wenn man schon denkt, die finden sich nie, treffen sie plötzlich aufeinander. Kannst du dir diesen Moment vorstellen, Kaspar? Dort, im Herzen Afrikas. Zwei berühmte Entdeckungsreisende. Sie hatten sich noch nie gesehen. Sie waren schrecklich froh, dass sie einander gefunden hatten. Und weißt du, was Stanley da sagte? Man sollte doch erwarten, er hätte angefangen zu tanzen oder zu singen. Aber nein, er sagte nur: Mister Liverpool, nehme ich an? Und dann tranken sie zusammen Tee, als hätten sie sich in irgendeinem englischen Salon getroffen.«

Wir sagten lange nichts. Zwei Jungen von elf saßen im Auto. Papa seufzte tief. Für einen solchen Augenblick in seinem Leben hätte er alles gegeben. Aber er war kein Entdeckungsreisender. Bis auf weiteres war er Absatz-Bar-Mann. Bis auf weiteres hieß er Dolf. Und nicht Stanley. Oder Liverpool.

Oder Dürfer.

Ich musste ihm ein bisschen Mut machen.

»Ich verstehe gut, dass du nicht einfach sagen kannst: Ab heute bin ich Entdeckungsreisender. Aber du könntest dir doch etwas in dieser Richtung suchen. In einem Reisebüro arbeiten. Oder Reiseleiter spielen.«

Wir waren schon in Kruizele, als ich das sagte. Papa antwortete nicht. Er parkte den Skoda unserem Haus gegenüber. Wir blieben noch ein bisschen sitzen.

»Kennst du den Witz von den zwei Nonnen, die nach Paris fuhren?«, fragte er.

»Nein«, antwortete ich.

»Sie fuhren gar nicht.«

Ich konnte nicht darüber lachen. Es war der blödeste Witz, den ich je gehört hatte.

»Das ist ein seltsamer Witz«, sagte Papa. »Ein Witz zum Weinen.« Seine Augen lächelten traurig.

»Der Witz ist deshalb so traurig, weil er über mich ist«, sagte er. »Ich bin schon mein Leben lang die beiden Nonnen. Mein ganzes Leben lang will ich schon alles Mögliche tun, will ich überall hin. Aber ich komme nicht weiter als bis zu meiner Absatz-Bar.«

»Das wird sich ändern, Dürfer«, sagte ich.

Er hob die Schultern. Zwei Nonnen, die sich damit zufrieden gaben, nie den Eiffelturm zu sehen.

»Für mich selbst kann ich über diesen Witz lachen«, sagte er. »Aber ich hätte nicht gerne, dass er irgendwann auch zu dir passt.«

Da gab es keine Gefahr. Und was ihn selbst betraf, so würde ich alles in meiner Macht Stehende tun, um die beiden Nonnen aus dem Kloster zu holen.

Ich stieg aus.

»Bis morgen. Schlaf gut.«

Ich schaute ihm nach, während er davonfuhr. Dürfer der Zweite.

»Dürfer«, sagte ich nachdrücklich. *»Ab jetzt darf der Dürfer dürfen.«*

Es war kein Wunsch. Es war ein Befehl, den ich mit dem vollen Gewicht meiner elfjährigen Kasparschaft sorgfältig besiegelte: *»Moslievau.«*

Ich schaute Papa nach, bis er meinen Blicken entschwunden war. Ich stand auf dem Parkstreifen vor dem Haus der Philbys. Ihre Rollläden waren noch oben. Das kalte Licht des Fernsehapparats flackerte durch die vorgezogenen Gardinen.

Ich war allein auf der Straße. Ich betrachtete unser Haus. Es stand verloren da. Kein Licht. Keine Wärme. Ein Haus ohne Menschen.

»Es tut mir Leid«, sagte ich.

»Das kann doch passieren«, sagte das Haus, »macht nichts.« Es sah immer ein bisschen mürrisch aus, aber im Grunde seines Herzens war es ein Schatz.

Ich überquerte die Straße, holte den Schlüssel aus der Garage und ging in mein Zimmer. Meinen Pyjama und saubere Unterwäsche unter dem Arm, verließ ich das Haus wieder. Als ich Carlas Vorgartentür hinter mir zuzog, sah ich, dass sich auf der anderen Seite der Vorhang bewegte. Frau Philby hatte mich die ganze Zeit beobachtet.

Ich schob den Riegel an der Tür vor. Dann drehte ich mich zu Frau Philby um. Mit einer eleganten Bewegung warf ich ihr eine Kusshand zu. Der Spalt im Vorhang schloss sich sofort.

»Schlafen Sie gut, Frau Philby«, sagte ich. »Schlaf gut, du Miststück.«

Der Rollladen wurde rasselnd runtergelassen. Das bedeutete nicht, dass ich nicht mehr belauert wurde. Auch in Rollläden gibt es Ritzen.

Es war später geworden als erwartet. Carla brachte mich zu Renskes Zimmer. Sie machte das Licht nicht an, denn Renske schlief schon. Im Lichtschein, der vom Flur kam, zeigte Carla mir die Matratze, die sie für mich hingelegt hatte. Ich zog meinen Pyjama an und kroch unter die Decke. Ich hörte Renske ruhig atmen.

Im Flur ging das Licht aus.

Ein weich gekochtes Ei

Ich hatte keine Ahnung, wie spät es war, als Renske mich unsanft gegen die Schulter stieß. »Ich kann nicht mehr schlafen«, sagte sie.

Ich tauchte aus einem meerestiefen Schlaf auf und wollte auf keinen Fall aufwachen. Deshalb zog ich mir die Decke über den Kopf. Aber Renske hatte da ganz andere Vorstellungen. Sie stieß mich mit dem Ellenbogen an. »Kaspar! Ich kann nicht schlafen. Du auch nicht?«

Renske ist ein Juwel von einem Mädchen, aber ihre raue Art sollte noch ein bisschen abgeschliffen werden. Finde ich. Ich drehte ihr den Rücken zu.

»Bist du einverstanden, dass ich mich ein bisschen zu dir lege?«, fragte sie. Das war eine als Frage verkleidete Mitteilung. Bevor ich etwas sagen konnte, lag sie schon neben mir. Ich konnte mich nicht wehren, schließlich war es *ihr* Zimmer. Ich sagte nichts, kroch nur noch tiefer unter die Decke und versuchte zu schlafen. Ich hatte einen schweren Tag hinter mir, und der Tag, der vor mir lag, würde auch nicht gerade leicht werden.

»Ich friere«, sagte Renske.

Ich stieß ein schnarchendes Geräusch aus. Das war die einzige Antwort, die sie von mir bekommen konnte. Doch sie ließ sich nicht entmutigen.

»Ich bin von der Kälte aufgewacht«, sagte sie. »Wärme macht einen schläfrig, aber Kälte ...« Sie überlegte einen Augenblick. »Was ist das Gegenteil von schläfrig?«

»Hrrrr«, schnarchte ich.

»Ich weiß es schon«, sagte Renske. »Wärme macht schläfrig und Kälte antischläfrig.«

Antischläfrig! Du lieber Himmel, was für ein schräger Ausdruck! Wie kam sie bloß auf so was? Ich wurde ganz wach davon.

»Hrrrr«, sagte ich.

Aber Renske plapperte ungestört weiter. »Siehst du?«, sagte sie.

Siehst-du-was?, dachte ich, presste jedoch die Zähne fest zusammen.

»Siehst du?«, wiederholte sie. »Du bist der lebende Beweis für das, was ich gesagt habe. Bei dir ist es warm, und deshalb schläfst du. Und ich bin der lebende Beweis für die zweite Behauptung. Ich bin wach, weil ich friere.«

»Hrrrr.«

»Okay«, sagte sie. »Also den Beweis.« Sie schob die Hand unter meine Pyjamajacke. Es war keine Hand, es war ein Eisklumpen.

»Au!«, rief ich zitternd.

»Siehst du«, sagte Renske. »Kälte ist antischläfrig. Gib zu, dass du jetzt wach bist.«

Ich war tatsächlich hellwach, aber ich hütete mich das zuzugeben. Ich gönnte ihr den Sieg nicht.

So lagen wir eine ganze Weile. Schweigend. Beide.

Weil ich selbst ein Öfchen war, schmolz der Eisklumpen schon bald und wurde zu einer weichen Mädchenhand. Und mein Ärger verwandelte sich in ein Gefühl von Seligkeit. Ich zitterte immer noch, aber nicht vor Kälte. Ich hatte nichts dagegen, so liegen zu bleiben ohne die Stille zu brechen. Aber Renske stellte mir eine Frage, die ich nicht unbeantwortet lassen konnte.

»Wie geht's deiner Mama?«

»Nicht schlecht«, sagte ich und begann zu erzählen. Ich lag noch immer mit dem Rücken zu Renske. Sie hatte sich dicht an mich geschmiegt. Das fühlte sich seltsam an. Ich redete zur Wand, und doch kamen meine Worte bei ihr an. Renske war mir sehr nahe.

Ich gab ihr einen genauen Bericht meines Besuchs im Krankenhaus. Ich erzählte von meiner Mutter und ihrer röchelnden Zimmergenossin. Ich erwähnte auch die Chrysanthemen von Bob. Als ich über Bob sprach, fiel mir ganz von selbst auch Herr Mestdagh ein. Und deshalb erzählte ich auch gleich, wie ich aus der Bollekensschule weggelaufen war, geschwänzt hatte und zu Herrn Mestdagh gegangen war, um ihn auszufragen.

Ich beschrieb ihn ihr sehr ausführlich. Dabei blieb es aber nicht. Ich teilte ihr auch meine Vermutungen und Unterstellungen mit, dass er meine Mutter auf irgendeine Art in der Hand hatte.

Dass er die Ursache dafür war, dass sie Samstagnacht so verzweifelt gewesen war. Dass es vielleicht seine Schuld war, dass sie unter den Bus gelaufen war.

Ich war längst nicht mehr böse darüber, dass Renske mich geweckt hatte. Ich ließ mich von dem seltsamen Glücksgefühl treiben, das mich erfasst hatte. Wie im

Rausch erzählte ich weiter. Ich hatte Angst, dass die Seligkeit zu Ende wäre, wenn ich aufhören würde zu sprechen. Die Wörter strömten mir nur so aus dem Mund. Alles, was mir einfiel, sagte ich auch. Ich hielt nichts zurück. Ich begriff nicht, wie unvorsichtig ich war.

Ich erzählte vom Dürfer von Trees, und über ihn kam ich auf meinen Vater, den ich von nun an Dürfer nennen wollte. Ich erklärte Renske, warum er einen anderen Namen brauchte, und ich wiederholte die Worte, die ich ihm nachgesprochen hatte, als er wegfuhr.

»Der Dürfer darf dürfen«, sagte ich beschwörend zu der Wand, und bevor ich lange nachdachte – denn es gab nichts, was den Strom von Worten eindämmen konnte –, war das hohe, das geheime Wort heraus: *»Moslievau.«*

»Moslievau?«, fragte Renske. »Was hat Moslievau damit zu tun?«

Ich dachte nicht an die Folgen meiner Antwort. Das Einzige, woran ich dachte, war, dass der Strom aus Wörtern nicht versiegen durfte. Arglos erzählte ich ihr, wie ich hinter das Zauberwort gekommen war.

»Und es funktioniert wirklich?«, fragte Renske. Sie schmiegte sich noch dichter an mich. Ihre Hand schob sich ein paar Zentimeter weit über meine Haut.

»Absolut«, sagte ich.

Ich erzählte, dass Mama in dem Moment wieder zu Bewusstsein gekommen war, als ich das Zauberwort zum ersten Mal benutzt hatte. Und wie sie die Intensivstation verlassen hatte, nachdem ich es das zweite Mal ausgesprochen hatte. Und ich erzählte, wie ich sie aus der Klasse heraus in einen erquickenden Schlaf versetzt hatte.

»Und du wirst sehen«, fügte ich hinzu, »dass mein Vater ein anderer Mensch wird. Ein Dürfer.«

Einen Moment blieb es still, dann sagte Renske: »Weißt du, was mit dir ist? Du bist ein netter Junge, aber du hast zu viel Fantasie. Es wird Zeit, dass du mit beiden Füßen auf die Erde kommst.«

Renskes Worte schlugen das Paradies in Stücke. Ich drehte mich brüsk um. Ihr Arm geriet unter meinen Rücken und war eingeklemmt. »Au!«, rief sie, aber ich achtete nicht darauf. Ich richtete mich halb auf und schaute sie böse an. Ich ließ mir die Waffe, mit der ich die Welt verändern wollte, nicht einfach aus den Händen schlagen. Außerdem, wenn es jemanden gab, der andere Leute nicht beschuldigen durfte, sie hätten eine überspannte Fantasie, dann war es doch sie! Ich war drauf und dran, *sie* endlich mit beiden Füßen auf die Erde zu stellen. Ich wollte ihr erst mal deutlich sagen, was ich von dieser idiotischen Mordexpedition Pietjes hielt. Aber vor lauter Wut brachte ich es nicht heraus, ich stotterte nur.

»Ruhig«, sagte Renske. »Ruhig. Wie schnell du eingeschnappt bist! Kannst du nicht verstehen, dass ich gerne greifbare Beweise haben möchte? Erst sehen und dann glauben, das ist meine Devise.«

»Greifbare Beweise! Gib mir doch mal einen greifbaren Beweis, dass du Moslievau umgebracht hast!«

Sie schaute mich verblüfft an. Wie konnte ich nur so etwas Dummes sagen?

»Ist Moslievau tot oder nicht?«, fragte sie.

Natürlich war Moslievau tot, aber...

»Na also«, sagte Renske. Empört drehte sie mir den Rücken zu.

Eine Viertelstunde später schlief Renske wie eine Rose.

Ich konnte nicht einschlafen. Ich war völlig durcheinander. Ich hatte Heimweh nach dem kostbaren Gefühl von vorhin. Meine Augen starrten in die Dunkelheit. Ich lag ein bisschen unbequem auf der Seite, ein paar Zentimeter von Renske entfernt. Aus Angst, dass sie aufwachen könnte, wagte ich nicht mich zu rühren. Wie erstarrt blieb ich in dieser Haltung liegen, bis ich einen Krampf bekam. Vorsichtig, Millimeter um Millimeter, suchte ich mir eine bequemere Lage. Es war sinnlos. Zwischen Renskes Rücken und der Wand war einfach zu wenig Platz. Es gab nur eine Möglichkeit: Ich musste mich ganz vorsichtig an ihren Rücken schieben, so vorsichtig, dass sie nicht aufwachte. Der Gedanke, dass dies die einzige Lösung war, jagte mir eine seltsame Wärme durch den Körper. Ich konnte nicht verhindern, dass mein Herz einen Moment aussetzte und dann wie verrückt schlug.

Ich stützte mich an der Wand ab, während ich mich millimeterweise zu Renske hinschob. Sie atmete ruhig. Als ich den geringen Abstand zwischen uns überbrückt hatte und mich behutsam an sie schmiegte, war ich dem wunderbaren Gefühl von vorhin wieder ganz nahe. Das Einzige, was noch zwischen mir und der Seligkeit stand, war mein linker Arm. Ich wusste einfach nicht, wo ich ihn hinlegen sollte.

Ich lag auf der rechten Seite, mit dem Rücken zur Wand. Der einzige Platz, wo ich meinen linken Arm hinlegen konnte, war: gestreckt am Körper entlang. Aber so würde ich auf die Dauer mein Gleichgewicht nicht halten können. Ich würde kippen und Renske aufwecken.

Ich befand mich wirklich in einer heiklen Situation. Ach, dachte ich, warum ist es so geregelt, dass man zwar seine Kleider und die Brille (und, wie der Dürfer und Charlotte, das Gebiss) ablegen kann, aber nicht die Gliedmaßen, die einen beim Schlafen stören?

Während ich überlegte, wuchs mein Unbehagen. Ich musste dringend etwas unternehmen. Ich versuchte meinen verkrampften linken Arm über Renskes Körper hinweg abzustützen. Renske hatte sich wie ein Igel zusammengerollt. Sie hatte sich so breit gemacht, dass ich mit den Fingerspitzen kaum die Matratze berühren konnte. Auch das war eine unhaltbare Lage. Schließlich – ich hatte wirklich alles ausprobiert – ließ ich meinen Arm sinken. Und so landete ich wieder im Paradies. Mein Arm passte vollendet um Renskes Körper. Meine Hand umschloss die ihre wie eine Gussform. Mein Körper entspannte sich. Ich stellte verwundert fest, dass meine Suche nach einer bequemeren Lage dazu geführt hatte, dass Renske in meinen Armen lag und schlief.

Für einen Moment hatte ich das Gefühl, ein Erfinder zu sein. Ich glaubte, ich hätte die ideale Schlafhaltung entdeckt. Dank meines Genies würde die Menschheit fortan glücklicher sein, denn ich würde meine Entdeckung wie ein Evangelium in der ganzen Welt verkünden. Wenn alle Menschen so, zu zweit, aneinander liegend einschlafen und aufwachen würden, dann würde sich ein allumfassender Friede auf die Erde senken. Alle Waffen würden rosten, aller Hass vertrocknen. Ich würde, in aller Bescheidenheit, ein Wohltäter der Menschheit werden.

Doch dann erinnerte ich mich plötzlich daran, dass

ich früher meinen Vater und meine Mutter oft in dieser Haltung schlafen gesehen hatte. Und später meinen Vater und Marij. Ich verstand, dass ich zu spät geboren war, um diese Entdeckung auf meine Fahne schreiben zu können. Ich verstand auch – und das war schlimmer –, dass sie kein bleibendes Glück garantierte, denn warum war Papa dann weggegangen? Dieser Gedanke gab dem paradiesischen Gefühl eine herbstliche Tönung. Und sofort dachte ich an meine Mutter, die, seit mein Vater weggegangen war, nie mehr in dieser Haltung geschlafen hatte. Während ich so lag, bei Renske, hatte ich zum ersten Mal das Gefühl, etwas von Mamas Verhalten in den letzten Tagen zu verstehen. Mein Glücksgefühl vermischte sich mit einem Hauch von Wehmut. Ich schloss Renske noch fester in die Arme.

Vielleicht drückte ich sie zu fest. Jedenfalls bewegte sie sich im Schlaf. Sie befreite sich aus meiner Umarmung und rückte weg. Sie wurde nicht wach, während sie das tat. Sie legte sich auf den Rücken und begann ungeniert zu schnarchen.

Carla stellte ein paar Eierwärmer auf den Tisch. »Schlecht geschlafen?«, fragte sie.

Ich nickte. Ich hatte ein brennendes Gefühl in den Augen.

Renske hingegen war besonders quirlig und aktiv. Während sie hin und her lief und beim Tischdecken half, plapperte sie in einem fort. Über alles und nichts. Vor allem über Letzteres.

Ich dachte an unser nächtliches Gespräch, an Renskes Hand auf meinem Rücken, an meine Entdeckung der idealen Schlafhaltung. Doch davon sagte Renske kein Wort. Langsam hatte ich das Gefühl, das alles nur geträumt zu haben.

Abwesend starrte ich vor mich hin, bis mich ein Knacken in die Wirklichkeit zurückholte. Es war Renske, die ungefragt mein Ei genommen hatte und es am Rand ihres Eierbechers aufschlug.

»Weich«, stellte sie fest und begann es zu schälen.

Leicht verblüfft betrachtete ich ihre Hand. Was tat diese Hand, die, erst so kalt und dann so warm, auf meinem Rücken gelegen hatte? Sie schien sich an nichts zu erinnern, diese Hand. Sie schälte einfach ein Ei.

Als die obere Hälfte des Eis von der Schale befreit war, hörte die Hand auf.

Renske schaute mich mit Augen an, die leugneten, dass ihre Hand von nichts wusste.

»Gut so?«, fragte sie.

Ich nickte.

Behutsam, als handle es sich um etwas sehr Kostbares, reichte sie mir das Ei.

»Danke«, sagte ich.

Ich nahm mein Löffelchen und hob vorsichtig die Spitze des Eis ab. Ein orangefarbener Strom brach hervor. Eigentlich durfte man das nicht, aber ich hatte Lust dazu. Also los!

Unter den mitleidigen Augen der Sekretärin gab sich der Gründer und Vorsitzende des Vereins *Rettet Hänsel und Gretel* wollüstig einer vegetarischen Todsünde hin.

Ein richtiger Plagegeist

Als ich zur Schule kam, lief ich sofort zu Fräulein Monicas Klassenzimmer. Ich wollte mich bei ihr bedanken, weil sie meinen Vater angerufen hatte. Hätte sie das nicht getan, würde ich jetzt in der Bollekensschule bei Herrn Thierry hocken und vor mich hin glotzen. In meiner Begeisterung machte ich einen schweren Fehler. Ich spähte nicht erst durch das Türfensterchen. Ich klopfte auch nicht an. Ich stolperte einfach hinein.

Ich landete mitten in einem Streit. Fräulein Monica und Herr Freddy standen sich wie zwei Kampfhähne gegenüber. Es war mehr als eine aus dem Ruder gelaufene Diskussion. Sie schrien einander an. Als ich so unerwartet hereinplatzte, blieben beide mitten im Satz stecken. Sie drehten mir ihre roten Köpfe zu. Sie fühlten sich ertappt, und das machte sie, trotz ihres Streits, zu Verbündeten. Ihre Wut, die sich gerade noch gegen den jeweils anderen gerichtet hatte, richtete sich plötzlich und in unverhoffter Einigkeit gegen mich.

»Raus!«, schrie Herr Freddy. »Mach, dass du wegkommst! Ein Klassenzimmer ist kein Taubenschlag.«

»Du weißt doch, dass man anklopfen muss«, sagte Fräulein Monica streng.

Ich stand wie an den Boden genagelt da. Fräulein Monica und Herr Freddy waren doch immer so gut miteinander ausgekommen. Wenn es etwas gab, was ich mir nicht hatte vorstellen können, dann war es ein Streit zwischen den beiden. Ich brachte kein Wort heraus.

»Los, geh jetzt«, sagte Fräulein Monica. »Ich rufe dich nachher.«

Mechanisch verließ ich den Raum. Meine Beine zitterten, ich suchte Halt an der Wand. Da kam Krebbe auf mich zu. Er winkte mit einem Stück Papier.

»Meine Fahrkarte nach Anderlecht«, rief er triumphierend.

Erst jetzt bemerkte er, wie entsetzt ich war. »Was ist denn?«, fragte er.

»Sie haben Krach«, sagte ich.

»Wer?«

»Fräulein Monica und Herr Freddy.«

Krebbe war überhaupt nicht erstaunt. Er fand es ganz normal, dass sie sich stritten.

»Das kommt davon«, sagte er rätselhaft.

»Wovon?«, fragte ich.

»Von der Liebe«, sagte Krebbe lakonisch.

»Du bleibst noch einen Moment da, Kaspar«, sagte Fräulein Monica nachmittags.

Während die anderen johlend auf den Schulhof liefen, blieb ich allein in der Klasse. Ich blickte mich um. Plötzlich wurde mir klar, dass meine Tage in diesem Klassenzimmer gezählt waren. Dies war mein letztes Schuljahr in Kruizele. In ein paar Monaten musste ich auf eine weiterführende Schule.

Dieser Gedanke verlieh dem Raum eine andere Farbe. Die vertrauten Dinge, die mich umgaben, wurden plötzlich kühler, distanzierter. Ich kannte dieses Klassenzimmer so gut, dass ich alles mit geschlossenen Augen hätte beschreiben können, jeden Tisch, jeden Stuhl, die Landkarten und die Bilder an den Wänden, das Aquarium und das Puppenspiel. Doch nun, mit dem kommenden

Abschied vor Augen, zogen sich die Gegenstände schmollend in sich selbst zurück.

Fräulein Monica kam herein. Sie tat, als wäre ich Luft. Schweigend räumte sie ihr Pult auf. Dann legte sie die Bücher für den nächsten Tag zurecht. Sie tat es selbst. Das war ihre Art, mich zu strafen. Erst als sie fertig war, schaute sie mich an. Sie stand hinter ihrem Pult.

»Herr Freddy war ziemlich wütend heute Morgen«, sagte sie. »Er fand dein Verhalten sehr ungezogen.«

Ich nickte schuldbewusst.

»Du weißt doch, dass du anklopfen musst, nicht wahr? Warum hast du es dann nicht getan?«

»Ich habe nicht daran gedacht. Ich wollte ...«

»Was wolltest du?«

»Ich wollte mich bei Ihnen bedanken, weil Sie meinen Vater angerufen haben. Ich bin schrecklich froh, dass ich nicht in die Bollekensschule muss.«

Es war, als verstehe sie meine Worte überhaupt nicht. Als denke sie an etwas anderes. An den Streit von heute Morgen. Sie riss sich aus ihren Gedanken.

»Wie geht es deiner Mutter?«, fragte sie.

»Gut«, sagte ich. »Sie ist außer Gefahr. Sie liegt jetzt in einem normalen Zimmer.«

Fräulein Monica starrte mich an ohne mich zu sehen.

»Richte ihr Grüße von mir aus«, sagte sie und warf einen Blick auf ihre Uhr. »Du kannst jetzt gehen.«

Ich lief zur Tür. »Und vergiss einfach, dass ich böse war. So etwas kann passieren.«

Es war mir nicht klar, was sie mit »etwas« meinte: mein Hineinstürmen in das Klassenzimmer, ihren Ärger oder den Streit mit Herrn Freddy.

Ich saß mit Renske und Wüffel auf dem Rücksitz von Jacques' Mercedes. Carla steuerte ihn mühelos durch den dichten Verkehr. Ich hatte das Gefühl, in einem Luxustaxi zu sitzen. In Gent nahm Carla den kürzesten Weg zur Universitätsklinik, bog dann aber plötzlich ab.

»Ich will erst Blumen kaufen«, sagte sie.

Sie parkte den Mercedes vor einem Friedhof. Dem Eingang gegenüber war ein Blumenladen. Carla achtete nicht auf die ausgestellten Sträuße. Sie wusste offenbar genau, was sie wollte.

Sie kam mit zwei Sträußen zurück. Den größeren legte sie in den Kofferraum. Mit dem kleineren ging sie in Richtung Friedhofseingang.

»Rote Nelken«, sagte Renske. »Sie kauft immer rote Nelken, wenn sie in die Stadt kommt. Ihre kleine Tochter liegt hier begraben.«

»Ich habe nicht gewusst, dass sie ...«

»Sie spricht auch nie darüber. Papa hat es mir erzählt. Eigentlich darf ich es niemandem weitersagen.«

Wir schauten Carla nach, während sie an der schmutzig weißen Friedhofsmauer entlangging.

»Sie war schon mal verheiratet, bevor sie Papa kennen lernte«, sagte Renske. »Ihre Tochter hieß Maaike. Sie ist gestorben, bevor sie drei Jahre alt wurde.«

Plötzlich musste ich an Carlas chronische Migräne denken und an die Musik, die im Sommer aus ihrem Schlafzimmer drang. Ich vermutete Zusammenhänge, die ich aber nicht gleich in Worte fassen konnte.

»Papa sagt, dass sie damals ganz durcheinander war. Später hat sie sich von Maaikes Vater scheiden lassen. Noch mal zwei Jahre später ist sie dann zu uns gekommen.«

Daran erinnerte ich mich. Diese Tatsache hatte einige Aufregung verursacht. Plötzlich, von einem Tag auf den anderen, war wieder eine Frau in Jacques' Haus. Darüber wurden, unter Frau Philbys Leitung, ziemlich viele Köpfe in Kruizele geschüttelt.

»Aus den Augen, aus dem Sinn«, schimpfte Frau Philby beim Metzger und beim Bäcker und auf der Post. Renskes Mutter war da schon ungefähr drei Jahre tot, aber halb Kruizele sprach Frau Philby jedes Wort nach.

»Und noch dazu ohne Butterbriefchen«, fügte diese beim Milchmann und beim Gemüsemann hinzu. Je schwerer ihre Einkaufstasche wurde, desto schwerer wogen auch ihre Klagen über Jacques und Carla.

»Schande, Schande!«, sang das Dorf im Chor. Das Gerücht drang sogar bis in unser Wohnzimmer und führte zu einem lautstarken Streit. Eine unschuldige Frage meinerseits hatte das Feuer an die Lunte gelegt.

»Was ist ein Butterbriefchen?«, hatte ich gefragt.

»Wenn man ein Butterbriefchen hat, ist man verheiratet«, sagte meine Mutter, »und wenn man kein Butterbriefchen hat, ist man nicht verheiratet.« Es klang sehr simpel: Es gab Leute mit und ohne. Aber was war der Unterschied? Als ich das fragte, mischte sich mein Vater in das Gespräch. »Es gibt keinen Unterschied«, sagte er.

Das reichte, um Mama auf die Palme zu bringen.

»Was erzählst du dem Jungen da? Natürlich gibt es einen Unterschied.«

»Es gibt *keinen* Unterschied«, wiederholte mein Vater. Er war stinkwütend über das Getratsche. »In beiden Fällen tun die Leute genau dasselbe: Sie leben miteinander, sie schlafen miteinander, sie streiten miteinander.«

»Wenn es dasselbe ist, warum können sie dann nicht wie jeder andere ...«

»Lass die Leute doch in Ruhe!«, rief Papa ungeduldig.

»Ich werde sie nicht zwingen«, schrie Mama, »aber es ist nicht so, wie es sich gehört.«

»Warum nicht?«

»Darum!«

»Ach so«, sagte Papa, »darum.«

Als er das sagte, ging der Streit erst richtig los. Mit blitzenden Augen standen sich mein Vater und meine Mutter gegenüber. Sie vergaßen völlig, dass ich dabei war. Sie schleuderten sich gegenseitig Vorwürfe ins Gesicht, die überhaupt nichts mehr mit dem Thema zu tun hatten. Ich wollte rufen, sie sollten aufhören, aber ich bekam kein Wort heraus. Dann, gleichzeitig, erinnerten sie sich daran, dass ich auch noch da war. Sie schauten mich an, als wäre ich ein Geist. In dieser Haltung verharrten wir wie versteinert. Aus der Küche war das Ticken der Herduhr zu hören, im Rohr stand Kirchweihkuchen. Hoffentlich klingelt die Uhr jetzt, dachte ich, damit die Spannung ein Ende hat. Sofort, in diesem Moment. Aber die Uhr tickte nur. Mit übermenschlicher Anstrengung riss ich mich los und rannte die Treppe hinauf.

Eine Stunde später rief mich meine Mutter. Mein Vater saß am Tisch, als wäre nichts passiert. Auf dem Tisch stand der Obstkuchen.

»Er ist noch warm«, sagte Mama. »Ich weiß nicht, ob man ihn schon anschneiden kann.«

Es ging nur halb. Ein Löffel brachte Hilfe. Halb schneidend, halb schöpfend gelang es Mama, eine Portion auf Papas Teller zu bugsieren. Er probierte den Kuchen. Mit geschlossenen Augen ließ er sich die göttliche Speise auf der Zunge zergehen und sein Adamsapfel bewegte sich beim Schlucken.

Dann, langsam und nachdrücklich sprechend, fällte er sein Urteil.

»Gut gelungen«, sagte er. »Niemand auf der ganzen Welt kann so guten Obstkuchen backen wie du.«

»Schmeckt man den Muskat nicht zu sehr durch?«, fragte Mama bescheiden.

Papa ging auf diese Art Küchengeheimnisse nicht ein. Er nahm noch einen Bissen und schloss wieder die Augen. Erst dann formulierte er sein endgültiges Kompliment.

»Besser als der von meiner Mutter«, sagte er.

Während wir den Kuchen aßen, dachte ich an den Streit. Es war ein Streit *mit* Butterbriefchen gewesen. Erst wenn ich mal einen *ohne* erleben würde, würde ich den Unterschied wissen. Dieses Glück war mir bisher noch nicht beschieden gewesen. Jacques und Carla haben sich inzwischen zwar auch schon gestritten, das weiß ich, aber auch das waren Streite *mit*: Als Wüffel kam, haben sie sich sofort ein Butterbriefchen angeschafft.

»An was denkst du?«, fragte Renske.

Ich wurde aus meinen Gedanken gerissen.

»An alles Mögliche«, sagte ich.

»Ich auch«, sagte Renske. »Ich habe auch an alles Mögliche gedacht.«

Wüffel lehnte sich schon seit einer ganzen Weile träge gegen sie. Man sah ihn langsam einschlafen. Die Augen schon geschlossen, drehte er sich um. Sein Kopf landete auf Renskes Schoß, ein Bein ruhte auf meinem Knie. Sein Arm war zur Seite gerutscht und hing schlaff über den Rand des Rücksitzes. Wenn wir ihn nicht wecken wollten, mussten wir beide stillhalten. Schweigend betrachteten wir ihn. Ich erwartete, dass Renske etwas Abfälliges über Wüffel sagen würde, so etwas wie: »Er ist nur brav, wenn er schläft.« Oder: »Er ist doch ein Schätzchen, nicht? Ich wünschte, jemand würde ihn klauen.« Doch ausnahmsweise sagte sie etwas ganz anderes.

»Als Maaike starb«, sagte Renske, »war sie so alt wie Wüffel jetzt.«

»Sie bleibt immer lange weg, wenn sie zu Maaike geht«, sagte Renske. »Sie geht auch immer allein. Sogar Papa muss im Auto warten, wenn er dabei ist.«

Ich sagte nichts. Ich fragte mich, warum Jacques Carla geheiratet hatte. Vielleicht hatte er gedacht: Carla ist eine Mutter ohne Kind, und Renske ist ein Kind ohne Mutter. Wenn ich die beiden zusammenbringe, ist das Problem gelöst. Ich hielt Jacques sehr wohl für jemanden, der sich derartige Lösungen ausdenken konnte.

»Als ich die Geschichte mit Maaike erfahren habe«, sagte Renske, »habe ich natürlich mit meiner Mama darüber gesprochen. Ob sie Maaike kennt, habe ich gefragt. Natürlich kennt sie Maaike, alle Geister kennen einander. Meine Mama hat gesagt, wie schön sie es findet, dass Carla für mich sorgt. Als Dank tut sie dasselbe für Maaike.«

Wüffel bewegte sich im Schlaf, aber Renske ließ sich nicht ablenken. »Eigentlich sollte ich mal mit Carla darüber sprechen. Es wäre bestimmt ein Trost für sie, wenn sie wüsste, dass meine Mama für Maaike sorgt. Aber es wäre auch ein Schock, wenn ich ihr alles erzählen würde, was ich von meiner Mama höre.«

Ich schaute Renske neugierig an.

»Hast du zum Beispiel gewusst, dass Kinder nach ihrem Tod einfach weiterwachsen, bis sie erwachsen sind? Nein, oder? Ich auch nicht. Niemand scheint das zu wissen. Ich stelle mir vor, dass Carla, wenn sie die Nelken auf das Grab legt, mit Maaike spricht, als wäre sie immer noch ein Baby. In Wirklichkeit ist sie jetzt zehn. Eine wilde Hummel, sagt meine Mama. Ein richtiger Plagegeist. Sie ist dauernd darauf aus, den anderen Geistern einen Streich zu spielen. Moslievau wird es nicht leicht mit ihr haben.«

Carla machte die Tür auf. »So«, sagte sie und setzte sich hinter das Steuer. »Hat es nicht zu lange gedauert?«

»Pssst«, sagte Renske. »Er schläft.«

Doch es war zu spät. Wüffel schlug die Augen auf und schaute sich verwirrt um. Das Zuschlagen der Autotür hatte ihn aus süßen Träumen gerissen. Worum es in seinen Träumen ging, fasste er mit einem Wort zusammen.

»Wüffel«, sagte er.

Ein Herr mit einem blauen BMW

Ich erschrak, als ich zu meiner Mutter kam. Sie sah müde aus, sehr müde. Sie hatte große dunkle Ringe unter den Augen. Auch Carla war erschrocken. Ich hatte ihr gesagt, Mama gehe es besser. Vielleicht fragte sie sich jetzt, wie schlimm es dann vorher gewesen war.

»Guten Tag, Sonja«, sagte Carla. Sie flüsterte, als spräche sie mit einer Sterbenden. Sie zeigte die Blumen. Mama versuchte sich aufzurichten.

»Nein«, sagte Carla, »du brauchst nicht zu klingeln. Ich hole gleich selbst eine Vase.«

Mama lächelte, als sie Renske und Wüffel sah. »Schön, dass ihr gekommen seid«, sagte sie. »Jetzt kann ich mich wenigstens bei euch bedanken, dass Kaspar bei euch schlafen darf. Kommst du zurecht mit ihm?«

Das war eine Frage, die keiner Antwort bedurfte, aber Renske nickte ernst. »Er schläft bei mir im Zimmer«, sagte sie.

»Ja«, sagte Carla. »Ich glaube, es gefällt ihm ganz gut.«

Ich warf Carla von der Seite einen Blick zu. Sagte sie das nur so oder meinte sie etwas Bestimmtes? Doch ihr Gesicht sah ganz normal aus.

Während Carla eine Vase holte, fragte ich Mama, ob sie schlecht geschlafen hatte. Sie verdrehte die Augen in Richtung Charlotte, die sich unruhig herumwarf.

»Sie hat mich die ganze Nacht wach gehalten mit ihrem Geröchel.«

Renske und Wüffel folgten ihrem Blick.

Als sie Charlottes eingefallenes Gesicht sahen, wichen sie zurück.

»Sie kann nichts dafür«, sagte Mama. »Aber ich werde hineingezogen. Die ganze Nacht hat sie gehustet und geflucht, und ich habe kein Auge zugetan. Hundertmal habe ich mir gewünscht, ich wäre zu Hause, in meinem eigenen Bett. Als ich es nicht mehr aushielt, habe ich geklingelt und gefragt, ob ich ein anderes Zimmer kriegen könnte, aber es war nichts frei.« Sie schüttelte verzweifelt den Kopf. »Ich weiß, dass es nicht schön ist«, flüsterte sie, »aber ich habe mir gewünscht, sie wäre tot.«

Renske hörte verständnisvoll zu. Dann warf sie wieder einen Blick auf Charlotte. Ihre Neugier behielt die Oberhand über ihre Angst. Sie schob sich zu Charlotte hinüber. Wüffel folgte ihr auf dem Fuß. Anderthalb Meter vor Charlotte blieben sie stehen. Weiter wagten sie sich nicht.

»Du kannst nicht noch eine schlaflose Nacht aushalten«, sagte ich zu Mama. »Soll ich Doktor Ottevaere Bescheid sagen? Er wird bestimmt was unternehmen.«

»Nein«, sagte Mama. »Ich habe schon mit ihm gesprochen. Es ist kein Zimmer frei, er kann nichts machen. Er hat Charlotte eine Spritze gegeben, und jetzt schläft sie. Wenn es so bleibt, bin ich schon zufrieden.«

Wüffel war hinter Renske hervorgekommen. Er stand neben ihr. Sie hielten sich an den Händen. Fasziniert starrten sie Charlottes scharfen Mund an, die hervorstehenden Backenknochen, die pergamentartige Haut. In diesem Augenblick kam Carla mit einer Vase herein.

»Kommt«, flüsterte sie. »Es ist unhöflich, Menschen anzustarren.«

Renske schaute Carla mit großen Augen an. »Es ist eine ...«, flüsterte sie. Das Wort, um das es ging, war unhörbar, aber wir konnten es ihr von den Lippen ablesen: »... eine *Hexe.*«

»Bist du verrückt?«, sagte Carla leise und böse. »Lass die Frau in Ruhe. Komm her.«

Renske gehorchte. Sie schob Wüffel vor sich her. Sie stellte sich neben Mamas Bett, hörte aber nicht auf Charlotte aus den Augenwinkeln zu betrachten.

Während Carla die Blumen in die Vase stellte, fielen Mamas Augen zu.

»Sie ist todmüde«, flüsterte Carla, »sie muss schlafen. Es hat wenig Sinn, dass du hier bleibst, Kaspar.«

Sie hatte Recht. Mama brauchte Schlaf mehr als Gesellschaft.

»Vielleicht kann ich dich gleich zur Wohnung deines Vaters bringen«, schlug Carla vor. »Hast du einen Schlüssel?«

»Nein, aber ich glaube, dass Marij zu Hause ist.«

Eigentlich hatte ich meine Mutter über Bob und Herrn Mestdagh aushorchen wollen. Aber sie war nicht in der Verfassung für ein ernsthaftes Gespräch.

Ich hörte Renske und Wüffel miteinander flüstern. Sie deuteten auf Charlottes Füße, die unter der Decke herausschauten. Hässliche, blasse Füße. Zwerge mit fünf Köpfen, die, nach Größe geordnet, halslos aus einem plumpen Leib herauswuchsen. Doch sie lehnten sich so vollkommen symmetrisch aneinander, großer Zeh gegen großen Zeh, dass sich ihre Hässlichkeit seltsamerweise in Schönheit verwandelte. Ich erkannte in den Runzeln und Falten ihrer seidig glänzenden Haut die liebevolle Zuneigung von Zwillingen, die ein Leben lang zusammen fort und zusammen daheim gewesen waren und die ihre rührende Zusammengehörigkeit bis zum Tod bewahren wollten.

Nein, dachte ich, Renske hat Unrecht. Mit solchen Füßen kann sie keine Hexe sein.

Aber es war Renske nicht übel zu nehmen, dass sie eine andere Meinung hatte. Schließlich ist nicht jeder fußkundlich geschult.

»So«, sagte Carla, »was hältst du davon?«

Sie hatte die Blumen fachkundig in eine Vase geordnet: ein weißer Kern in einem blauen Ring, und drum herum abwechselnd Weiß und Blau. Mama schlug die Augen auf.

»Prachtvoll«, sagte sie.

»Wenn du einverstanden bist, stelle ich den Topf auf die Fensterbank«, sagte Carla. Sie deutete auf Bobs Chrysanthemen. »Dann kann ich diese Blumen da näher zu dir stellen.«

Doch Mama wehrte ab.

Carla blickte sie erstaunt an. »Die richtigen Farben sind in einem Krankenzimmer sehr wichtig«, sagte sie. »Blau mit Weiß, das ist eine sehr tröstliche Kombination. Daran kann man sich aufrichten.«

Sie sah, dass meine Mutter nicht besonders beeindruckt war von ihrer Argumentation. Also versuchte sie es mit einer vorsichtigen Kritik an den Chrysanthemen.

»Chrysanthemen sind nicht besonders geeignet für ein Krankenzimmer, Chrysanthemen passen besser auf einen ...«

»... auf einen Friedhof«, sagte Mama. »Das weiß ich, aber ich bin zufällig jemand, der sich an Chrysanthemen aufrichtet.«

Im Auto fragte Carla, wem um Gottes willen es denn eingefallen sei, meiner Mutter Chrysanthemen zu schenken. Ich hatte keine Lust, ihr irgendetwas auf die Nase zu binden, über das ich selbst noch nicht so richtig Bescheid wusste. Ich sagte, ich wisse es nicht.

»Aber ich«, sagte Renske. »Sie kommen von Bob.«

Ich zeterte innerlich. Dabei war ich selber schuld. Ich hatte mich verquasselt.

»Woher weißt du, von wem die Blumen kommen?«, fragte Carla.

»Von Kaspar.«

Carla warf mir im Rückspiegel einen Blick zu. Sie wunderte sich wohl, warum ich gelogen hatte. Und obwohl sie merken musste, dass es sich um ein heikles Thema handelte, konnte sie ihre Neugier nicht bezwingen. Sie erkundigte sich, wer Bob war. Ihr Blick im Rückspiegel blieb auf mich geheftet. Früher oder später musste das zu einem Frontalzusammenstoß führen.

»Ich weiß es nicht«, sagte ich.

»Ich weiß es«, sagte Renske.

Ein pfiffiges Lächeln erschien auf ihrem Gesicht. Was sollte das nun heißen? Ich blickte sie erstaunt an.

»Wenn du mich fragst«, sagte Renske, »dann ist Bob der Herr, der abends zu Sonja kommt. Der Herr mit dem blauen BMW.«

Ich kapierte nur stückchenweise die Bedeutung von Renskes Worten. Carla stellte keine weiteren Fragen, als sei nun alles klar. Sie richtete ihre ganze Aufmerksamkeit auf den Verkehr. Ich drehte mich zu Renske. Meinte sie, dass meine Mutter abends, wenn ich im Bett lag, Besuch von einem Unbekannten empfing? Von einem Herrn mit einem blauen BMW? Renske nickte. Für sie war es klar wie nur was, dass dieser Herr und Bob ein und dieselbe Person waren.

Ich fühlte, wie ich von Sekunde zu Sekunde unglücklicher wurde. Dass meine Mutter mit einem fremden Mann etwas hatte, der Bob hieß, gefiel mir schon nicht.

Aber dass Renske Bescheid wusste und ich nicht, machte mich ganz krank. Und wenn Renske es wusste, dann wussten Carla und Jacques es auch. Und dann war es unvorstellbar, dass die Nachbarn von gegenüber es nicht wussten. Und wenn Frau Philby es wusste, dann wusste es ganz Kruizele.

Ich schaute aus dem Fenster. Ohne groß Notiz davon zu nehmen sah ich Häuser und Bäume und Autos vorbeiziehen. Während ich mit den Tränen kämpfte, drängte sich mir der folgende Gedanke auf, in Frageform: Wussten Papa und Marij es auch?

Ich fürchtete das Schlimmste.

Plötzlich wollte ich nur noch eines: den Stecker aus meinen Gedanken ziehen. Ich beneidete Sissy aus *Der übersensible Roboter* (Schrank 2, *Mädchenbücher*), die, sobald ihr Gefühlsleben auch nur ein bisschen aus dem Gleichgewicht zu geraten drohte, kurzerhand die entsprechende Sicherung rausschraubte. Aber das Einzige, was *ich* tun konnte, um den Strom meiner Gedanken abzuschalten, war, die Lippen zwischen die Zähne zu ziehen und meine Kiefer so fest aufeinander zu pressen, dass es wehtat. Zugleich riss ich die Augen so weit auf wie möglich.

Auf keinen Fall blinzeln, dachte ich, aber das Wasser brach mir aus den Augen. Es war, als blickte ich durch verregnete Scheiben.

Zum Glück war Marij zu Hause. Als sie die Tür aufmachte, witschte ich an ihr vorbei zur Toilette.

»Es handelt sich offenbar um eine Eilsendung«, hörte ich sie sagen.

Als sie alle im Wohnzimmer saßen, zog ich meine Schuhe aus. Geräuschlos öffnete ich die Toilettentür. Ich hörte Carlas Stimme, konnte aber nicht verstehen, was sie sagte. Eigentlich wollte ich es auch nicht wissen. Auf Strümpfen schlich ich zu meinem Schlafzimmer und schloss hinter mir die Tür ab.

Die Schuhe stellte ich ordentlich nebeneinander unter den Stuhl, über den ich nachts meine Kleider legte. Ich zog die Jacke aus und hängte sie in den Schrank. Dann schob ich sorgfältig die Tagesdecke zur Seite und legte mich bäuchlings aufs Bett, das Gesicht in die Kissen gedrückt. Zufrieden stellte ich fest, dass ich nicht weinte, auch wenn das Kissen langsam nass wurde.

Doch das war nur Augenfeuchtigkeit, es waren keine Tränen.

Wenn wir schon von Mama sprechen

Es war schon dunkel, als jemand an meine Tür klopfte. War ich eingeschlafen? Langsam drehte ich mich um. Ein schwaches Licht drang durch das Fenster herein.

»Kaspar?«

Das war Marijs Stimme.

Ich stand auf. Mein Kopf fühlte sich matt und müde an. Ich ging zur Tür, drehte den Schlüssel um und lief zurück zu meinem Bett und legte mich wieder auf den Bauch.

»Darf ich reinkommen?«, fragte Marij.

Ich nickte. Das ist nicht so einfach, wenn man mit dem Gesicht im Kopfkissen liegt.

Marij machte das Licht nicht an. Sie stellte sich neben mein Bett und schwieg. Und ich, ich sagte nichts. Sie setzte sich auf den Rand meines Bettes. Es senkte sich ein bisschen.

»Hast du geschlafen?«, fragte sie.

Ich drehte mich auf den Rücken. Der gelbe Lichtstrahl, der durch das Fenster fiel, verlieh ihrem Gesicht eine seltsame Aureole. Eine ganze Weile schwieg sie, dann sagte sie etwas, was sie noch nie gesagt hatte: »Du siehst deiner Mutter sehr ähnlich.«

»Wieso?«

»Ich weiß nicht. So wie du daliegst. Es fällt mir plötzlich auf.« Sie lachte verlegen, als hätte sie etwas Ungehöriges gesagt.

Ich schaute weg. »Wenn wir schon von Mama sprechen …«, sagte ich.

»Du weißt es, nicht wahr?«, antwortete sie.

Ich nickte.

»Carla hat mir gesagt, dass du es weißt.«

Wieder schwieg sie, ich schaute aus dem Fenster. Der Himmel war ein dunkler Fleck.

»Carla hat gesagt, dass Renske ihr Mundwerk nicht halten kann.« Wieder wurde es still. Auf jeden Satz, den Marij sagte, folgte eine Stille, die viel länger dauerte als der Satz selbst. Und dann kam wieder so ein Satz.

»Früher oder später wärst du sowieso dahinter gekommen.

Da ist übrigens nichts Schlimmes dabei.

Eigentlich …

Eigentlich ist es durchaus normal, dass deine Mama Freunde hat.

Oder *einen* Freund.«

Marij gab sich alle Mühe, mich von etwas zu überzeugen, was ich selbstverständlich fand. Sie glaubte, ich wäre geschockt, weil meine Mutter einen Freund hatte. Ich sage nicht, dass mir das gut gefallen hätte, aber schocken tat es mich nicht. Ich fand es nur schrecklich, dass das alles hinter meinem Rücken vor sich ging.

»Ich weiß nicht, ob du das verstehen kannst, Kaspar... aber wenn eine Ehe schief geht und es kommt zu einer Scheidung, dann heißt das noch lange nicht, dass du für den Rest deines Lebens ...«

Mir wurde klar, dass ich mein Schweigen nicht durchhalten konnte. Wenn ich nicht eingriff, wurde mir gleich ein endlos langer Jugendbuchsermon über Ehescheidungen serviert.

»Habt ihr, du und Papa, Bescheid gewusst über – Bob?«, fragte ich.

»Oh«, sagte Marij, »das ist es also, was dir aufstößt? Nein. Wirklich nicht. Wir haben uns aber schon gedacht, dass es jemanden gibt. Mehr als eine Vermutung war es aber nicht. Nein, den Namen Bob habe ich heute Morgen zum ersten Mal gehört.«

»Heute Morgen?«

»Ja. Als ich heute Morgen aufwachte, dachte ich an deine Mama. Ich habe mir überlegt, wie es ihr wohl geht. Vielleicht sollte ich mal zu Sonja gehen, habe ich gedacht. Und weißt du, wie lange ich bei ihr war?«

Ich hatte keine Ahnung.

»Drei Stunden. Sie hat die ganze Zeit erzählt. Ich habe mich gefragt, ob es nicht zu anstrengend für sie ist, weil sie schlecht geschlafen hatte, aber ich konnte sie nicht stoppen. Sie wollte endlich mal alles loswerden. Sie hat von sich erzählt, von Dolf, von dir. Und ganz am Schluss auch von Bob.«

Sie schwieg einen Moment. Sie hatte so viel zu sagen, dass sie nicht wusste, wo sie anfangen sollte. Sie wählte das, woran ich am schwersten trug.

»Als deine Mutter fertig war, habe ich sie gefragt, warum sie dir nichts von Bob erzählt hat. Sie sagte, dass sie das immer verschoben hat, weil sie nicht wusste, ob überhaupt etwas daraus wird, aus Bob und ihr.«

Marij unterbrach sich selbst. »Weißt du, ich verstehe sie gut. Es ist nicht einfach, so etwas Kindern zu erklären.« Sie zögerte. »Ich meine damit nicht, dass du noch ein Kind bist, aber... na ja, über Gefühle zu sprechen ist wirklich nicht so leicht, Kaspar. Wie auch immer, deine Mutter hat mir zugestimmt, als ich gesagt habe, du hättest ein Recht darauf zu wissen, woran du bist. Und dann hat sie mich gefragt, ob ich es dir erzählen würde, ich wüsste ja jetzt alles. Sie hat Hemmungen, es selbst zu tun, hat sie gesagt.«

So erfuhr ich die Geschichte von Mama-und-Bob aus zweiter Hand. Alles, was mir Marij erzählte, vervollständigte das Puzzle, das ich schon seit ein paar Tagen zu lösen versuchte. Vor allem klärte Marij eine Frage, die mich seit über vierundzwanzig Stunden in die Irre geführt hatte. Es stellte sich heraus, dass Bob und Herr Mestdagh ein und dieselbe Person waren.

»Wie ist das möglich?«, fragte ich. »Auf dem Schild im Supermarkt habe ich R. Mestdagh gelesen, das weiß ich genau. R, nicht B.«

»Vielleicht R von Robert. Und Robert kann man mit Bob abkürzen«, sagte Marij.

So simpel war das also. Wirkliche Detektivarbeit ist immer simpel.

Eigentlich gefiel es mir gar nicht, dass meine Mutter mit diesem miesepetrigen Supermarktchef befreundet war. Das verstand ich nicht. Meine Mutter hatte ihn oft als einen Tyrannen beschrieben, und ich war nicht scharf darauf, dass bei uns zu Hause ein Tyrann herumlief. Als ich das sagte, wies mich Marij zurecht.

»Erstens muss deine Mutter ihre Freunde selbst aussuchen, nicht du. Zweitens wäre es vernünftiger, dass du erst urteilst, wenn du jemanden wirklich kennen gelernt hast.«

»Ich habe ihn schon getroffen«, sagte ich. »Ich war gestern in seinem Büro.«

»Weiß ich«, antwortete Marij. »Deine Mama hat es mir erzählt. Aber ich glaube nicht, dass ein Besuch von einer halben Stunde ausreicht, um jemanden kennen zu lernen.«

Ich schwieg, aber ich bezweifelte sehr, dass ich mein Urteil über Herrn Mestdagh alias Bob jemals ändern müsste. Die Geschichte, die Marij erzählte, deutete jedenfalls nicht in diese Richtung.

Meine Mutter, erzählte sie, kannte Herrn Mestdagh schon seit einigen Monaten. Persönlich, denn er war schon seit drei Jahren ihr Chef.

»Deine Mama ist wirklich in Bob verliebt«, sagte Marij.

Verliebt! Du lieber Himmel! Wenn Marij gesagt hätte, dass meine Mutter an Masern erkrankt wäre, hätte ich das besser verstanden. Verliebt, das Wort gehörte zu Filmen, aber nicht zu Mama. Nun gut, ob ich das verstand oder nicht, spielte keine große Rolle, jedenfalls hatte sich etwas zwischen den beiden entwickelt. Und Bob kam mindestens zweimal in der Woche zu uns.

»Das heißt, wenn ich im Bett war?«

»Ja«, sagte Marij, »anders war es kaum möglich. Du weißt ja, wie so was ist.«

Nein, das wusste ich nicht.

»Deine Mama hat angefangen Pläne zu machen. Sie begann an die Zukunft zu denken. Und letzte Woche hat sie ihn vorsichtig gefragt, ob er nicht Lust hätte, bei euch einzuziehen. Dann wären diese Heimlichkeiten nicht mehr nötig. Erst gab er keine Antwort. Ich verstehe schon, dachte sie, er will nicht in ein so bescheidenes Haus einziehen. Er ist Besseres gewöhnt. Aber das war es nicht. Er hatte ihr an diesem Abend etwas ganz anderes erzählen wollen, nämlich dass man ihm eine außerordentliche Chance geboten hatte, Karriere zu machen. Doch dazu musste er für ein paar Jahre ins Ausland. Die Leitung der Warenhauskette hatte beschlossen, in den ehemaligen Ostblockländern einige Filialen zu eröffnen. Wegen der unglaublich guten Wachstumschancen dort. Und nun brauchten sie Leute mit Erfahrung, Filialleiter wie ihn, die bereit waren, nach Polen, Ungarn oder Tschechien zu gehen, um dort eine neue Filiale zu gründen.

Er versuchte deiner Mama zu erklären, was für eine außergewöhnliche Chance das für ihn war: viel höheres Gehalt, Aufenthalt auf Kosten des Konzerns, Weiterkommen, Karriere. Er war ganz begeistert.«

Siehst du, dachte ich, aus solchem Holz ist er also geschnitzt.

»Deine Mama hat alles nur halb verstanden. Und wir?, hat sie ihn gefragt. Er wusste nicht, was er ihr darauf antworten sollte. Vielleicht kann ich es regeln, dass du mitkannst, meinte er. Ihr brach fast das Herz. Sie hatte ihre Hoffnungen in ihn gesetzt, und nun wollte er das erstbeste Angebot annehmen und wegziehen. Sie fragte, bis wann er mit der Entscheidung Zeit hätte. Seine Antwort hat sie dann endgültig geschafft. Ich habe schon Ja gesagt, sagte er. Am Donnerstag nächster Woche fliege ich nach Budapest.«

»Wann war das?«, fragte ich.

»Vorigen Donnerstag, wenn ich mich nicht irre«, sagte Marij.

Das konnte stimmen. Ich begann einige Fäden miteinander zu verknüpfen.

»Und am Tag darauf musste sie morgens in sein Büro kommen.«

»Genau. Deine Mama war so enttäuscht, dass sie ihn vor die Wahl stellte. Wenn er ging, wollte sie nichts mehr mit ihm zu tun haben. Aber er gab nicht nach. Und dann ist sie weinend weggegangen. Den Rest des Tages ist sie in Gent herumgelaufen.«

»Und am Samstag ist er dann aber wiedergekommen«, sagte ich. »Um die Sache mit ihr zu besprechen. Sie konnten sich nicht einigen, und *er* ist weggegangen. Deshalb hat sie geweint, als sie zu mir ins Zimmer kam.«

Marij nickte. Alles passte genau zusammen.

Nur noch eine Frage blieb offen. Ich hatte sie am Montag bereits gestellt, aber nun, im Licht von Marijs Enthüllungen, musste ich sie noch einmal stellen.

»Und am Montag – Marij, glaubst du, dass Mama absichtlich unter den Bus gelaufen ist?«

Sie schwieg einen Moment. »Du musst nicht immer alles wissen wollen, Kaspar«, sagte sie dann.

Wenn ich eine Antwort auf diese Frage wollte, musste ich sie selbst herausfinden. Dann fiel mir Bobs Karte ein. *Es tut mir Leid*, stand darauf. Es tut mir Leid! Bedeutete das nicht, dass Bob sich schuldig fühlte? Dass er dachte ...

»Nein«, sagte ich und es klang wie ein spätes Echo auf Marijs Worte, »vielleicht muss ich wirklich nicht immer alles wissen wollen.«

»Sie haben den Streit übrigens beigelegt«, sagte Marij. »Er ist seit Montag schon viermal bei ihr gewesen.«

Nun wusste ich auch, wer bei uns eingebrochen war. Meine Mutter hatte Bob geschickt, um ihre Sachen zu holen.

»Sie haben gestern noch einmal über seine Entscheidung gesprochen, nach Budapest zu gehen. Wenn du willst, bleibe ich da, hat er gesagt. Aber das will sie schon nicht mehr. Sie ist der Meinung, er müsse es tun, wenn er es so wichtig für seine Karriere findet. Sie will nicht, dass er die Chance ihretwegen ausschlägt.«

»Für wie lange geht er weg?«

»Normalerweise dauert so was zwei Jahre. Aber er hat natürlich Ferien. Das erste Mal an Weihnachten.«

Genau genommen fand ich die Lösung nicht mal so schlecht. Angenommen, Bob hätte seinen Entschluss geändert und wäre nicht nach Budapest gefahren – dann würde er jetzt irgendwann mit einem Koffer voll sauberer Unterwäsche auf unserer Schwelle stehen.

»In zwei Jahren kann viel passieren«, sagte ich. »Vielleicht gehen Mama inzwischen die Augen auf.«

»Vielleicht gehen *dir* inzwischen die Augen auf«, antwortete Marij.

Wir hörten den Schlüssel im Schloss der Wohnungstür. Mein Vater kam nach Hause.

»Zeit zum Essen«, sagte Marij. Sie nahm meine Hand und zog mich hoch.

»Was gibt's denn?«

Marij machte die Zimmertür auf. Sie schnupperte. »Du kannst es bis hierher riechen«, sagte sie.

Ich reckte die Nase in die Luft. Ich roch nichts und schüttelte den Kopf.

»Du bist wie Dolf«, sagte Marij. »Der riecht auch nie was.«

»Was gibt's denn?«, rief Papa aus dem Wohnzimmer. »Ich habe einen Mordshunger.«

»Siehst du«, sagte Marij, »er riecht es auch nicht.«

»Ach, da seid ihr ja«, sagte Papa, als wir ins Wohnzimmer kamen. »Ich bin neugierig, was heute auf der Speisekarte steht.«

»Nichts Besonderes«, sagte Marij, »das gewöhnliche Mittwochabendessen.«

Ich wusste nicht, was das war. Ich war nie hier zum Essen am ... Ich stockte.

»Mittwoch!«, rief ich. »Heute ist Mittwoch.«

»Natürlich«, sagte Marij. »Was ist daran so Besonderes?«

»Hast du nicht gesagt, dass er Donnerstag abfliegt?«

»Ja«, sagte Marij und gleichzeitig fragte Papa: »Wer?«

»Aber das ist morgen!«

»Ja«, sagte Marij. »Er fliegt morgen weg. Ungefähr um elf.«

»Wer fliegt weg?«, fragte Papa.

»Bob«, sagte ich.

»Bob?«

Marij und ich schauten uns an. Marij blinzelte mir zu. »Sollen wir es ihm erzählen?«

»Warum nicht?«, sagte ich. »Früher oder später kommt er sowieso dahinter.«

Das Schweigen von Frau Paridaens

Außer dem Knirschen von Zwieback und dem Klappern von Kaffeelöffeln war am Frühstückstisch nichts zu hören. Mein Vater musste sich noch von der Nacht erholen, Marij starrte kauend ins Leere und ich grübelte über meine Mutter und Bob nach.

Gleich nahm Bob das Flugzeug nach Budapest. Soll er doch Ungarn mit Supermärkten füllen, dann richtet er wenigstens hier kein Unheil an. Auf die Idee, dass Mama vermutlich anders darüber dachte, kam ich nicht, denn plötzlich klingelte das Telefon. Brutal wischte es das Knirschen und Klappern und Grübeln vom Tisch. Papa schaute Marij vorwurfsvoll an, als wäre es ihre Schuld.

»So früh am Morgen«, sagte er mürrisch. »Der reinste Hausfriedensbruch!« Er erhob sich zu seiner vollen Länge. Trotzdem war nichts Eindrucksvolles an ihm. Er war nur ein gutartiger Brummbär, mehr nicht. Maulend schlurfte er zum Telefon.

Als er aus dem Wohnzimmer zurückkam, war er völlig verwandelt. Seine Füße bewegten sich nervös, seine Stimme klang besorgt.

»Es war dieser Bob«, sagte er. »Aus dem Krankenhaus.«

Mein Herz stand still. »Ist etwas mit Mama?«

»Nein, außer dass sie ziemlich durcheinander ist. Frau Paridaens ist heute Nacht gestorben.«

Wie ein Blitz schoss mir das Bild ihrer bleichen Füße durch den Kopf. Füße, die jetzt ans Ende ihrer Reise gekommen waren.

»Sonja hat es heute Morgen entdeckt. Sie ist ganz verstört.«

Kein Wunder. Ich kannte meine Mutter wie meine Hosentasche. Ich wusste mit geschlossenen Augen, dass sie sich jetzt schuldig fühlte, weil sie auf Charlotte geschimpft hatte.

»Bob fragt, ob wir vorbeikommen können. Er hat Angst, dass sie Dummheiten macht. Er kann nicht länger bleiben, er muss gleich seine Koffer holen und zum Flughafen fahren.«

Ohne sich noch einmal hinzusetzen trank Papa seinen Kaffee aus.

»Komm«, sagte er, »mach dich fertig. Wir fahren erst ins Krankenhaus. Dann kommst du eben ein bisschen später zur Schule.«

»Ich kann Kaspar auch bringen«, bot Marij an. »Dann kommst du nicht zu spät zur Arbeit.«

»Ach«, sagte Papa, »Frau Cassiman wird es schon merken, wenn ich später komme.«

Er lief zum Badezimmer.

Marij blickte ihm erstaunt nach.

»Was soll denn das heißen?«, fragte sie. »Sonst hat er doch immer solche Angst, zu spät zu kommen, und jetzt ... Verstehst du das?«

»Nein«, sagte ich. Wir mussten uns beeilen. Ich hatte keine Zeit, ihr zu erklären, dass mein Vater eine Dürferkur angefangen hatte.

In Mamas Zimmer lagen andere Leute. Erst dachten wir, wir hätten uns in der Nummer geirrt, aber so war es nicht. Wir schauten uns an. Beide waren wir beunruhigt. Zum Glück kam gerade eine Frau in einem blauen Kittel vorbei.

»Sie ist verlegt worden«, sagte sie. »Sie hat sich geweigert in diesem Zimmer zu bleiben.«

Sie ging uns voraus zu Mamas neuem Zimmer. Sie schleppte zwei große weiße Säcke mit schmutzigen Bettüchern hinter sich her.

»Die Dame hat alles auf den Kopf gestellt«, sagte sie. »Ich kann's verstehen. Mit mir wäre auch nichts anzufangen, wenn ich in einem Zimmer wäre, in dem jemand gerade seinen letzten Atemzug getan hat.«

Die Frau blieb vor Mamas neuem Zimmer stehen. Sie ließ die Säcke mit der schmutzigen Bettwäsche fallen. Sie kippten auf den glänzenden Fußboden.

»Natürlich sind jetzt wieder Leute dort in dem anderen Zimmer. Aber die wissen nicht, dass da gerade jemand gestorben ist. Das ist der Unterschied. Der Gedanke daran, das ist es.«

»Sie haben Recht«, sagte Papa, nur um etwas zu sagen.

»Warum sollte ich nicht Recht haben, auch wenn ich

nur eine Putzfrau bin«, sagte die Frau und griff nach der Klinke. »Hier laufen genug Doktors herum, die nicht das wissen, was ich weiß: dass Glück und Unglück, Gesundheit und Krankheit in der Birne sitzen.«

»In was?«, fragte Papa. Er hatte nur mit halbem Ohr zugehört.

»In der Birne und nicht im Portemonnaie oder weiß ich wo. Wenn das jeder wüsste, lägen hier nur halb so viel Leute.«

»Sie haben Recht«, wiederholte Papa.

»Da können Sie sicher sein. Aber was hat man von dem ganzen Rechthaben, wenn der Mann säuft und man, wie ich, mit einem Hungerlohn auskommen muss?«

»Wenig«, sagte Papa.

»Nichts«, sagte die Frau. Sie drückte die Tür für uns auf.

Dieser Schlussfolgerung war wenig hinzuzufügen.

»Danke«, sagte Papa.

»Gern geschehen.«

Sie ging weiter. Schlurfend. Zwei Säcke und die Last ihres Rechthabens hinter sich herschleppend.

Meine Mutter war froh, dass sie ihre Geschichte loswerden konnte. Sie sprach so schnell, dass sie manchmal mitten im Satz aufhören musste, um Luft zu holen oder zu schlucken.

»Ich war gestern Abend nach dem Abendessen so müde, dass ich sofort eingeschlafen bin. Ich habe durchgeschlafen bis fünf Uhr. Da bin ich aufgewacht. Das elende Gefühl der Erschöpfung war verschwunden. Dankbar schaute ich zu Charlotte hinüber. Sie hatte nicht geröchelt. Nicht ein einziges Mal. Auch jetzt blieb sie still. Ich konnte sie nicht richtig sehen, die Nachtlampe gibt kaum Licht. Sie lag auf dem Bauch, ihr Arm war vom Bett gerutscht. Es war, als wollte sie versuchen den Boden anzufassen. Ich fand diese Lage seltsam, aber ich kapierte nicht, dass etwas nicht stimmte, verrückt, nicht? Ich döste wieder ein. Alle möglichen Bilder gingen mir durch den Kopf. Und plötzlich sah ich jemanden liegen, genau wie Charlotte. Es war eine Szene aus einem Film, den ich im Fernsehen gesehen habe. Jemand entdeckte die Leiche einer jungen Frau. Ermordet. Ihr Arm baumelte neben dem Bett. An der Wand hing eine Uhr, deren Pendel still stand. Da wusste ich plötzlich, dass Charlotte tot war. Mit einem Schlag war ich wach. Ich klingelte, aber niemand kam. Da fing ich an zu rufen.«

Mamas Stimme versagte. Tränen rollten ihr über die Wangen.

»Sie haben sie sofort weggerollt. Ich blieb allein in dem Zimmer. Und ich hatte Angst. Was für eine Angst ich hatte! Ich wollte klingeln und bitten, ob sie mich aus dem ekligen Zimmer nehmen können. Aber sie hatten natürlich zu tun mit Charlotte. Ich versuchte mich zu beherrschen. Aber es wurde immer schlimmer. Ich wusste nicht mehr, was mit mir los war. Ich versuchte aus dem Bett zu steigen, aber das gebrochene Bein wollte nicht mitspielen. Ich verlor das Gleichgewicht. Im Fallen zog ich die Bettdecke mit und habe mich in ihr verheddert.«

Sie hielt die Hände abwehrend vor ihr Gesicht. Es war, als erlebe sie es noch einmal.

»Die Schwester hat mir eine Standpauke gehalten. Sie hat gefragt, warum ich mich so anstelle. Sie musste jemand anders zu Hilfe rufen, um mich wieder ins Bett zu bekommen. Als das geschafft war, wollten sie weggehen. Ich sagte, sie dürften mich nicht allein lassen in diesem Zimmer, lassen Sie mich nicht allein. Sie wurden richtig wütend, stellen Sie sich nicht so kindisch an, aber es war mir egal, ich fing wieder an zu schreien, und schließlich brachten sie mich auf den Gang. Dort habe ich mich beruhigt. Und dann hat Bob mich gefunden. Er hat mit den Schwestern gesprochen, und sie haben Doktor Ottevaere angerufen. Und dann durfte ich in dieses Zimmer.«

Sie putzte sich geräuschvoll die Nase und schaute uns mit feuchten Augen an.

»Ich habe einen Teil der Nacht neben einer Leiche geschlafen. Begreift ihr das? Ich habe heute Nacht so gut geschlafen, weil Charlotte tot war. Tot! Und das ist genau das, was ich mir gestern gewünscht habe: dass sie tot wäre.«

Sie konnte sich nicht mehr beherrschen. Sie weinte laut. Wir wussten beide nicht, was wir sagen sollten, um sie zu trösten.

»Ach«, sagte Papa schließlich, »ich wette, sie war achtzig.«

Mama warf ihm einen Blick zu, als käme er vom Mars.

»Warum sollten wir um Gottes willen wetten?«, fragte sie.

»Ich meine das nicht buchstäblich«, sagte Papa.

»Was meinst du dann?«

»Nichts«, sagte Papa hilflos. »Nur dass sie achtzig war.«

Sie schaute ihn mit einem Blick an, der so viel bedeutete wie: Na und?

»Achtzig ist ein gesegnetes Alter«, versuchte Papa zu erklären.

Mama machte ein böses Gesicht. »Willst du damit sagen, es ist nicht schlimm, dass Charlotte tot ist?«

»Natürlich finde ich es schlimm«, rief Papa. »Sie war eine meiner besten Kundinnen.«

»Ach so«, sagte Mama, »ich verstehe. Deshalb findest du es schlimm.«

Wieder begann sie zu weinen. Papa beschloss, es sei besser für ihn, den Mund zu halten. Aber diese Einsicht kam ihm reichlich spät.

In diesem Augenblick ging die Tür auf. Ein Wägelchen wurde hereingeschoben. Auf ihm lagen Scheren, Pinzetten, Flaschen, Dosen, Verbandszeug. Die Schwester hatte ihr Klaviertastenlächeln aufgesetzt. Dahinter versteckte sie ihre morgendliche schlechte Laune.

»Verbandswechsel«, sang sie und es klang wie: Jetzt aber raus mit euch!

Mama wischte sich die Tränen ab. »Geht ihr mal«, sagte sie. »Sonst kommst du zu spät zur Schule.«

Sie sah, dass ich zögerte.

»Nein, geh nur. Ich komme schon klar. Ich verspreche, dass ich keinen Anfall mehr bekomme.«

Ich gab ihr einen Kuss.

»Ach ja«, sagte ich, »was ich noch sagen wollte: Marij hat mir alles erzählt.«

Sie blickte mich verständnislos an.

»Das mit Bob.«

»Ach so«, sagte sie und senkte die Augen.

Hinter mir räusperte sich die Schwester laut und nachdrücklich. Ich drehte mich um. Sie lächelte immer noch.

Die Kirchturmuhr zeigte fünf nach neun, als wir vor dem Schultor hielten. Mein Vater ging mit mir bis zur Tür. Er berichtete Fräulein Monica, was passiert war. Als ich zu meinem Platz lief, schauten mich die anderen neugierig an. Sie bestürmten mich mit geflüsterten Fragen. Warum ich so spät kam? Ob was passiert war? War wieder was mit meiner Mutter? Schweigend packte ich meine Schultasche aus.

Als sie merkten, dass von mir nichts zu holen war, verlor sich ihre Aufmerksamkeit schnell und es entstanden kleine Herde von Gemurmel. Nur Renske ließ nicht locker. Von ihrem Tisch aus machte sie mir alle möglichen fragenden Gebärden. Ich versuchte ihr, ebenfalls mit Gebärden, klar zu machen, dass ich ihr alles in der Pause erzählen würde.

Als mein Vater gegangen war, fuhr Fräulein Monica mit dem Unterricht fort. Sie hatte eine Zeittafel aufgehängt, es ging um die Geschichte des Oströmischen Reiches. Ich bemühte mich ihr zuzuhören, aber immer wieder schweiften meine Gedanken ab.

Renske hatte ein ähnliches Problem, merkte ich. Sie rutschte auf der Kante ihres Stuhls herum. Als würde sie sterben vor Neugier. Das war auch so, aber ich würde erst in der Pause dahinter kommen, worauf sie so neugierig war.

Es dauerte ewig, bis Konstantinopel fiel.

Als die anderen Kinder johlend auf den Schulhof rannten, zog Renske mich sofort zur Seite. Ich berichtete, dass Charlotte gestorben war und dass wir Mama deswegen besucht hatten.

»Toll«, jubelte Renske.

Sie war ganz aus dem Häuschen. Ihre Augen glitzerten.

»Wieso toll?«

»Es funktioniert, Kaspar! Du hattest Recht, es funktioniert!«

»Was funktioniert?« Ich verstand kein Wort.

»Moslievau!«, flüsterte Renske. »Dein Zauberwort. Es funktioniert wirklich. Als du es mir erzählt hast, habe ich gesagt, du hättest zu viel Fantasie. Das nehme ich zurück. Es tut mir Leid, dass ich das gesagt habe.«

Ich starrte sie entgeistert an. Hatte sie ...?

»Natürlich!«, jubelte Renske. »Ich konnte es kaum abwarten, wieder daheim zu sein. Ich bin sofort in mein Zimmer gelaufen und habe das Fenster aufgemacht. Ich habe mich auf einen Stuhl gestellt, und mit nach draußen gestreckten Händen habe ich Charlotte tot gewünscht. Und dann habe ich feierlich *Moslievau* gesagt.«

Meine Knie wurden weich. Ich brachte kein Wort heraus. Renske hielt mich.

»Begreifst du nicht, Kaspar? Ich hatte solches Mitleid mit deiner Mutter. Sie hat so schlecht ausgesehen, und an allem war diese Hexe schuld. Wenn ich nichts unternommen hätte, hätte sie weitergeröchelt, bis deine Mama vor lauter Kummer gestorben wäre.«

Sie schüttelte mich, als wolle sie mich aufwecken.

»Kaspar!«, sagte sie nachdrücklich. »Deine Mama hat

sich gewünscht, dass diese Frau stirbt! Ich verstehe nicht, dass du nicht selbst auf diese Idee gekommen bist. Weißt du, ich hatte so ein gutes Gefühl gestern, als ich da auf dem Stuhl stand und *Moslievau* sagte. Ich wusste, dass ich deiner Mutter das Leben rette. Die Kälte kam durch das Fenster herein und es machte mir nichts aus, im Gegenteil, ich habe geglüht. Ich konnte nicht genug davon bekommen. Und dann dachte ich an diesen komischen Herrn Mestdagh ...«

Ich packte Renske am Handgelenk und drehte es um.

»Sag mir bloß nicht, dass du ihn auch aus dem Weg räumen wolltest?«

»Warum nicht?«, fragte Renske mit vor Schmerz verzogenem Gesicht. »Er hat deine Mama zur Verzweiflung getrieben und sein Personal zittert vor ihm. Er ist ein Schuft!«

Ich ließ ihre Hand los.

Sie stöhnte vor Schmerz.

»Vielleicht ist er ein Schuft«, sagte ich, »aber er ist Mamas Freund.«

Renske schaute mich verblüfft an. Sie wusste natürlich nicht, dass Herr Mestdagh und Bob ein und dieselbe Person waren.

Ich schaute auf die Kirchturmuhr. Es war sechs Minuten nach zehn. Bob war nun schon am Flughafen, beim Einchecken. Meine vorausschauende Einbildung arbeitete fieberhaft. In einer Stunde würde er die Kontrolle passieren und ins Flugzeug steigen. Er hatte keine Ahnung, dass jemand einen Fluch über ihn ausgesprochen hatte. Sein Flugzeug würde Motorschaden haben oder eine Bombe würde explodieren oder wer weiß was. Und am Abend würden wir in den Nachrichten die Trümmer des abgestürzten Flugzeugs sehen.

Ich verstand, dass ich alles mir Mögliche tun musste, um zu verhindern, dass dieses furchtbare Bild Wirklichkeit wurde. Mein Gehirn arbeitete in einem fieberhaften Tempo. In ein paar Sekunden zeichneten sich die Umrisse eines Plans in meinem Kopf ab. Ich starrte Renske drohend an. »Wenn du diesen Spruch noch einmal verwendest, schlage ich dich windelweich«, sagte ich.

Das war nicht freundlich, was ich da sagte, aber es verfehlte nicht seine Wirkung. Renske würde zweimal überlegen, bevor sie wieder einen solchen Mist anstellte. Die Tränen schossen ihr in die Augen.

»Vielleicht lässt sich doch noch was tun«, sagte ich. »Du sorgst dafür, dass Fräulein Monica mir nicht nachläuft. Denke dir irgendeine gute Ausrede dafür aus, dass ich dringend wegmusste.«

Ich rannte zum Tor. Ich durfte keine Sekunde verlieren.

Mit Mann und Maus

Ich drückte den Finger auf die Klingel, sekundenlang. Aber Carla war nicht da. Was nun? Ich begriff, dass meine einzige Hoffnung bei Papa lag. Ich tauchte durch das Loch in der Hecke, warf das Garagentor auf und holte den Schlüssel vom Balken. Als ich ihn ins Schloss schob, blieb er stecken. Meine Hände zitterten. Tick, sagten die Sekunden, tick, tick.

Ruhig, ganz ruhig, sagte ich zu mir selbst.

Das half. Ich fühlte, wie der Schlüssel sich bewegte. Ich rannte zum Telefon und wählte die Nummer von Papas Arbeit. Frau Cassiman nahm den Hörer ab. Sie war kurz angebunden. Sie mochte es nicht, dass mein Vater dauernd von der Arbeit weggerufen wurde. Aber er störte sich nicht an ihrem Ärger. Seine Stimme klang ruhig, als er fragte, was denn los sei.

»Du musst sofort kommen«, sagte ich. »Ich warte vor unserem Haus auf dich. Wenn ich dir erkläre, warum du kommen musst, ist es zu spät. Es reicht, wenn du weißt, dass Menschenleben auf dem Spiel stehen. Komm also bitte so schnell wie möglich hierher.«

»Okay«, sagte Papa, »ich komme.«

Das hatte ich, ehrlich gesagt, nicht erwartet. Ich hatte geglaubt, es wäre mehr nötig, um ihn in Gang zu setzen. Ich hatte damit gerechnet, dass er Erklärungen verlangte, Einwände vorbrachte, dass er sagen würde, er wäre in der »Absatz-Bar« unabkömmlich. Aber nein, nichts dergleichen. Er war schon ganz schön verdürfert.

»Nach Zaventem«, sagte ich, als ich in den Skoda sprang. »Schnell! Wir dürfen keine Sekunde verlieren.«

Der grüne Blitz brauste los. Ich sah gerade noch hinter dem Vorhang Frau Philbys Kopf. Gleich würde sie in allen Läden verkünden, dass mein Vater ein gefährlicher Irrer war.

»Gent-Kruizele in vierzehn Minuten, wer macht mir das nach?«, sagte Papa. »Aber darf ich jetzt erfahren, warum ich das getan habe?«

»Du bist doch keine Risiken eingegangen?«, fragte ich erschrocken.

»Nur berechnete Risiken. Immer wenn ich über eine rote Ampel fahren musste, habe ich laut gehupt. Aber was ist denn los?«

»Bobs Leben steht auf dem Spiel«, sagte ich. »Sein Flugzeug geht um elf. Wir müssen um jeden Preis verhindern, dass er fliegt.«

Und während wir über die Straßen rasten, erzählte ich ihm meine Geschichte.

Ich begann mit dem Anfang. Wie ich entdeckt hatte, was für eine seltsame Kraft sich in dem Ruf Moslievaus verbarg, und ich endete mit dem Fluch, den Renske über Charlotte und Bob ausgesprochen hatte.

Papa hielt den Blick ununterbrochen auf die Straße gerichtet. Das war auch nötig, denn er ging ein berechnetes Risiko nach dem anderen ein. Das hinderte ihn aber nicht daran, aufmerksam zuzuhören. Nicht ein einziges Mal unterbrach er mich.

»Egal, was es kostet, wir müssen verhindern, dass Bob in das Flugzeug steigt.« Mit diesen Worten beendete ich meinen Bericht.

So. Nun wusste er alles, was nötig war, um zu erkennen, dass ich ihn nicht für nichts aus der »Absatz-Bar« geholt hatte. Ich schaute zur Seite. Was würde er sagen? Es war ein gutes Zeichen, dass er das Auto noch immer nicht gewendet hatte. Trotzdem hatte ich Angst, dass er nun ein Lied anstimmen würde, das ich schon so oft gehört hatte: Dass ich zu viele Bücher lese, zu viele Filme sehe, zu viel Fantasie habe. Aber das Einzige, was er sagte, war: »Kaspar, du bist der geborene Erzähler.«

Der Tacho zeigte etwas mehr als hundertzwanzig an. Der Skoda ratterte und bebte. Papas Zungenspitze tastete sich über die Oberlippe. Schweißtropfen glänzten auf seiner Stirn.

Je näher wir dem Flughafen kamen, desto mehr Hinweisschilder tauchten auf. Noch 21 km. Noch 18 km. Noch 14 km. Bei jedem Schild hielt mir Papa, ohne den Blick von der Straße zu wenden, sein linkes Handgelenk unter die Nase und ich gab an, wie spät es auf seiner Uhr war.

»Zehn vor elf.«

»Acht vor elf.«

»Sechs vor elf.«

»Schaffen wir's?«, fragte ich.

»Wenn nur der Skoda durchhält«, meinte er. »Ich glaube nicht, dass er dafür geschaffen ist, sechzig Kilometer mit Vollgas zu fahren.«

»Vielleicht solltest du etwas Gas wegnehmen«, murmelte ich. »Der Motor macht wirklich ziemlich viel Lärm.«

»Was willst du denn?«, sagte Papa. »Er säuft jetzt halt viel Sprit.«

Als er das sagte, bekam ich fast einen Herzschlag. Ein leerer Tank! Das hätte uns gerade noch gefehlt. Ich warf einen Blick auf den Anzeiger, aber im selben Augenblick wusste ich, dass mir das nichts half. Er war ja kaputt.

»Papa«, rief ich verzweifelt, »du hast doch nachgetankt, nachdem du mich am Dienstagabend bei Carla abgesetzt hast?«

Der Schreck fuhr ihm durch den ganzen Körper. Er schlug sich mit der flachen Hand gegen die Stirn.

»Glatt vergessen«, murmelte er.

Ich biss mir auf die Lippen. Ich hätte Lust gehabt, ihn gründlich durchzuschütteln.

»Hoffen wir, dass wir es bis zur nächsten Tankstelle schaffen«, sagte er schuldbewusst.

Ich starrte düster vor mich hin. Wenn wir erst noch tanken mussten, würden wir auf alle Fälle zu spät kommen. Dann bekam ich wieder Hoffnung. Am Horizont bereitete sich ein Flugzeug auf die Landung vor. Der Flughafen konnte nicht mehr weit entfernt sein.

Nach einer Kurve tauchte plötzlich eine Tankstelle auf. Das stellte uns vor ein Dilemma: Tanken oder weiterfahren?

»Tanken«, sagte Papa. »Wenn wir gleich kein Benzin mehr haben, sitzen wir erst recht in der Tinte. Es ist ein Wunder, dass wir mit den zehn Litern aus dem Reservekanister so weit gekommen sind.«

Er hielt vor der ersten Zapfsäule und drehte das Fenster runter. »Voll«, sagte er zu dem Tankwart.

Der Mann nickte und machte sich an unserem Tankdeckel zu schaffen. Erst als er ihn abgeschraubt hatte, schlug sich Papa wieder an die Stirn.

»Marij!«, rief er. »Natürlich hat Marij getankt! Deshalb sind wir bis hierher gekommen.«

Der Tankwart nahm mit einem routinierten Schwung den Schlauch vom Haken. Der Zähler sprang mit einem lauten Klicken auf Null. »Aber dann brauchen wir...«

»Genau!«, rief Papa, und ohne auf den Tankwart zu achten gab er Gas. Der Mann sprang erschrocken aus dem Weg. Im Seitenspiegel sah ich ihn dastehen und wie verrückt mit unserem Tankdeckel winken.

Mein Vater holte nun alles aus dem Skoda heraus. Er krümmte den Rücken wie ein Radrennfahrer bergab. Keine Zeit für mutlose Witzchen, keine Zeit für Selbstvorwürfe. Action! So hatte ich ihn noch nie gesehen.

Es war eine Minute vor elf, als wir am Flughafen ankamen. Es hatte sich eine kleine Schlange gebildet. Die ankommenden Autos wurden zu den Parkplätzen dirigiert.

»Ohne mich«, sagte Papa. Über den Pannenstreifen brauste er an den Autos vorbei. Ein wütendes Hupkonzert begleitete uns. Ein Parkwächter versuchte uns mit weit ausholenden Bewegungen zurückzuhalten, aber Papa fuhr einfach weiter. Im letzten Moment machte der Mann einen Satz zur Seite.

»Olé!«, rief Papa. An der Schranke bog er so abrupt in Richtung Flughafengebäude ein, dass es aussah, als würden wir auf zwei Rädern fahren. Genau vor dem Eingang brachte er den Skoda zum Stehen. Während wir ausstiegen, kam ein anderer Parkwächter angerannt. Er schimpfte auf Französisch auf uns ein.

»Comprends pas«, brummte Papa und lief geradewegs an ihm vorbei.

Der Parkwächter versuchte, ihn aufzuhalten. Er erwischte Papas Jacke und es entstand ein kurzes Handgemenge. Papa befreite sich mit Schwung, so dass der Mann das Gleichgewicht verlor. Bevor er sich hochgerappelt hatte, gingen die Türen hinter uns zu.

Wir befanden uns in einer großen, lauten Halle, wo Hunderte von Menschen in alle Richtungen durcheinander liefen. Lautsprecher gaben in verschiedenen Sprachen ihre Mitteilungen durch.

Wir rannten zu dem Schalter, über dem in großen Buchstaben INFORMATION stand. Eine Hostess versuchte mit Händen und Füßen einem Japaner etwas zu erklären. Der Mann schüttelte den Kopf. Sie nahm ein Buch voller Tabellen und machte sich daran, etwas zu suchen. Das konnte eine Weile dauern.

Einen Augenblick schien es, als wolle Papa brav abwarten, bis er an die Reihe kam, denn er stellte sich hinter den Japaner. Doch dann missbrauchte er auf frappierende Weise seine Größe. Er klappte seinen Oberkörper nach vorn, und als die Hostess den Kopf hob, blickte sie in zwei Gesichter, die sozusagen übereinander gestapelt waren.

Mein Vater, der trotz seiner Größe dauernd von Kellnern und Ladenbesitzern übersehen wurde, benahm sich zum ersten Mal in seinem Leben arrogant. Er fragte in befehlendem Ton, ob das Flugzeug nach Budapest schon abgeflogen sei. Die Hostess erschrak so heftig vor dem zweiköpfigen Ungeheuer, dass sie auf der Stelle nach dem Telefon griff und Papas Frage in den Hörer wiederholte. Während sie auf die Antwort wartete, drehte der Japaner verblüfft die Augen nach oben. Sein Blick traf den Blick meines Vaters. Der Mann entschied sich zum Rückzug und wand sich unter Papas überwältigendem Oberkörper hervor. Mit einem unergründlichen Lächeln stellte er sich hinter Papa, um nun seinerseits zu warten.

»Der Flug 373 befindet sich kurz vorm Takeoff«, sagte die Hostess. »Wenn Sie sich beeilen, können Sie das Flugzeug noch starten sehen.«

Papa schloss entsetzt die Augen und presste die Lippen aufeinander. Ich erwartete einen deftigen Fluch, aber er sagte nur: »Sorry.«

Es war nicht ganz klar, ob er das zu der Hostess oder zu dem Japaner sagte, aber es war der Japaner, der mit einer dünnen, näselnden Stimme antwortete.

»Okido«, sagte er.

Ich packte Papa am Arm und zerrte ihn mit zu den meterhohen Fenstern, von denen aus man die Startbahnen sehen kann. Ein riesiges Flugzeug hatte sich gerade vom Boden gelöst. Noch nie hatte ich so etwas aus der Nähe gesehen. Es stieg erstaunlich steil nach oben. Ein wirklich beeindruckendes Geschehen.

In diesem Flugzeug, dessen Lärm wie ein ferner Donner zu mir drang, saß der Mann, den meine Mutter liebte, zusammen mit ein paar Hundert anderen Passagieren, von denen jeder einzelne von anderen Menschen geliebt wurde. Ich dachte an den Fluch, den Renske über Herrn Mestdagh ausgesprochen hatte. Wenn ich nicht eingriff, würden alle diese Menschen umkommen.

Einen Meter vor dem Fenster blieb ich stehen. Ich streckte meine Arme nach dem aufsteigenden Flugzeug aus. In einem kurzen Spiegeleffekt sah ich mein eigenes Bild mit dem des Flugzeugs verschmelzen. Während es mit einer weiten Kurve nach links seinen Kurs aufnahm, bekam ich das Gefühl, ich hätte es im Griff.

Ich schloss die Augen. Meine Fingerspitzen berührten die kalte, glatte Oberfläche der Fensterscheibe, aber mir war, als fühlte ich den metallenen Rumpf des Flugzeugs selbst. Nichts konnte meine Konzentration stören, weder der Lärm um mich herum noch das plötzliche Aufheulen einer fernen Sirene. Im Geist umarmte ich die brüchige Existenz nicht nur der Passagiere, sondern aller Menschen, denen sie etwas bedeuteten. Murmelnd entwaffnete ich die Kräfte, die sie bedrohten.

»Sie sollen mit Mann und Maus wohlbehalten landen«, sagte ich.

Mit Mann und Maus war der Titel eines Buches aus Schrank 4 (*Abenteuer und Verbrechen*). Es ging darin nicht um ein Flugzeug, sondern um ein Boot, das überfüllt war mit vietnamesischen Flüchtlingen. Es war ein treibendes Wrack. Viel zu viele Menschen waren darauf, Männer, Frauen und Kinder. Als ein Sturm losbrach, war das Schicksal dieser Menschen besiegelt. Die Einzige, die dieses Abenteuer überlebte, war eine Puppe. Sie wurde an einen Strand gespült, wo ein kleines Mädchen sie fand. Der Vater des Mädchens steckte mitten in den Vorbereitungen zur Flucht auf einem anderen treibenden Wrack, in ein Land, in dem seine Kinder eine sichere Zukunft hätten. Das Mädchen fragte, ob die Puppe mitdürfe. Sie durfte.

Diese Geschichte schoss mir durch den Kopf, als ich meine Beschwörung mit dem Ruf Balthasar Duykelaars besiegelte: *»Moslievau!«*

Eine Frauenstimme störte mich in meiner Konzentration. Was sie rief, verstand ich nicht, aber es war klar, dass es sich um eine dringende Mitteilung handelte. Ein babylonisches Geräuschgewirr drang an meine Ohren. Stimmen in verschiedenen Sprachen, Gerenne, Sirenen.

Ich machte die Augen auf. Im Handumdrehen stand eine doppelte Reihe Neugieriger vor den Fenstern. Ein dicker Mann warf mich fast um. Er riss den Reißverschluss einer Ledertasche auf und holte eine Videokamera heraus. Schnell machte er sie startbereit.

»Dort«, zeigte Papa.

Die Kamera summte schon, als ich sah, worauf sich der Lärm bezog. Das Flugzeug war näher als erwartet. Es hatte offenbar eine Kurve von hundertachtzig Grad geflogen. Statt sich zu entfernen kehrte es zurück.

»An einem der Motoren stimmt was nicht«, sagte Papa.

Ich guckte mir die Augen aus dem Kopf, aber ich sah nichts Unnormales. Ehrlich gesagt glaubte ich auch nicht daran: Dafür hatte ich ein viel zu großes Vertrauen in die Kraft meiner Zauberformel.

Unter uns, auf dem Flugfeld, war inzwischen ein richtiger Hexenkessel entstanden. Feuerwehrautos und Krankenwagen rasten mit blauen und gelben Lichtern vorbei. Leute rannten durcheinander.

»Es verliert viel zu schnell an Höhe«, sagte Papa. »Das wird eine Notlandung.«

Das Flugzeug senkte sich in der Tat sehr schnell. Aber war das so ungewöhnlich bei einer Landung? Nur die Anwesenheit der Krankenwagen und der Feuerwehrautos deutete darauf hin, dass etwas nicht in Ordnung war. Am Flugzeug selbst fiel mir nichts Besonderes auf. Es war jetzt so nahe, dass ich die ausgefahrenen Landeklappen deutlich sehen konnte. Vielleicht waren sie nach dem Start noch nicht mal eingezogen gewesen.

Plötzlich sagte keiner mehr ein Wort. Nur noch dienstliche Anweisungen kamen ununterbrochen aus dem Lautsprecher, aber sie verklangen ins Leere. Alle Aufmerksamkeit war auf das landende Flugzeug gerichtet.

Dann – das Flugzeug befand sich nur noch höchstens fünfzig Meter über der Erde – passierte es. Eine Stichflamme schoss aus dem äußeren Motor des linken Flügels. In der Halle erhob sich ein entsetzter Aufschrei, der vom Geräusch eines Knalls übertönt wurde. Die Fenster des Flughafengebäudes zitterten. Es war, als bringe die Explosion alles aus dem Gleichgewicht. Eine wellenartige Bewegung ging durch die dicht gedrängt stehenden Zuschauer. Der Mann mit der Videokamera fluchte.

Das Flugzeug sah aus wie ein angeschossener Vogel, der schwankend nach unten taumelte, auf die Landebahn zu. Es tanzte und zitterte, als würde es von einem heftigen Windstoß durchgeschüttelt. In einer Art Mittelding zwischen Gleitflug und freiem Fall landete es schließlich auf der Erde. Das dröhnte ganz gehörig.

Krankenwagen und Feuerwehrautos rasten mit heulenden Sirenen zu der Stelle, wo es – schiebend, rutschend, scheuernd – zum Stillstand gekommen war. Was weiter geschah, entzog sich in einer Wolke aus Staub und Rauch unseren Blicken.

Entsetzt betrachtete ich die Staubwolke. Ich fühlte mich verantwortlich für das, was den Passagieren des Flugzeugs geschehen war. Nicht dass ich dieses Unglück gewollt hatte, aber es wäre nicht passiert, wenn ich Renske gegenüber meinen Mund gehalten hätte.

Die erste Viertelstunde war die schlimmste. Im Geist sah ich ein grauenhaftes Schlachtfeld vor mir. Zwischen zerbeultem Stahl lagen leblose Körper eingeklemmt, einige schrecklich verstümmelt. Überall lagen abgerissene Arme und Beine herum, verirrte Füße. Ein Feuerwehrmann drückte den schlaffen Körper eines etwa dreijährigen Kindes an sich.

Erst als die Umrisse des Flugzeugs wieder auftauchten und die Notrutschen, die sich aus dem Rumpf schälten, sichtbar wurden, hatte ich Hoffnung, dass es nicht allzu viele Opfer geben würde. Doch ich musste noch lange auf die Nachricht warten, dass es nur Leichtverletzte gab. Als das durchgegeben wurde, erhob sich spontaner Applaus in der Abflughalle. Ich stieß einen Seufzer der Erleichterung aus. Im letzten Moment war es mir also doch noch gelungen, Renskes Fluch zu entkräften.

Nun warteten wir auf Bob. Wir wollten mit eigenen Augen sehen, dass er dem Abenteuer mit heiler Haut entkommen war. Doch es wurde durchgegeben, dass es noch mindestens eine Stunde dauern würde, bis die Passagiere des Flugs 373 auftauchen würden.

»Wollen wir inzwischen was trinken?«, schlug Papa vor.

Wir gingen zur Bar. Am Tisch neben uns erkannte ich den Video-Amateur. Er war in ein Gespräch mit ein paar Männern in Jeans und Anoraks verwickelt. Das Gespräch drehte sich um die Kassette, die auf dem Tisch lag.

»Fernsehleute«, flüsterte Papa. »Die hätten gerne seine Aufnahme.«

Der Video-Amateur schüttelte ständig den Kopf. Die Fernsehleute kamen mit immer neuen Angeboten. Schließlich schrieb einer von ihnen etwas auf ein Stück Papier. Mit schwungvoller Bewegung setzte er dann seine Unterschrift darunter. Im Tausch gegen das Papier bekam er die Kassette. Der Amateur lachte breit.

»Ein gerissener Kerl«, sagte Papa bewundernd.

Der Ausgang der Transithalle wurde von Verwandten und Freunden belagert. Als die Passagiere des Flugs 373 endlich auftauchten, stieg lauter Jubel auf. Überall fielen sich Leute um den Hals, küssten sich, lachten und weinten. Das Fast-Unglück hatte sie daran erinnert, wie wichtig sie einander waren und wie amputiert sie sich fühlen würden, wenn plötzlich jemand, der ihnen sehr nahe stand, nicht mehr da wäre.

Auf einmal gingen ein paar Spotlichter an. Jemand rief »Take!« und Kameras schnurrten. Ein Mann mit einem Mikrofon sprach da und dort gerettete Passagiere an. Nervös und stotternd berichteten sie von ihrem misslichen Abenteuer.

Ich blickte mich voller Freude um. Was, so dachte ich, wäre passiert, wenn mein Vater und ich nicht rechtzeitig zum Flughafen gekommen wären, um Renskes Fluch abzuwenden?

Wenn die Leute darüber, was sich wirklich zugetragen hatte, Bescheid wüssten, dann würden sie sich nicht gegenseitig um den Hals fallen, sondern *mir*. Dann würde *ich* jetzt interviewt. Dann käme *mein* Foto in alle Zeitungen. Wie neidisch würde Krebbe sein!

Ich hatte nicht übel Lust, auf einen Stuhl zu springen und die Wahrheit zu verkünden. Doch das würde Renske in die größte Verlegenheit bringen.

Ach, tröstete ich mich selbst, *wahre Größe vollzieht sich in der Stille*. Das war der Schlusssatz eines Buches, das ich erst vor ein paar Wochen gelesen hatte. *Das verzehrende Feuer* hieß es, *Leben und Liebe der Heiligen Theresia von Lisieux* (Schrank 6, *Historisches und Horror*). Dieser Satz passte wirklich hervorragend zu mir.

»Wo bleibt dieser Bob denn?«, fragte Papa beunruhigt. Es schien, als habe der letzte Passagier des Flugs 373 die Transithalle verlassen.

»Bist du sicher, dass du ihn nicht verpasst hast?«, fragte Papa.

»Er hat einen Spitzbart«, antwortete ich. »Hast du jemanden mit einem Spitzbart gesehen?«

Nein, das hatte er nicht. Wir stellten alle möglichen Vermutungen an. Vielleicht war Bob einer der Verwundeten? Vielleicht hatte man ihn in ein Krankenhaus gebracht? Am Ende zogen wir sogar in Betracht, dass es möglicherweise doch Todesopfer gegeben haben könnte.

In diesem Augenblick hatte ich übrigens ganz vergessen, dass ich Bob Mestdagh eigentlich nicht mochte. Im Licht der vergangenen Ereignisse war das zu einem unbedeutenden Detail geworden. Allmählich wurde ich von Panik erfasst.

Schließlich suchten wir Aufklärung beim Informationsschalter. Wir wurden an die Verantwortliche der Fluggesellschaft weiterverwiesen.

»Mestdagh?«, sagte die Dame von der Fluggesellschaft. »Mal schauen.«

Ihr spitzer, rot lackierter Zeigefingernagel schob sich Unheil verkündend über die Namensreihen in der Passagierliste. Sie war nummeriert, nicht alphabetisch, und es dauerte eine Weile, bis sie beim letzten Namen angelangt war. Sie schüttelte den Kopf.

»Nein«, sagte sie in entschiedenem Ton, »der Name Mestdagh steht nicht auf der Passagierliste.«

Wir blickten uns entgeistert an. Papa zuckte mit den Schultern.

»In diesem Fall weiß ich nicht, was wir hier noch zu suchen haben«, sagte er.

Ich verstand überhaupt nichts mehr. Es war doch unmöglich, dass Bob nicht in diesem Flugzeug gewesen war! Ich schaute Papa unglücklich an.

»Ach«, sagte der philosophisch, »wir haben getan, was wir konnten. Mehr kann man von uns nicht erwarten.« Und während wir zum Ausgang gingen, fügte er tröstend hinzu, dass wir schließlich nicht umsonst nach Zaventem gekommen wären. »Wir haben ein paar Hundert Menschen das Leben gerettet.«

»Weg«, sagte ich, als wir aus der Abflughalle traten. Wir hatten es nicht anders erwartet, aber es war trotzdem eine Enttäuschung, dass der Skoda nicht mehr dastand.

»Eines ist sicher: Er ist nicht gestohlen«, sagte Papa. »Besitzer von Skodas können sich auf die verrücktesten Dinge gefasst machen, nur nicht darauf, dass ihr Auto geklaut wird.«

»Wenn du mich fragst, der Parkwächter hat ihn abschleppen lassen.«

»Das wird eine teure Angelegenheit«, sagte Papa bedrückt.

Nach einigem Herumirren landeten wir in einem Polizeibüro. Dort saß ein Polizist, die Zeigefinger im Anschlag, vor einer vorsintflutlichen Schreibmaschine.

Er konnte uns helfen. »Aber erst muss ich die notwendigen Formulare ausfüllen.« Er schob ein Formular in die Maschine. Seine Zeigefinger tippten wie zwei rasende Spechte. Dann folgten noch andere Formulare. Wir hatten uns mehr als eine Übertretung zuschulden kommen lassen. Und nicht gerade geringfügige. Eine Dreiviertelstunde später unterschrieb mein Vater das letzte Formular.

»Mit dieser Bescheinigung können Sie Ihr Auto auf dem Parkplatz F abholen«, sagte der Polizist. »Die Rechnung bekommen Sie demnächst mit der Post.«

»Danke«, sagte Papa.

»Gern geschehen«, antwortete der Polizist. »Und ...«, fügte er väterlich streng hinzu, »sorgen Sie dafür, dass so was nicht noch mal vorkommt.«

Auf der Rückfahrt zerbrach ich mir über die Frage den Kopf, wo Bob jetzt wohl war. Ich fand keine vernünftige Antwort. Plötzlich fiel mir meine Mutter ein. Vielleicht wusste sie, wo sich ihr Herzensfreund herumtrieb. Ich schlug vor direkt zum Krankenhaus zu fahren. Papa schaute auf seine Uhr.

»In Ordnung«, sagte er. »Es ist ohnehin zu spät, um dich zur Schule zu bringen. Und die Absatz-Bar kann mir gestohlen bleiben.«

»Frau Cassiman hat sich heute Morgen am Telefon nicht besonders freundlich angehört. Ich glaube, sie hat genug davon, dass du dauernd nicht da bist. Hoffentlich entlässt sie dich morgen nicht.«

»Das käme mir gerade recht. Dann könnte ich stempeln, während ich mir eine andere Arbeit suche.« Er schwieg. Seine Lippen bewegten sich geräuschlos, als lese er die Untertitel eines Films. Er probte in Gedanken, was er später laut zu ihr sagen wollte.

»Weißt du, Kaspar«, begann er schließlich zögernd, »unser Gespräch vom Dienstagabend, weißt du noch ...

Nicht dass das Gespräch einen anderen Menschen aus mir gemacht hätte ... Na ja, ich weiß nicht ... Ich habe plötzlich das Gefühl, oder nein, es ist kein Gefühl, es ist eine Sicherheit, und du musst wissen, dass ich das seit Jahren nicht gehabt habe, ein Gefühl von Sicherheit, nicht dass ich nicht gewusst hätte, was los ist, das nicht, aber ich meine, ich wusste nicht sicher, ob ich das alles wollte, was mich da plötzlich überkam, verstehst du?« Er warf mir einen verzweifelten Blick zu. Er war kein Mensch, der einfach locker über sich selbst sprechen konnte.

»Meinst du, dass du in Zukunft selbst bestimmen willst, was du tust?«

»Genau.«

Er war verwundert, dass es möglich war, in so wenigen Worten zu sagen, was er meinte.

»Genau«, wiederholte er. »Und, weißt du, deshalb habe ich gestern in der Mittagspause die *Gelben Seiten* auf der Suche nach Reisebüros und so was durchgeblättert. Dann habe ich sie angerufen, ob sie keine Arbeit für mich hätten. Sie können mich notfalls auch zum Nordpol schicken, habe ich gesagt. Aber immer hieß es, nein, wir brauchen niemanden, vielleicht später. Weißt du, was ich früher getan hätte? Ich hätte nach drei Anrufen aufgegeben. Aber jetzt nicht. Ich mache einfach weiter, denn ich bin randvoll mit ...«

»Energie«, sagte ich.

»Genau. Randvoll mit Energie. So was ist mir seit Jahren schon nicht mehr passiert. Und das alles habe ich unserem Gespräch vom Dienstag zu verdanken. Seither habe ich ein Ziel vor Augen. Ich weiß, wo ich hinwill.« Er lachte glücklich.

Er erinnerte mich an *Von der Raupe zum Schmetterling* (Schrank 7, *Natur und Technik*). Er entpuppte sich als ein anderes Wesen.

»Angenommen, Mama weiß nichts von der Notlandung«, dachte ich laut, als wir aus dem Skoda stiegen. »Sie bekommt bestimmt einen Schlag, wenn wir davon anfangen.«

»Weißt du was?«, sagte Papa. »Wir warten es erst mal ab. Wenn sie weiß, was passiert ist, fängt sie schon von allein damit an. In dem Fall ...«

Wir machten aus, wie wir reagieren wollten.

Es waren auch noch andere Szenen denkbar. Auf dem Weg zu Mamas Zimmer gingen wir sie eine nach der anderen durch. Wir sprachen auch ab, dass wir unsere Fahrt nach Zaventem verschweigen wollten. Sonst müssten wir nämlich die ganze Geschichte von Renskes Fluch erzählen.

Die Tür stand einen Spaltbreit offen. Wir blieben stehen. Nichts war zu hören. Papa warf mir einen nervösen Blick zu. Es ging ihm genau wie mir: Er würde erst dann wirklich Ruhe finden, wenn er erfuhr, dass Bob nichts passiert war.

»Sollen wir?«, fragte sein Blick.

Ich nickte. Leise klopfte ich an. Aber es kam keine Antwort. Ich griff nach der Klinke und stieß die Tür vorsichtig auf. Als ich meinen Kopf hineinsteckte, stürzten alle Szenarien, die wir uns ausgemalt hatten, geräuschlos in sich zusammen.

Das Bild, das ich zu sehen bekam, verdiente eingerahmt zu werden. Es verdiente, als Foto oder als Gemälde, für immer einen unantastbaren Platz auf dem Wohnzimmerschrank. Aber weder ein Maler noch ein Fotograf waren in der Nähe, um das festzuhalten, was ich sah. Mir bleibt nur übrig es mit Worten aufzubewahren.

Ich sah Folgendes: Auf einem Stuhl neben dem Bett meiner Mutter saß Bob Mestdagh. In Hemdsärmeln. Er lehnte sich an das Bett. Meine Mutter hatte ihren Kopf an seine rechte Schulter geschmiegt. Sie schlief. Sie ruhte auf seinem Oberarm. Seine Hand lag, gefangen in ihren schlanken Fingern, auf ihrer Brust. Er schaute sie an. Sie lächelte entspannt, wie ein glückliches Kind. Sie war so schön wie seit vielen Jahren nicht mehr.

Das war das Paradies, das ich ihr, als ich am Fenster von Papas Wohnung stand, aus tiefstem Herzen gewünscht hatte. Es war klar, dass Papa und ich hier nichts zu suchen hatten. Ich wollte mich zurückziehen, aber es war zu spät. Bob hatte mich gesehen.

Ein entscheidender Moment

Bob Mestdagh machte ein Gesicht wie ein Kind, das man bei etwas Verbotenem ertappt hat. Aber er bezwang den Reflex, den Arm unter Mamas Kopf wegzuziehen. Er wollte sie nicht wecken. Er winkte uns hinein. Auf Zehenspitzen betraten wir das Zimmer. Bob deutete auf die Stühle, die am Fenster standen. Wir nahmen jeder einen, hoben sie vorsichtig hoch und stellten sie geräuschlos auf beiden Seiten des Bettes zu Boden.

Da saßen wir nun, brüderlich um das Bett meiner Mutter vereint: ihr Freund, ihr Exehemann und ihr Sohn. Einträchtig schweigend, um ihre Ruhe nicht zu stören. Unsere Blicke wichen einander aus. Wenn es uns mal misslang, lächelten wir uns verlegen an. Je mehr Minuten verstrichen, desto stärker wurde das Gefühl, dass wir alle drei uns ein bisschen lächerlich machten. Besonders Bob fiel es schwer, vor allem deshalb, weil er sich, mit seinem Arm unter Mamas Kopf, nicht rühren konnte.

Ich stand auf und holte ein Reservekissen aus Mamas Schrank. Bob verstand nicht, was ich damit wollte. Ich bedeutete ihm, er solle seinen Hintern anheben. So. Jetzt hatte er es ein bisschen bequemer. Der schmerzhafte Zug auf seinem Gesicht verschwand. Er warf mir einen dankbaren Blick zu und machte mit seiner freien Hand eine lobende Kopfstreichelbewegung. Ich antwortete mit einer abwehrenden Bewegung mit beiden Händen. So genial war ich nun auch wieder nicht.

»Doch, doch«, gestikulierte Bob. »Du brauchst nicht so bescheiden zu sein.« Und bevor wir es richtig merkten, waren wir in eine Unterhaltung mittels Mimik und Gebärdensprache verwickelt. Nach einigen Bemerkungen über Mamas Gesundheitszustand schnitt Papa die Notlandung des Flugzeugs an. Er formte mit den Lippen deutlich das Wort »Budapest«. Bob zog ein fragendes Gesicht. Papa versuchte es noch mal. Und ein drittes Mal. Er verzog seinen Mund auf alle nur möglichen und unmöglichen Weisen. Vergeblich. Bob war der armseligste Lippenleser der Welt. »Ich verstehe nicht«, funkte er zurück.

Aber Papa wollte nicht aufgeben. Er stieg auf den Sitz seines Stuhls. Bob schaute ihm verblüfft zu. Papa ging leicht in die Knie, beugte den Oberkörper vor und spreizte seine langen Arme. Gefährlich schwankend versuchte er, ein Passagierflugzeug zu imitieren, wobei er manchmal fast die Balance verlor. Bob gab mit einem Schulterzucken zu verstehen, dass er nichts kapierte. In diesem Augenblick öffnete Mama die Augen. Als sie durch die Wimpern die lange, schwankende Gestalt wahrnahm, stieß sie einen Schrei aus. Papa bekam einen Mordsschreck. Sein rechter Flügel schlug etwas weiter aus, als er beabsichtigt hatte. Er verlor das Gleichgewicht. Sein Fall war unvermeidlich, aber er versuchte noch ihm einen gewissen Stil zu verleihen. In einer Art Mittelding zwischen Gleitflug und freiem Fall segelte er zu Boden und blieb der Länge nach liegen.

Bob sprang auf, um ihm zu helfen. »Haben Sie sich wehgetan?«, fragte er.

Papa schaute ihn verwirrt an. »Ihr Flugzeug«, stotterte er. »Ihr Flugzeug hat eine Bauchlandung gemacht.«

Und so, durch eine missglückte Imitation, erfuhr Bob Mestdagh, welcher Gefahr er entkommen war. Er blickte meine Mutter sprachlos an. Sie schlug die Augen nieder und drückte seine Hand an ihre Wange: Weiß an Weiß.

Es dauerte eine Weile, bis Bob seine Sprache wieder fand. »Verdammt«, sagte er, »wenn ich den Flug nicht storniert hätte, könnte ich jetzt tot sein.«

»Nein«, sagte Papa. »Dann hätten Sie vielleicht ein paar Beulen und Schrammen. Es gibt nur Leichtverletzte.«

Bob rieb sich seinen Körper, als könne er die Beulen und Schrammen, die ihm erspart geblieben waren, deutlich fühlen.

»Aber warum haben Sie den Flug storniert?«, fragte ich. »Hatten Sie vielleicht eine Vorahnung?«

»Eine Vorahnung? Nein. Ich habe keine Sekunde daran gedacht, dass etwas mit dem Flugzeug passieren könnte. Nein, es war eher ein Impuls.«

Dann begann er zu erzählen. Er war von seinem Abschiedsbesuch bei meiner Mutter ziemlich angeschlagen nach Hause gekommen. Statt seine gepackten Koffer ins Auto zu laden hatte er sich auf sie gesetzt. Er hatte sich umgeschaut, die Möbel und die Bilder betrachtet, die nicht nur Möbel und Bilder waren, sondern auch Erinnerungen an seine schief gegangene Ehe. Er sah nichts, was ihn an der Abreise hinderte. Im Gegenteil, er sah viel, was ihn dazu anspornte.

»Worauf wartest du dann?«, sagte er zu sich selbst. »Steh auf und verschwinde.«

Aber er blieb sitzen. Das verblüffte ihn sehr. Er fragte sich, was ihn denn nun zurückhielt. Wenn er alles genau bedachte, konnte es nur eine Antwort geben: Sonja.

Er war erstaunt über die Einfachheit und Deutlichkeit dieser Antwort. Doch warum habe ich mich dann so schnell auf den Vorschlag, nach Ungarn zu gehen, gestürzt?, fragte er sich. Ohne vorher mit Sonja darüber zu sprechen? Er wusste es sofort, als er sich noch einmal umschaute und die Tapete, die Schränke, den Tisch und den Spiegel betrachtete, all die Dinge, von denen jedes einzelne immer wieder alte Weißt-du-noch-Geschichten erzählte, bis er die Wände hochging.

Er schüttelte heftig den Kopf. Nein, er wollte nicht noch einmal ein Desaster erleben, nicht noch einmal ein Zimmer wie dieses in einem Haus wie diesem. Plötzlich wurde ihm klar, dass er Angst hatte und dass sein Weggehen verdächtig nach Flucht aussah.

Er war beschämt, als er zu diesem Schluss kam. Er tat, was seiner Meinung nach das einzig Anständige in einer solchen Situation war. Er nahm das Telefon, wählte die Nummer der Fluggesellschaft und annullierte seinen Flug nach Budapest.

»Ja«, sagte Mama, »und dann kam er wieder hierher. Ich verstand ihn nur allzu gut, denn mir geht es ja genauso. Ich habe auch Angst vor der Vorstellung, dass ich das alles noch einmal erleben müsste.«

Papa studierte aufmerksam die Spitzen seiner Schuhe, als sie das sagte.

»Ich war schrecklich froh, als ich seine Geschichte hörte«, fuhr sie fort. »Ich hatte immer gedacht, dass er nach Budapest wollte, um mich loszuwerden. Ich dachte, ich wäre nicht gut genug für ihn.«

Bob schüttelte den Kopf. Wie hatte sie nur so etwas denken können!

»Ja, wirklich«, sagte Mama. »Ich dachte, Budapest ist einfach eine Ausrede. Er kennt mich noch kein Jahr und schon hat er genug von mir. Und dann kam er plötzlich an und sagte, er geht nicht nach Budapest. Und wisst ihr, was ich ihm geantwortet habe: Dass er unbedingt gehen muss.«

»Ja«, sagte Bob in gespieltem Zorn. »Da habe ich gerade beschlossen bei ihr zu bleiben, und was sagt die Dame? Hau ab! Annulliere deine Annullierung.«

»Er war böse«, sagte Mama lachend. »Er wollte nicht weg.«

»Nicht, solange es dir nicht besser geht.«

»Ja, das hat er gesagt. Und als ich ihn fragte, was denn seine Chefs darüber dächten, bekam er einen Schreck. Es war ihm noch nicht eingefallen, die Herren in Brüssel zu informieren. Ich hielt ihm das Telefon hin. Hier, sagte ich, anrufen. Er hat angerufen, und sie fanden es überhaupt nicht komisch.«

»Nein. Ich habe noch nie so viele Schimpfwörter an den Kopf bekommen. Ja aber, sagte ich und wollte erklären, warum ich nicht fort konnte. Aber damit kam ich nicht an. Sie könnten sich nicht erlauben, dass das Ostblockprojekt fehlschlägt. Sie könnten mir zehn Tage Aufschub geben, doch dann müsste ich weg. Wenn nicht, wäre ich entlassen.«

»Sie fahren also in zehn Tagen weg«, meinte Papa.

Bob nickte.

»Ja«, sagte Mama. »Aber ich möchte, dass er den Zug nimmt.«

Die Halbachtnachrichten begannen mit dem Film des Video-Amateurs, der neben mir gestanden hatte. Es war, als würden Millionen Menschen die Notlandung mit meinen Augen sehen. Einige Teile des Films wurden in Zeitlupe wiederholt. Die Stichflamme, die Funken, die aus der Landebahn schlugen, die Staubwolke: Alles wurde genau so, wie ich es gesehen hatte, in der Erinnerung von Millionen Zuschauern verankert.

Natürlich würden diese Leute nach ein paar Sekunden wieder an etwas anderes denken. Aber ich war davon überzeugt, dass die Bilder, die ich als *meine* Bilder ansah, einen besonderen Platz in irgendeinem Winkel ihres Gedächtnisses bekommen würden. Ab und zu, wenn wieder so etwas passierte, würden sie entsetzt mitzittern und mitleiden. Daran zu denken verschaffte mir ein Gefühl der Zufriedenheit. Ich genoss es. Und jedes Mal, wenn Papa, der von einem Sender zum anderen zappte, die Bilder wieder auf den Fernsehschirm holte, freute ich mich.

Erst als ich, später als gewöhnlich, im Bett lag, wurde mir klar, welch eine wichtige Entdeckung ich gemacht hatte. Ich konnte nicht einschlafen. Alles, was ich an diesem Tag erlebt hatte, schwirrte mir durch den Kopf. Es war ein Karussell von Eindrücken, das nicht stillstehen wollte. Nur die Videoaufnahme, die ich inzwischen fünf- oder sechsmal gesehen hatte, stand mir klar vor Augen.

Plötzlich fühlte ich, dass es irgendeine Möglichkeit geben musste, das alles festzuhalten, so wie der Video-Amateur die Notlandung des Flugzeugs festgehalten hatte. Alles. Angefangen mit meinen eigenen Erlebnissen in den letzten Tagen. Aber auch die anderer, das Leben meiner Mutter, meines Vaters, von Bekannten und Unbekannten. Jedermanns Leben. Sogar Wesen, die es überhaupt nicht gab, konnte man aus dem Nichts hervorrufen und ihnen zu einer dauerhafteren Existenz verhelfen als dem flüchtigen Leben, das Menschen aus Fleisch und Blut geschenkt ist.

Ich setzte mich im Bett auf. Nein, ich hatte keine Videokamera, aber was bedeutete das schon? Ich dachte an Herrn Cnuddes Bibliothek. Diejenigen, die all diese Bücher geschrieben hatten, hatten nur einen Füller und ein paar Blatt Papier gehabt. Damit hatten sie ihre Erfahrungen und Gedanken und Einfälle zu einer Geschichte zusammengebaut.

Ein Kinderspiel, dachte ich.

Ich sprang aus dem Bett und knipste das Licht an. Was die konnten, kann ich auch. Auch ich konnte in die Köpfe und Herzen von zehn, hundert, tausend, wer weiß, vielleicht sogar einer Million Leser dringen. Ich sah in meiner Vorstellung Plätze und Wiesen und Strände voller Menschen. Und jeder von ihnen las meine Worte, erlebte meine Geschichten, teilte meine Gedanken und Gefühle.

Ich zitterte vor Aufregung. Auf Zehenspitzen, um Marij und Papa nicht zu wecken, lief ich zum Tisch. Ich holte einen Notizblock aus der Schreibtischschublade. Dann nahm ich meinen Füller und schraubte ihn auf. Ich war bereit.

Es war ein entscheidender Moment. Vor mir das leere, weiße Papier. In meinem Kopf ein ganzer Mückenschwarm von Eindrücken und Gedanken. Ich musste eine Wahl treffen. Mit welchem Satz, mit welchem Wort wollte ich *meine* Geschichte beginnen? Ich war neugierig. Minutenlang starrte ich entschlusslos das Papier an. Dann – heureka – wusste ich es plötzlich.

»Ich«, schrieb mein Füller. Es war ein selbstverständlicher Anfang. Und solide. Ein Sockel, auf dem ein ganzes Buch ruhen konnte. Der Rest des Satzes floss mir mühelos aus der Feder. Als er dastand, beschloss ich ihn sofort mit einem Punkt. So dass kein Wort hinzugefügt werden konnte. Bis ans Ende aller Zeiten sollte er so stehen bleiben. Granit.

Ich verstand, dass seine einzige Schwäche darin bestand, dass er einen Leser benötigte. Wenn das sein Problem war, so war ich bereit ihm zu helfen. Ich legte meinen Füller hin und erweckte den Satz zum Leben, indem ich ihn mir feierlich vorlas.

»Ich heiße Kaspar.«

Wie ich fand, was ich suchte

Am nächsten Tag hatte ich alle Hände voll zu tun mit Renske. Sie war ganz neben der Reihe. Sie hatte verstanden, was für einen fürchterlichen Fehler sie gemacht hatte. Es war zwar alles glimpflich abgegangen, aber genauso gut hätte sie auch den Tod von zweihundert Menschen auf dem Gewissen haben können. Sie sprach den lieben langen Tag kein Wort und spielen wollte sie erst recht nicht. Mittags rührte sie ihr Essen nicht an. Sie machte sich noch nicht mal die Mühe, ihr Fleisch hinter den Kinnbacken des Königs verschwinden zu lassen. Ich hatte Angst, dass Carla Doktor Santens rufen könnte. Angenommen, der würde alles entdecken! Ich beschloss einzugreifen.

Ich nahm meine Zuflucht zu einem Mittel, das nicht versagen konnte. Ich holte Renskes Mutter zu Hilfe. Die klärte die Angelegenheit im Handumdrehen.

»Ja«, sagte ich, »das versuche ich ihr ja schon den ganzen Tag über klar zu machen. Aber sie hört nicht auf mich.«

Renske schaute auf. Mit wem sprach ich? Ich deutete auf den Stuhl mir gegenüber. »Deine Mutter«, sagte ich.

Sie blickte ungläubig von mir zum Stuhl und dann wieder zu mir.

»Ich habe deiner Mutter zwei Dinge erzählt. Erstens,

dass die Notlandung nicht durch deinen Fluch verursacht wurde, denn Bob war überhaupt nicht im Flugzeug. Das war also ganz normaler Zufall. Und zweitens, dass es meine Schuld ist, dass du Bob verflucht hast, denn ich hatte ihn dir als Monster beschrieben. Deine Mutter gibt mir in beiden Punkten Recht. Du kannst sie selbst fragen.«

Renske blickte wieder zum Stuhl. Stimmte das?

Der Stuhl nickte überzeugend.

»Siehst du«, sagte ich.

»Aber Frau Paridaens?«, fragte Renske. »Die habe ich doch ...«

»Aber nein!«, rief ich. »Du hast Charlotte nur einen kleinen Schubs gegeben. Sie wäre sowieso gestorben. Sie ist dir ewig dankbar, dass sie das Röcheln für immer los ist.«

Renske sah mich misstrauisch an.

»Frag deine Mutter«, sagte ich.

Der Stuhl nickte wieder auf eine Art, die keinen Raum ließ für Zweifel.

Wieder ließ Renske ihren Blick wandern, vom Stuhl zu mir, von mir zum Stuhl. Es dauerte ein paar Sekunden, bis sie zu dem Schluss kam, dass sie nicht an der Nase herumgeführt wurde. Sie stieß einen tiefen Seufzer aus und dann lächelte sie den Stuhl so zärtlich an, dass ein Wunder geschah: Mit eigenen Augen konnte ich für einen Moment den Geist von Renskes Mutter Gestalt annehmen sehen. Ganz kurz nur, aber lange genug, dass er Renske ein Lächeln schenken und mir zuzwinkern konnte.

Mein Vater und Marij mussten am Samstag arbeiten.

»Bleib doch hier zum Schlafen«, bot mir Carla an, und das kam mir gerade recht. Ich hatte in Kruizele noch einiges zu erledigen.

Als ich morgens die Augen aufschlug, sah ich Renskes Gesicht. Sie saß, die Arme um die Knie geschlungen, auf dem Teppich neben meiner Matratze.

»Ich schau dir schon eine Ewigkeit zu, wie du schläfst«, sagte sie. »Weißt du überhaupt, dass du schön schlafen kannst?«

Sie sah mich mit großen, verträumten Augen an. Ich wurde rot.

»Wie spät ist es?«, fragte ich.

»Halb zehn vorbei.«

»Was?« Ich wollte um zehn in der Bibliothek sein. Wie der Blitz war ich aus dem Bett.

»Gute Geister kehren immer wieder«, sagte Herr Cnudde, als ich ihm die Bücher aushändigte, die ich schon vor einer Woche hätte zurückgeben müssen.

Ich nickte verlegen. Es würde mir nicht mehr passieren, dass ich einen Samstag ausließ.

Herr Cnudde spähte über den Rand seiner Lesebrille. »Wie geht es deiner Mutter?«

»Besser«, sagte ich.

Ich brauchte nicht zu erzählen, was alles passiert war. Über seine Frau war er an das Tratschnetz von Frau Philby angeschlossen.

»Ich habe ein paar Bücher über Kinder, die eine Weile allein zurechtkommen müssen, weil ihr Vater oder ihre Mutter im Krankenhaus sind«, sagte er.

Das wusste ich, ich hatte sie alle gelesen. Außerdem hatte ich jetzt wirklich keine Lust auf das Unglück von Mientje Dingsbums oder Joris Soundso.

»Nein«, sagte ich, »ich suche Bücher über Entdeckungsreisende.«

»Der Kunde ist König«, antwortete Herr Cnudde.

Ich war auf der Suche nach Stanley und Liverpool, von denen mein Vater mir erzählt hatte. Ich fand ein Buch, das *Stanleys Diener* hieß. Darin erzählte ein junger Schwarzer, Kalulu, wie er von Stanley angeheuert worden war. Als ich in dem Buch blätterte, blieb ich an einer fesselnden Passage hängen. Stanley war krank. Er hatte Fieber und Durchfall. Er fühlte sich so schlapp wie ein Putzlappen. Ein paar Tage zuvor war einer der wenigen Weißen, die ihn begleiteten, gestorben und er dachte, dass er nun bald an der Reihe sei. Als Kalulu ins Zelt trat, lag der immer so starke Stanley da und weinte. Seine Schultern zuckten. Kalulu tat, als merkte er nichts. Er bereitete einen fiebersenkenden Trank und sang dabei ein Lied, das er von Stanley gelernt hatte. Es war ein irisches Lied. Es handelte von einem Mädchen, das Molly Malone hieß. Sie lebte in Dublin, *wo die Mädchen so schön sind*, sang Kalulu.

Mit ihrer Schubkarre lief sie
durch Straßen und Gassen.
Sie rief: Herzmuscheln, Miesmuscheln!
Noch lebend und frisch!
Noch lebend und frisch!
Sie rief: Herzmuscheln, Miesmuscheln!
Noch lebend und frisch!

Kalulu wusste nicht, was er sang. Dublin, Molly Malone, Herzmuscheln und Miesmuscheln – das waren Klänge, unter denen er sich nichts vorstellen konnte. Aber das störte ihn nicht, im Gegenteil. Dort, im dunklen Herzen Afrikas, klang das Lied anders, reicher, geheimnisvoller, als Stanley es je gehört hatte. Es führte ihn zurück in seine unglückliche Jugend. Plötzlich war er wieder fünf Jahre alt. Sein Großvater war gerade gestorben und er wurde in das Haus von Richard Price gebracht. Dort sollte er fortan wohnen. Er legte den Kopf auf den Tisch und weinte. Da kam das Dienstmädchen von Richard Price. Sie nahm ihn auf den Schoß und sang für ihn das Lied von Molly Malone. In ihren Armen schlief er ein.

Und nun sang Kalulu dieses Lied. Und der Ruf von Molly Malone mischte sich in den Trank, den Kalulu bereitete. Als Molly in der letzten Strophe an einem bösen Fieber starb, war die Medizin fertig. Sie hatte einen bitteren Geschmack, den Geschmack von früher, aber Stanley trank sie auf einmal aus. Und während Mollys Geist an ihrer Stelle *Herzmuscheln und Miesmuscheln* rief, versank Stanley in einen heilenden Schlaf. *Er* würde leben.

Stanleys Diener war voll mit solchen Anekdoten. Aber von Liverpool fand ich keine Spur. Schließlich rief ich Herrn Cnudde dazu. Er schüttelte nachdenklich den Kopf.

»Meines Wissens gibt es keinen Entdeckungsreisenden, der so hieß.«

»Mein Vater hat es aber gesagt. Stanley hat Liverpool im Herzen Afrikas getroffen.«

»Oh«, sagte Herr Cnudde. »Du meinst Livingstone!« Aus einem Pappkarton holte er ein ganz zerlesenes Buch in altmodischer Schrift heraus: *Bula Matari.*

»Voilà!«, sagte er und reichte mir das aufgeschlagene Buch. Gleich auf der ersten Seite war ein Bild. Umringt von Dutzenden von schwarzen Trägern schüttelten sich zwei äußerst britisch aussehende Herren mit Tropenhelmen die Hände. Unter dem Bild standen Worte, mit denen der eine Herr den zweiten begrüßte: »Mister Livingstone, nehme ich an?«

Mit insgesamt sieben Büchern über die großen Entdeckungsreisenden von Odysseus bis Neil Armstrong verließ ich die Bibliothek. Oben auf dem Treppenabsatz des Gemeindehauses blieb ich kurz stehen. Ich schaute über den Heldenplein. Dort, auf der anderen Seite, wartete meine nächste Aufgabe. Ich lief die Treppe hinunter.

Wenn mein Plan gelingen sollte, durfte ich vor allem nicht auffallen. Ich musste auf ungezwungene Art den Platz überqueren, damit mich niemand beachtete.

Soweit ich sehen konnte, waren außer mir nur noch zwei Damen auf dem Heldenplein. Sie standen auf dem Gehsteig vor den *Drei Königen* und waren in ein eifriges Gespräch verwickelt. Ich durfte auf keinen Fall ihre Aufmerksamkeit erregen. Ich beobachtete sie aus den Augenwinkeln. Als ich mitten auf dem Platz war, blickte eine der Damen auf. Es war Frau Philby. Ihr Mund hörte nicht auf zu sprechen, ihre Hände unterstrichen weiterhin ihre Worte, aber ihr Blick biss sich an mir fest.

Schweiß brach mir aus. Fieberhaft kontrollierte ich mich selbst. Verhielt ich mich normal? Gab es nichts, was ihren Argwohn wecken könnte? Plötzlich fiel mir auf, dass die Schwenkbewegung meines rechten Arms durch das Gewicht der Plastiktüte mit den Büchern zu einem

Nichts geschrumpft war. Machte das keinen unnatürlichen Eindruck? War so viel Unauffälligkeit nicht besonders auffallend?

Ich versuchte eine etwas großzügigere Schwingbewegung, aber die hatte den Nachteil, dass sie mich zum schnelleren Gehen zwang. Meine größere Gehgeschwindigkeit wiederum führte zu einem noch stärkeren Armschwung, der mich noch schneller vorwärts schob. Mit jedem Schritt erhöhte sich die rhythmische Schwenkbewegung, bis ich den fatalen Punkt erreicht hatte, an dem mein Arm, angetrieben von der Zentrifugalkraft der großen Entdeckungsreisenden der Weltgeschichte, sich über meinem Kopf überschlug wie die Glocke von Fräulein Monica. Mit kreisendem Arm und im Laufschritt erreichte ich die andere Seite des Heldenpleins.

Erst ein paar Dutzend Meter weiter ging ich wieder im Schritt und hatte endlich auch meine Armbewegungen wieder unter Kontrolle. Ich wagte nicht mich umzuschauen, ob Frau Philby mein Verhalten seltsam gefunden hatte. Ich fürchtete das Schlimmste. Aber ich mochte auch nicht von meinem Ziel ablassen.

Das Haus, in dem Moslievau gewohnt hatte, war Mitleid erregend zwischen zwei höheren Häusern eingequetscht. Mit einem verfallenen Anbau, in dem sich ein breites Tor befand, versuchte es ohne viel Überzeugungskraft in der Breite gutzumachen, was ihm in der Höhe fehlte. An dem breiten Fenster, das an die Zeit erinnerte, als Moslievau hier noch Fischhandel betrieben hatte, war der Rollladen heruntergelassen. An der Tür klebte ein gelber Zettel mit einer Ankündigung in riesigen Buchstaben:

ÖFFENTLICHE VERSTEIGERUNG
EINES
WOHNHAUSES MIT GARTEN

Danach folgte, in kleinerer Schrift, eine nähere Beschreibung. Ich ging betont gleichgültig vorbei, trotzdem konnte ich mit einem schnellen Blick erkennen, was, wieder etwas größer, in der rechten unteren Ecke stand:

AUF WUNSCH BESICHTIGUNG MÖGLICH

Schade, dass das nicht für mich galt. Niemand wäre bereit in mir einen potenziellen Käufer zu sehen. Wenn ich hineinwollte, musste ich es auf eine andere Art probieren. Ich ging weiter und bog zweimal nach rechts ab. So erreichte ich Moslievaus Hintergarten. Ein vergammeltes Tor schien abgeschlossen zu sein, aber als ich fest genug drückte, ging es widerspenstig knarzend auf. Ich hoffte nur, dass niemand mich hineinschlüpfen sah.

Auch auf der Rückseite des Hauses waren die Rollläden runtergelassen. Das versprach nicht viel Gutes. Ich stieß gegen die Hintertür, doch die war abgeschlossen. Es gab nur noch eine Chance: die Tür, die zum Anbau führte. Und da hatte ich Glück. Sie war offen, sie besaß noch nicht mal ein Schloss.

Der Raum, den ich betrat, war fensterlos; ich konnte kaum etwas erkennen. Zum Glück fand ich einen Schalter neben der Tür. Ich knipste das Licht an. Hinter mir fiel die Tür von allein zu.

Ich befand mich in einem unübersichtlichen Durcheinander von alten Gegenständen. Überall standen, lagen, hingen Holzkisten, Ofenrohre, Waschzuber, Zahnräder, Gasbrenner, Kocher. Auch Flaschen, viele leere Flaschen. All diese Dinge hätten längst zerstört sein müssen, verbrannt, zerbröckelt, zerschmettert – aber sie hatten Glück gehabt. Sie waren in Moslievaus Hände gefallen, und er hatte sie ohne Ansehen der Person bei sich aufgenommen. Da schliefen sie nun in seinem Lagerhaus, brüderlich nebeneinander, in einem Kokon aus Spinnweben und Staub und düsterer Stille.

Trotzdem gab es ein Ding, das über all das andere Zeug hinausragte. Wie alt es auch sein mochte, es glänzte wie neu. Ich konnte die Augen nicht davon wenden. Mein Blick glitt von unten nach oben über den glänzenden Rumpf des Gefährts und blieb an dem riesigen Lautsprecher hängen, der es krönte.

Beim Anblick des doppelten Trichters, aus dem, elektrisch verstärkt und bis zur Unverständlichkeit verzerrt, jahrelang tausend und abertausend Mal Moslievaus Ruf über die Dächer von Kruizele erklungen war, vergaß ich ganz, warum ich hier stand. Das also war Moslievaus Lieferwagen, den ich nur aus Papas Erzählungen kannte. Wie ein Nachtfalter vom Licht wurde ich von dem Fahrzeug angezogen. Ich bahnte mir einen Weg durch den aufgestapelten Plunder. Wie im Traum öffnete ich die Tür, warf die Plastiktüte mit den Büchern hinein, zog mich am Griff hinauf und setzte mich zitternd auf den durch Moslievaus Hinterteil verschlissenen Sitz. Ich legte meine Hände auf das Lenkrad und holte tief Luft.

Ich blickte durch die Frontscheibe. Gegen das Halbdunkel einer Brandmauer zeichnete sich ein bizarres Licht- und Schattenspiel ab. An straff gespannten Seilen hingen, zu Trauben zusammengebunden, Magnete von Fahrraddynamos. Ich konnte kaum erkennen, dass es Magnete waren, so dick waren sie mit einer Schicht aus Nägeln und Spinnweben bedeckt. Mit ihrer rostigen Farbe sahen die Trauben aus wie gerade ausgelöschte Lampions, in denen noch ein wenig Licht nachglühte. Es war eine unwirkliche Szenerie, deren geheime Bedeutung ich nicht verstand.

Erst nach geraumer Zeit wandte ich den Blick von der Welt hinter der Frontscheibe. Ich ließ die Augen über das Armaturenbrett wandern und entdeckte einen runden, schwarzen Gegenstand. Ich nahm ihn aus der Halterung, in die er geklemmt war. An der Innenseite hatte er sieben kleine Löcher. Ich verstand, dass es ein altmodisches Mikrofon war. Wie eine Reliquie führte ich es an die Lippen.

Ich räusperte mich: »Ahum.« Aber der Lautsprecher gab keinen Ton von sich. Natürlich nicht. Ohne Strom arbeitete er nicht. Wo war der Zündschlüssel? Da! Ich drehte ihn um, aber vergebens, kein einziges Kontrolllicht ging an. Nach all den Jahren war die Batterie natürlich leer.

Doch sogar wenn alles funktioniert hätte, wäre ich nicht dazu gekommen, etwas zu sagen, denn gerade als ich den Schlüssel umdrehte, hörte ich ein Rumoren und gleich darauf eine Stimme. Ich erstarrte. Die Tür des Schuppens ging auf.

Ich saß in der Falle, wie eine Ratte.

Von Fliehen konnte keine Rede sein. Ich konnte mich nur klein machen und hoffen, dass ich nicht entdeckt wurde. Ich legte mich auf die Sitzbank.

»Habe ich wieder Licht brennen lassen?«, murmelte jemand.

Geräuschlos schob ich mich über die Bank zur Tür auf der anderen Seite. Sobald ich an der Kupplung vorbei war, ließ ich mich zu Boden sinken. So konnte ich wenigstens von draußen nicht gesehen werden.

Ich hörte drei verschiedene Stimmen, eine davon gehörte einer Frau. Ich verstand, dass es sich um mögliche Käufer für das Haus handelte. Sie wurden herumgeführt von – ja, von wem? Ich hatte keine Ahnung, denn meines Wissens hatte Moslievau keine direkten Erben hinterlassen.

Die Frau redete am meisten. Sie drückte wiederholt ihr Erstaunen über die unvorstellbare Unordnung aus, die sie zu sehen bekam.

»Ja«, sagte der Mann, der sie herumführte. »Er konnte nichts wegwerfen, er hat alles aufgehoben. Einem Käufer bleibt nur eine Möglichkeit: Er muss ein paar Container kommen lassen und alles ausräumen. Dann wird man erst sehen, wie groß dieser Raum ist. Wie viel man hier unterbringt.«

»Das«, sagte der andere Mann, »sehe ich jetzt schon.«

Er lachte dröhnend über seine gelungene Antwort. Als er fertig gelacht hatte, wandte er sich dem Lieferwagen zu.

»Ob das Ding noch geht?«, fragte er.

»Natürlich nicht«, sagte der Führer. »Der Wagen steht jetzt schon seit mindestens fünfzehn Jahren. Und damals war er schon nicht mehr taufrisch. Er sieht zwar noch gut aus, aber das liegt daran, dass Balthasar ihn bis zuletzt geputzt hat. Jede Woche hat er ihn gründlich gewaschen. Aber der Motor ist so tot wie ein Regenwurm.«

Der potenzielle Käufer fühlte sich durch diese Bemerkung herausgefordert. »Wetten, dass ich ihn innerhalb von fünf Minuten in Gang bringe?«

Jetzt hatte ich den Salat! Gleich würde die Tür aufgehen und jemand würde mich am Genick packen. Ich versuchte mir eine Ausrede für meinen Aufenthalt hier auszudenken, aber es fiel mir nichts ein. Zum Glück gab es noch die Frau.

»Nichts da«, sagte sie, »du lässt die Finger von dem Auto. Sonst ist dein guter Anzug gleich voller Öl und Fett. Und wer kann dann sehen, dass sie alles wieder sauber kriegt? Mariette.«

Der Mann maulte ein bisschen, aber es handelte sich eher um ein Rückzugsgefecht.

»Ich habe Nein gesagt!«, sagte Mariette.

Damit war die Sache entschieden. Es wurde still und ich konnte wieder atmen.

»Soll ich euch noch den Garten zeigen?«, fragte der Führer.

»Gern«, sagte Mariette. »Marcel ist verrückt nach Gartenarbeit. Stimmt's, Marcel?«

Es kam keine Antwort. Vielleicht nickte er, aber das konnte ich nicht sehen.

Das Licht ging aus, die Tür wurde zugemacht. Ich blieb unbeweglich liegen. Langsam begann ich zu zählen. Bis fünfhundert. Bis dahin würden sie den Garten wohl besichtigt haben.

Als ich die Fünfhundert endlich voll hatte, war mir sehr kalt geworden. Meine Muskeln waren ganz steif. Beim Aufstehen stieß ich mit dem Kopf gegen das Handschuhfach. Tastend, denn es war stockdunkel, suchte ich Halt auf dem kalten, gerippten Fußboden. Dabei berührte meine rechte Hand etwas Kühles und Glattes. Überrascht glitten meine Finger über den Gegenstand. Ich erkannte ihn sofort. Seit ich diesen mit Zeug voll gestopften Schuppen betreten hatte, hatte ich keinen Augenblick an mein eigentliches Ziel gedacht. Jetzt wusste ich plötzlich wieder, warum ich hierher gekommen war. Das konnte auch kaum anders sein, denn ich hatte das gefunden, was ich gesucht hatte.

Schlaf gut, Moslievau

Nach dem Mittagessen versuchte Carla Wüffel zu einem Schläfchen zu überreden. Ich fragte Renske, ob sie mit mir zu Hänsel und Gretel gehen wollte. Wir suchten ein paar Essensreste zusammen, aber die Beute fiel ziemlich mager aus, und Renske nahm noch ein paar Scheiben frisches Brot aus dem Brotkorb. Weil Carla immer noch mit Wüffel beschäftigt war, leerten wir auch noch schnell die Dose des Königs. Sie war ordentlich voll.

»Der Kater wird aus dem Häuschen ein«, sagte Renske.

»Gibst du das Fleisch nicht Pietje?«, fragte ich verwundert.

»Nicht mehr«, sagte Renske.

»Warum nicht?«

Sie zuckte mit den Schultern. »Er wird zu fett. Bald platzt er noch aus seinem Panzer.«

Während Renske das Fleisch für den Kater hinlegte, lief ich zur Garage. Dort hatte ich die Plastiktüte mit meiner Trophäe aus Moslievaus Schuppen zurückgelassen.

»Was ist da drin?«, fragte Renske.

»Eine schwarze Katze mit einem rosa Hinterteil«, sagte ich.

Renske streckte mir die Zunge raus, aber ich tat, als hätte ich es nicht gesehen. Auf dem Gartenweg lief sie maulend ein paar Meter hinter mir.

Hänsel und Gretel erkannten mich von weitem. Sie blökten fröhlich, schließlich hatten sie mich seit Dienstag nicht mehr gesehen.

Ich warf das Brot über den Zaun. Während sie daran knabberten, unterhielt ich mich mit ihnen. Renske sagte nichts. Sie schmollte noch immer. Ich sprach immer weiter und kam vom Hölzchen aufs Stöckchen. Als der Verein *Rettet Hänsel und Gretel* dran war, versuchte ich Renske ins Gespräch zu ziehen.

»Umständehalber hat der Verein diese Woche sozusagen geruht«, sagte ich. »Aber durch Renskes Hilfe ...«

Ich drehte mich zu ihr um. »Du machst doch noch mit?«

»Natürlich mache ich noch mit«, sagte Renske. »Aber...«

»Was aber?«

»Aber was ist in der Tüte?« Sie schrie die Frage fast. Ich wagte nicht mehr, sie noch länger auf die Folter zu spannen.

»Komm mit«, sagte ich. »Es gibt nur einen Platz auf der Welt, wo ich es dir zeigen kann.« Ich nahm ihre Hand und zog sie mit zum Heldenplein.

Vor dem Eingang des Friedhofs blieben wir stehen. Wir blickten über ein steinernes Meer mit einer Brandung aus Allerheiligenblumen.

»Du hast was vor, nicht wahr?«, sagte Renske.

»Wenn du wissen willst, was in der Tüte ist, musst du genau tun, was ich sage. Einverstanden?«

»Einverstanden.«

»Gut. Ab jetzt bist du blind. Du machst die Augen zu. Du musst mir vollkommen vertrauen. Stell dir einfach vor, ich wäre dein Blindenhund.«

Renske fand das spannend. Sie nickte und kniff die Augen zusammen. Ich nahm sie bei der Hand und führte sie über den Mittelpfad. Nach einigen Metern schon fiel mir auf, dass sie sich ein bisschen zu leicht leiten ließ.

»Halt«, sagte ich, »du guckst durch die Wimpern.«

Ich band ihr mein Taschentuch vor die Augen. Nun war sie wirklich blind. Ihre Füße stolperten unsicher über den Boden. Ich schlug einen Seitenpfad ein, um sie zu verwirren, und führte sie auf einem Umweg zu meinem Ziel. »So«, sagte ich, »hier ist es. Bleib einfach stehen.« Ich kniete mich hin und löste mit einem schnellen Ruck den Riemen ihres linken Schuhs.

»Was tust du?«, fragte Renske. Vielleicht hätte ich sie nicht nur blind, sondern auch stumm machen sollen.

»Du sollst jetzt nichts fragen«, sagte ich, »sonst ist es nicht mehr schön.«

»Ja, aber…«

»Entspann dich, Renske. Ich spiele dir wirklich keinen Streich.« Ich nahm ihre rechte Hand und legte sie auf meine Schulter.

»Stütz dich auf mich«, sagte ich. »So ist es gut. Und jetzt heb deinen linken Fuß.«

Ihr Schuh blieb in dem matschigen Boden stecken. Zehn Zentimeter höher blieb mein fußkundlich geschulter Blick an dem hübschesten Fuß hängen, der seit der Zeit, als die Tiere noch sprachen, auf der Erde zu sehen gewesen ist.

Ich hielt ihr die weiße Plastiktüte hin. »Jetzt darfst du fühlen, was in der Tüte drin ist«, sagte ich.

Ihre linke Hand tastete die Form des Gegenstands nach. Dann, um herauszufinden, aus welchem Material er gemacht war, rieben ihre gespreizten Finger darüber. Ich konnte an ihrem Gesicht erkennen, wie sie mit ihren Untersuchungen vorankam. Erst war es gespannt, doch schon bald fing sie an zu lächeln. Als sie den Gegenstand mit Sicherheit erkannt hatte, lachte sie über das ganze Gesicht.

»Krieg ich ihn?«, fragte sie.

»Erst anprobieren«, sagte ich.

Es schien sie nicht zu stören, dass sie ein Tuch um die Augen gebunden hatte und auf einem Fuß stehen musste. Mit routinierter Grazie zog sie den Pelzstiefel an, den Moslievau ihr vor Monaten abgenommen hatte.

»Er passt immer noch«, stellte sie fest.

»Zum Glück«, sagte ich.

»Wo hast du ihn gefunden?«, fragte sie. »Und warum bekomme ich ihn hier zurück?«

Ich band ihr das Tuch ab.

»Wir stehen auf Moslievaus Grab«, sagte ich feierlich.

Renske betrachtete ihren linken Fuß. Sie hatte ihren Stiefel wieder! Sie hob den Kopf. Mit einer Bewegung, die dem Tiefflug einer Schwalbe glich, warf sie ihre langen Haare zurück. Sie blickte mich genauso an wie heute morgen, als ich aufwachte.

»Moslievau hat ihn die ganze Zeit aufgehoben«, sagte ich, »so wie er alles aufgehoben hat.« Und dann erzählte ich ihr von meinem Besuch im Schuppen. Renske lauschte gebannt.

»Und so hast du deinen Stiefel zurück«, schloss ich. »Unbeschädigt. Ich meine, jetzt ist es Zeit, dass du dich mit Moslievau versöhnst. Sonst ist sein Geist verdammt und muss ruhelos herumirren.«

Renske begriff, was ich meinte. Sie hatte ebenfalls *Der ruhelose Geist* gelesen. In diesem Buch ging es um Ton Fokkema, einen Bankdirektor, der auf einem Fest ziemlich viel getrunken hatte und in einen Verkehrsunfall verwickelt wurde. Außer ihm kam noch ein fünfzehnjähriger Junge ums Leben. Als die Eltern bei der Leiche ihres Sohnes standen, verfluchten sie dessen Mörder. Von diesem Moment an kannte Ton Fokkemas Geist weder Rast noch Ruhe. Auf alle möglichen Arten versuchte er Kontakt mit den Eltern aufzunehmen. Er bat um Verzeihung, die Eltern ließen sich jedoch nicht erweichen. Erst als sich der Geist ihres toten Sohnes einmischte, gingen sie zu Ton Fokkemas Grab. Sie betrachteten seinen Stein, lasen schweigend die Daten, die unter dem Namen standen. Das zweite Datum kannten sie auswendig, es stand auch auf dem Grabstein ihres Sohnes. Sie brachten kein Wort heraus, aber sie legten einen Blumenstrauß auf das Grab. Von diesem Augenblick an war es Ton Fokkemas Geist vergönnt, in Frieden zu ruhen.

Renske schaute wieder auf ihre Füße; einer steckte in einem Schuh, der andere in einem Stiefel. Einen Meter unter ihr lag Moslievau, den sie so gehasst hatte. Sein Grab war nichts anderes als ein rechteckiges Stück frisch geharkte Erde. Sie betrachtete die anderen Gräber. Auf den meisten standen großartige Grabsteine. Und alle, auch die einfachsten Gräber, waren überreich mit Blumen geschmückt. Nur Moslievau, der keine Verwandten hatte, musste ohne Blumen auskommen. Vielleicht gab das den Ausschlag. Mit großen Schritten lief Renske zum Mittelpfad. Sie prüfte das Blumenmeer auf den Wir-sind-was-Besseres-Gräbern. Dann stand sie vor einem riesigen Topf mit weißen Chrysanthemen. Er war so groß, dass ich, als sie ihn aufhob und zu Moslievaus Grab trug, ihren Kopf nicht mehr sehen konnte. Sprachlos beobachtete ich sie.

»Steh nicht so rum«, sagte Renske. »Hilf mir lieber.«

Sie begann mit ihren Händen in der Erde zu graben. Sie machte eine Kuhle, genau dort, wo sie gestanden hatte. Ich kniete mich neben sie und half ihr. Es war gar nicht so leicht. Als die Kuhle tief genug war, stellten wir den Topf hinein. Vorsichtig stampften wir die Erde um ihn herum fest.

Ich trat einen Schritt zurück, um unser Werk zu begutachten. »Toll«, sagte ich.

»Du glaubst doch nicht, dass ich schon fertig bin?«, fragte Renske. »Komm mit.«

Vor mir her lief sie wieder zum Mittelpfad und deutete auf einen zweiten, ebenso großen Topf mit weißen Chrysanthemen. »Die«, sagte sie. Ich starrte sie an. Übertrieb sie nicht ein bisschen?

Aber sie beachtete mich nicht. Sie stand schon am nächsten Grab. »Und die. Und die. Und die.« Es waren insgesamt sechs Töpfe, auf die sie deutete.

Mir war klar, dass jeder Widerstand sinnlos war. Ich machte mich an die Arbeit. Einen Stock nach dem anderen brachte ich die Blumentöpfe hinüber zu Moslievaus Grab und Renske versenkte sie in die Erde, so dass sie um den ersten Topf herum einen Stern bildeten. Das Ergebnis war beeindruckend. Moslievau lag nun unter einer üppigen Spitzendecke.

»Picobello«, sagte ich.

Renske stand unbeweglich neben mir, die Arme leicht gehoben, die schmutzigen Finger gespreizt.

»Nicht schlecht«, gab sie zögernd zu. »Aber...mir fehlt noch was.«

Ich fand, dass sie zu weit ging. Mit so vielen Blumen auf dem Bauch gehörte Moslievau mindestens zur besseren Mittelklasse.

Renske wusste plötzlich, was ihr fehlte. »Ein Kreuz«, flüsterte sie.

»Spinnst du?«, rief ich. »Du willst doch nicht etwa ein Kreuz klauen?«

»Kein Steinkreuz«, sagte Renske. »Ich weiß selber, dass die zu schwer sind. Aber eins aus Holz?« Sie schaute mich flehend an. »Los«, sagte sie, »nur ein kleines.«

Ich war wirklich böse. »Erstens: Die Holzkreuze gehören armen Menschen. Du kannst nicht mit gutem Gewissen arme Leute bestehlen. Und zweitens: Ihr Name steht drauf. Also kann jeder sehen, dass es gestohlen ist.«

»Ja«, sagte Renske, »das stimmt, daran hatte ich nicht gedacht.«

Wieder ging sie zum Mittelpfad. Sie suchte zwischen den Blumen herum. Auf vielen Gräbern lagen kleine Täfelchen aus Marmor oder Ton, mit allen möglichen Botschaften darauf.

UNSEREM GELIEBTEN VATER

BIS BALD, IM HIMMEL

TRAUERE NICHT UM MICH, MAMA

Es dauerte eine Weile, bis sie ihre Wahl getroffen hatte. Schließlich kam sie mit einer glasierten Tafel zurück, auf der ein hellgrünes Kreuz abgebildet war. Auf der Verbindung der Kreuzbalken blühte eine Rose. Neben dem Kreuz standen nur zwei Wörter:

SCHLAF GUT

Renske gab der Tafel einen Platz zwischen den Blumen, die wir gepflanzt hatten.

»Schlaf gut, Moslievau«, sagte sie.

Ein gemeiner Streich

Am nächsten Morgen wachte ich erst um halb elf auf. Es war am Abend zuvor sehr spät geworden.

Ich stand nicht sofort auf, ich döste noch ein bisschen im Bett. Ich erinnerte mich daran, was alles passiert war, nachdem Papa mich bei Carla abgeholt hatte.

Mir fiel sofort auf, dass irgendetwas passiert sein musste. Papa war gar nicht mehr er selbst. Er sah aus, als sei er aus einem Reklamefoto für Herrenkleidung gestiegen. Er trug keine Jeans, sondern einen richtigen Anzug, von dem ich zwar wusste, dass er ihn besaß, weil er im Schrank hing, aber ich hatte ihn noch nie darin gesehen. Und er trug ein für seine Verhältnisse sehr modisches Hemd, mit Krawatte. Nein, ich lüge nicht, *mit* Krawatte.

»Was ist los?«, erkundigte ich mich.

»Eine Feier«, sagte er.

»Warum?«

»Das erzähl ich dir bei Tisch.« Bei Tisch? Bald stellte sich heraus, was er meinte: im Restaurant.

Wir holten erst Marij ab, und die sah auch so aus: Kette, Armreifen, Ohrringe. Alles Gold, zumindest vom Glanz her.

Das war was! Marij glänzend und Papa strahlend: So saßen sie mir im *Aux Quatre Vents* gegenüber. Sie studierten die Karte und verstanden nichts.

»Was ist *Consommé Richelieu*?«, fragte Marij flüsternd.

»Lecker«, sagte Papa, »sehr lecker.«

»Und«, fuhr sie mühsam buchstabierend fort, »*Ballantine Harmonieuse de Saumon Fumé au Turbot*?«

»Herrlich«, sagte Papa. »Zergeht auf der Zunge.«

Und so weiter. Es dauerte eine halbe Stunde, bis der Ober die Bestellung aufgenommen hatte. Erst dann erfuhr ich, was gefeiert wurde.

»Rate mal«, sagte Marij.

Ich gab es sofort auf, ich hatte nicht die leiseste Idee.

»Ich bin entlassen«, jubelte Papa.

Der Ober schenkte gerade Wein ein. Als er hörte, was wir feierten, goss er daneben.

»Verzeihung«, murmelte er.

»Das macht nichts«, sagte Papa gnädig. Und dann erzählte er, was passiert war.

Eine Frau war in die »Absatz-Bar« gekommen, die ein paar Schuhe abholen wollte. Aber sie waren noch nicht fertig. Die Frau beklagte sich lautstark.

»Ich habe dir doch gesagt, dass du diese Schuhe zuerst machen sollst«, spielte sich Frau Cassiman auf.

Aber Papa wusste von nichts.

»Sag bloß nicht, dass ich es dir nicht gesagt habe«, zischte Frau Cassiman. Papa konnte sich nicht erinnern.

»Natürlich weißt du es nicht mehr. Du bist schon die ganze Woche mit deinen Gedanken woanders. Du vergisst alles. Du kommst zu spät. Du wirst ans Telefon gerufen. Du verschwindest ohne ein Wort zu sagen.« Sie spuckte ihre ganze aufgestaute Wut aus. Glaubte er etwa, dass die »Absatz-Bar« ein Taubenschlag war? Oder ihre Geduld endlos? Wusste er etwa nicht, dass es irgendwann mal zu viel war? Sie war nicht mehr zu stoppen. Die Frau, wegen der alles begonnen hatte, stand gelangweilt dabei, aber sie wollte nicht weggehen, bevor ihre Schuhe fertig waren. Und da ergriff Papa seine Chance. Während Frau Cassiman weiter tobte, richtete er sich an die Frau.

»Tja, Schatz«, sagte er, »dieses Gemecker bekommst du nun gratis dazu.«

Die Frau unterdrückte ein Kichern. Frau Cassiman hätte auch mit verbundenen Augen gesehen, dass sie auf Papas Seite stand. Das machte die Sache nur noch schlimmer. Sie schwoll an und warf ihm immer mehr Vorwürfe an den Kopf. Er zwinkerte der Frau zu.

»Sie hat mal in der Oper gespielt«, sagte er.

Die Frau beherrschte sich nur mit größter Mühe. Sie presste die Lippen aufeinander.

»Als Gespenst«, sagte Papa.

Das war zu viel. Die Frau brach in ein erlösendes Gelächter aus. Frau Cassiman verlor jede Beherrschung. Sie lief lila an. Aus ihren Augen schossen Flammen. Ihre Lippen bewegten sich weiter, aber die Stimme versagte ihr. Sie streckte die Hand aus und deutete mit dem Zeigefinger in Richtung Tür. Es war eine regelrechte Teufelsaustreibung.

»Fort!«, bellte sie. »Fort!«

Papa gab sich große Mühe, Frau Cassiman nachzumachen, aber seine Versuche gingen in prustendem Gelächter unter.

»Auch die Frau flog raus.« Er bekam einen Schluckauf vor Lachen. »Weh dem, der es wagt, Frau Cassiman auszulachen. Blitzschnell standen wir beide draußen auf der Straße. Durch die Schaufensterscheibe sahen wir Frau Cassiman toben wie ein Feuer speiender Drache.«

Papa konnte nicht mehr. Er schaffte es nicht, seine Geschichte zu Ende zu erzählen, das musste Marij für ihn tun.

»Ja«, sagte sie, »und dann sind wir zusammen in ein

Café gegangen und haben einen Cappuccino getrunken.«

»Wir?«

»Ja«, lachte Papa. »Das hatte ich vergessen zu sagen: Die Frau war Marij.«

»Erzählt mir ja nicht, dass ihr das zusammen ausgeheckt habt.«

»Doch«, kicherte er. »Als ich Marij sagte, dass ich endlich etwas tun will, was mir mehr Spaß macht, war sie vollkommen einverstanden. Aber man kann nicht von einem Tag zum andern die Arbeit im Stich lassen, sagte sie. Man muss sich an den Vertrag halten, und das kostet Zeit. Nur wenn man fristlos entlassen wird, geht es schneller. Und dann hat sie sich diesen Plan ausgedacht.«

Es war eine großartige Geschichte. Ich brach in ein unterdrücktes Indianergeheul aus.

»Schlau, nicht wahr?«, sagte Papa stolz. »Es ist natürlich ein gemeiner Streich, aber ich habe es aus vollem Herzen getan. Frau Cassiman ist ein Miststück!«

Der Ober brachte die *Consommé*. Auf den ersten Blick schien er sich wieder von dem Schock erholt zu haben, dass jemand ins *Aux Quatre Vents* kam, um seine Entlassung zu feiern. Aber der silberne Schöpflöffel, mit dem er die *Consommé* austeilte, zitterte.

»So«, sagte Papa und kippte eine ordentliche Portion Salz in seine Suppe, »dieses Kapitel ist also abgeschlossen. Am Montag fange ich mit dem nächsten an.«

»Wirklich?«, fragte Marij.

»Ja«, antwortete er. »Montag werde ich mich bewerben.«

Marij hob den Kopf. »Wo?«, fragte sie.

»Das erfahrt ihr am Montagabend«, sagte Papa.

»Sag schon«, bettelte ich. Aber er ließ sich nicht erweichen.

»Ein leckeres Süppchen«, murmelte er.

Ich drängte nicht länger. Es machte ihm natürlich Spaß, uns auf die Folter zu spannen. Aber es war mehr. Er würde in aller Unabhängigkeit seine Zukunft entscheiden. Dafür hatte ich Verständnis. Wenn sie reif dafür sind, muss man seine Eltern einfach ihren Weg gehen lassen.

Beim Frühstück – Marij und Papa hatten auch lange geschlafen – erzählte ich, dass ich in der Bibliothek gewesen war. »Ich habe was über Entdeckungsreisende mitgenommen«, sagte ich.

Papa spitzte die Ohren. »Schön«, sagte er. »Ich glaube, dass ich heute Abend mal nicht fernsehe.«

»Was sagst du da?«, fragte Marij erstaunt. »Du schaust dir diese Serie doch immer an.«

»Ach«, brummte er, »weißt du, was ich von Fernsehserien halte?« Er bekam es nicht gleich heraus. Seine Finger bewegten sich durch die Luft, als taste er nach dem richtigen Wort. »Sie sind … Sie sind mir zu platt und zu beschränkt.«

Dagegen war nichts zu sagen. Papa sehnte sich nach mehr, nach mehr Raum, mehr Freiheit.

»Gut«, sagte Marij, »wo sind die Bücher?«

Als ich den Stapel auf den Tisch legte, fischte Papa sofort das zerlesene Exemplar heraus.

»Bula Matari!«, rief er gerührt. »Fünfzig Mal habe ich dieses Buch gelesen. Ich kenne es auswendig. Ich kenne jeden Fleck und jedes Eselsohr.«

Er schlug das Buch auf und zeigte mir das Bild. »Schau, Kaspar«, sagte er mit zitternder Stimme, »das ist das berühmte Zusammentreffen von Stanley und ...«

»Livingstone.«

»Genau«, sagte er, »Livingstone.«

»Nicht Liverpool«, sagte ich.

»Natürlich nicht«, antwortete er. »Liverpool ist eine Stadt in England.«

Mittags brachte Papa mich zum Krankenhaus.

»Doktor Ottevaere sagt, dass es mir großartig geht«, sagte Mama glücklich.

Man musste kein Arzt sein, um das zu sehen. Und fühlen konnte sie es vermutlich auch. Aber sie glaubte Doktor Ottevaeres Worten mindestens so sehr wie ihrer eigenen Wahrnehmung.

»Wunder gibt es nicht«, hatte Doktor Ottevaere gesagt. »Nennen wir dies lieber einen Triumph der medizinischen Wissenschaft.« Die Assistenten, die ihm von Zimmer zu Zimmer, von Bett zu Bett folgten, hatten voll untertäniger Bewunderung genickt.

»Du bist hier in guten Händen«, sagte Papa.

Das fand Mama auch, aber ich dachte mir das Meine. Ich wusste besser als jeder andere, welche Kräfte Mamas Genesung beschleunigt hatten. Doch ich schwieg. Schließlich hatte Doktor Ottevaere Mamas Genesung eine Woche lang nicht nennenswert behindert. Im Licht der schier unbegrenzten Möglichkeiten der Heilkunde war das schon eine Leistung.

»Ja«, sagte Mama. »Doktor Ottevaere meint, dass ich in vierzehn Tagen nach Hause darf.«

Es roch nach Kaffee, als wir ins Wohnzimmer kamen. Marij hatte Apfelkuchen gebacken. Während wir aßen, berichtete ich von unserem Besuch bei Mama.

»Ich kann es kaum glauben«, sagte Marij, als ich fertig war. »Ich habe gedacht, es würde Monate dauern, bis sie wieder gesund wird.«

»Schön«, sagte Papa und rieb sich die Hände. »Keine Probleme mehr, keine trüben Gedanken. Wir machen uns heute einen schönen, gemütlichen Leseabend.«

Was ihn und Marij betraf, wurde es das auch. Sie holten die Bücher von Herrn Cnudde heraus und reisten auf den Spuren der großen Entdecker in alle vier Himmelsrichtungen. Aber ich konnte meine Gedanken nicht zusammenhalten. Die drei Worte, die ich Donnerstagnacht in den Notizblock geschrieben hatte, gingen mir durch den Kopf. Sie ließen mich nicht in Ruhe. Sie flehten um Fortsetzung. Ich konnte nicht Nein sagen.

»Ich habe noch Hausaufgaben zu machen«, sagte ich.

Marij und Papa blickten nicht auf. Ich ging in mein Zimmer. Ich begann nicht sofort mit dem Schreiben. Nein, ich hatte das Gefühl, dass ich anfing ein Haus zu bauen. Wenn ich das unter den besten aller möglichen Umstände tun wollte, musste ich erst noch die notwendigen Vorbereitungen treffen. Also lüftete ich das Zimmer, räumte den Tisch auf, schaffte Ordnung in meinem Schrank und leerte den Papierkorb. Erst als ich mit allem fertig war, holte ich den Notizblock und den Füller heraus.

Ich setzte mich auf den Stuhl, legte die Ellenbogen auf den Tisch und schraubte den Füller auf. Ich beugte mich über das Papier.

Mein granitener Eröffnungssatz wartete auf mich.

Ich muss zugeben, dass ich vor diesem Moment Angst gehabt hatte. Ich fürchtete, dass mir schwindlig würde beim Anblick dieses bis auf drei Worte leeren Blattes. Aber das Gegenteil war der Fall. Die drei Worte nahmen mich ins Schlepptau und zogen mich mit. Ich merkte zu meiner großen Verwunderung, dass das leere Blatt bald nicht mehr leer sein würde. Dass ich es füllte. Es ging ganz von selbst, so wie man von selbst atmet. In wenigen Minuten hatte ich eine Seite voll geschrieben.

Ich schrieb und schrieb und schrieb.

Ich fühlte mich federleicht. Langsam erhob ich mich über die Dinge und stieg wie ein Zeppelin in die Luft. Ich hing über meinem eigenen Leben und überblickte alles. Meine Tage und Jahre schoben sich an meinem inneren Auge vorbei wie Wiesen und Felder, Städte und Dörfer. Ich fühlte mich glücklich.

Schauend und schreibend segelte ich über den Flickenteppich meines elfjährigen Lebens. Zum größten Teil bestand er aus verschwommenen Flecken in verschiedenen Farben und Formen. Keine oder nur wenig Einzelheiten, ich war zu weit oben.

Aber je weiter ich kam, desto tiefer sank mein Luftschiff, und als ich schließlich die Woche von Mamas Unfall erreichte, schwebte ich nur noch knapp über dem Boden. Ich konnte jeden einzelnen Maulwurfshügel erkennen, und ich schrieb alles auf, was ich sah.

Und als die turbulente Woche für immer bewahrt auf dem Papier stand, begann ich zum ersten Mal nach einem Platz zu suchen, wo ich sicher landen konnte. Inzwischen hatte ich den siebten Notizblock voll geschrieben. Ich befand mich nicht mehr in Papas Wohnung. Ich saß in meinem Zimmer in Kruizele. Das Fenster stand offen und der Geruch von frischer Farbe wehte zu mir herein. Der Kalender über meinem Kopf zeigte den Juni an.

Mich selbst eingeholt

Damit kein Missverständnis entsteht: Ich habe keine Marathonleistung vollbracht. Ich habe meine Geschichte nicht in einem Ruck durchgeschrieben bis zu der Stelle, an der ich jetzt bin. Aber wenn ich jetzt auf diese Monate zurückblicke, dann sieht es doch ein bisschen so aus. Nach jeder Unterbrechung – um zu essen oder zu schlafen und zur Schule zu gehen – nahm ich mühelos den Faden meiner Geschichte wieder auf, so dass es mir vorkommt, als hätte ich mein Luftschiff nie verlassen, als hätte ich den Füller keinen Moment aus der Hand gelegt.

Und jetzt ist es so weit. Ich komme langsam zum Ende, es wird Zeit zum Landen. Ich schaue mich nach einem geeigneten Platz um. Und während ich das Gelände überblicke, fällt mir auf, wie viel sich in meinem Leben geändert hat seit jenem Sonntagabend im November, als ich angefangen habe zu schreiben.

Als Erstes: Meine Mutter ist wieder zu Hause. Nach drei Wochen Krankenhaus ließ Doktor Ottevaere sie gehen.

Wir bereiteten ihr einen festlichen Empfang. Mit Carlas und Renskes Hilfe hatte ich unser Haus beflaggt. Auf ein Spanntuch hatten wir HERZLICH WILLKOM-

MEN geschrieben. Marij brachte meine Mutter mit dem Skoda nach Hause, damit sie mit ihren Krücken nicht den Bus nehmen musste.

Es kostete sie einige Mühe, aus dem Auto zu steigen. Auf Marij gestützt (»Dieses Weib, mit dem Dolf rumzieht, ich habe meinen Augen nicht getraut«, würde Frau Philby eine Viertelstunde später beim Metzger sagen) hinkte sie zur Haustür. Dort erwartete sie ein improvisierter Chor. Er bestand aus Carla, Wüffel, Renske und mir selbst. Auf ein Zeichen von Carla brachen wir in eine unbeabsichtigt mehrstimmige Variante eines bekannten Kirchenliedes aus:

Wir öffnen freudig dir die Tür,
ach, bleibe bei uns, für und für.

Wir hatten kein passenderes Lied gefunden. Es klang ziemlich laut, aber unserer Begeisterung tat das keinen Abbruch.

Dann ließen wir Mama vorgehen. Zögernd betrat sie das Wohnzimmer. Es hing alles voller Wimpel und Girlanden. Der Tisch war festlich gedeckt und in der Mitte stand eine Torte, so groß wie ein Wagenrad.

Mama war überwältigt. Wir hatten uns solche Mühe gegeben, dass es sie verlegen machte. Um ihre Rührung zu verbergen, bückte sie sich zu Wüffel.

»Schön, was?«, sagte sie und deutete auf den Festschmuck.

Aber Wüffel hatte nur Augen für die Mitte des Tisches. Er strahlte. Die Zeit, in der er nur »Wüffel« hatte sagen können, war vorbei. Er hatte die Vielfalt in der Welt des

Essbaren entdeckt. Je weiter er in dieser Entdeckungsreise voranschritt, desto größer wurde sein Wortschatz.

»Kuuuchen!«, rief er.

Nach der Rückkehr meiner Mutter kam wieder die gewohnte Regelmäßigkeit in mein Leben. Ich brauchte nicht mehr so oft zwischen Kruizele und Gent hin und her zu pendeln, schon weil mein Vater in gewissen Abständen immer wieder im Ausland verschwand.

Denn – auch das war eine tief greifende Veränderung – er hatte Arbeit gefunden. Er war nur zwei Tage arbeitslos. Schon bei seiner ersten Bewerbung hatte er Erfolg. Marij und ich hatten gedacht, er würde irgendeinen Job bei einem Reisebüro suchen, oder als Fahrer bei einer internationalen Transportfirma. Aber er hatte sich bei der Eisenbahn beworben, als Hilfsschaffner für internationale Züge. Er durfte schon am Tag nach der Bewerbung einen Schnellkurs mitmachen.

»Schnellkurs?«, fragte Marij. »Für Schnellzüge?«

»Ach«, sagte er ungeduldig, »das heißt doch nur, dass der Kurs nicht so lange dauert. Nur drei Tage.«

Er erzählte, dass die Ausbildung in einem ausrangierten Eisenbahnwagen stattfinden würde. Er sollte lernen, wie man Betten macht, staubsaugt, Waschbecken glänzend putzt und Toiletten reinigt. Kurzum alles, was nötig ist, um die Bedürfnisse der anspruchsvollen Reisenden im internationalen Zugverkehr zu befriedigen.

»So weit ist alles ein Kinderspiel«, sagte Papa. »Aber am dritten Tag wird eine Prüfung im *rollenden rollenden Material* abgenommen.«

»In was?«, fragten Marij und ich gleichzeitig.

»Ja«, sagte Papa, »ich konnte mir erst auch nichts drunter vorstellen. Aber ihr versteht doch, dass es für ein Unternehmen mit Tausenden von Arbeitnehmern lebenswichtig ist, dass genaue Formulierungen verwendet werden. Wenn man zum Beispiel über *rollendes Material* spricht, weiß jeder Eisenbahnbeamte, dass es um Lokomotiven, Waggons, Güterzüge, Leihfahrräder oder Ähnliches geht. Dinge eben, die fahren können. Ob sie auch wirklich fahren, ist etwas anderes. In diesem Fall spricht man von *rollendem rollendem Material.«*

»Oh«, sagte Marij, »das ist es also.«

»Ja«, sagte Papa. »Wo war ich stehen geblieben?«

»Bei dem Test.«

»Ach ja. Die Ausbildung findet also im *still stehenden rollenden Material* statt, aber die Prüfung wird im *rollenden rollenden Material* abgenommen. In einem fahrenden Zug also. Es scheint Kandidaten zu geben, die alles, was verlangt wird, perfekt beherrschen, aber in einem rollenden Zug ausflippen. Sie können den *Gehst-du-mit-Effekt* nicht ertragen.«

Papa sah sofort, dass wir wieder mal nichts verstanden.

»Noch so ein Fachausdruck«, sagte er. »Der *Gehst-du-mit-Effekt* ist dieser typische Rhythmus, in dem ein Zug über die Schienen fährt. Er wird verursacht durch den geringen, aber unvermeidlichen Spielraum zwischen Schienen und Rädern. Deshalb schwankt der Zug von links nach rechts und von rechts nach links. Das hört sich an wie ein ständig wiederholtes *Gehst-du-mit-gehst-du-mit-gehst-du-mit?«*

Marij nickte. »Ach so, deshalb.«

»Ja«, sagte Papa. »Und ungefähr fünfzig Prozent der

Bewerber müssen diese Frage mit Nein beantworten. Die Koordination ihrer Bewegungen wird durch den *Gehst-du-mit-Effekt* gestört. Es gelingt ihnen noch nicht mal, so was Einfaches wie Bettenmachen zu erledigen. Wenn sie trotzdem weiterarbeiten, werden sie zugkrank. Das sind die so genannten *Neins.* Ihnen wird geraten sich lieber einen Job zum Beispiel im Hotelgewerbe zu suchen. Andere dagegen passen sich ohne jede Mühe an. Sie laufen durch den fahrenden Zug, als würden sie einen Zebrastreifen überqueren, und wenn ein Knopf angenäht werden muss, fädeln sie die Nadel spielend ein. Das sind die *Jas.*«

Wir mussten also drei Tage warten, um zu erfahren, ob mein Vater, was das betraf, im richtigen Zug saß. Als er am Freitagabend heimkam, strahlte er. Das Gottesurteil war gesprochen.

»Ich bin ein geborener *Ja*«, sagte er stolz. »Ich gehe mit.«

Ich wollte ihn auf keinen Fall entmutigen, aber insgeheim fragte ich mich, ob es das nun war, was er wirklich wollte. Wollte er wirklich voll gekotzte Waschbecken sauber machen? Voller Abscheu dachte ich an die vielen Reisenden, die, vom *Gehst-du-mit-Effekt* irritiert, neben das Klobecken pinkelten. War es wirklich sein Ehrgeiz, immer wieder diese Spuren wegzuwischen? Tatsächlich strebte er nach Höherem. Als wir ihn vor seiner ersten Fahrt zum Bahnhof brachten, ließ er seine wirklichen Ambitionen durchschimmern.

»Kolumbus hat auch als Schiffsjunge angefangen«, sagte er.

Er umarmte uns hastig und lief mit federnden Schritten seinem Jungentraum hinterher.

Als wir ihn zwei Tage später abholten, wartete er schon in der Bahnhofshalle. Er ragte mit Kopf und Schultern über die vorbeihastenden Reisenden hinaus. Träumerisch betrachtete er die Tafel mit den Abfahrtszeiten. So viele Städte!

Ich zog an Marijs Arm. »Wart mal«, sagte ich. Sie blieb stehen. Ich schlug einen Bogen und näherte mich ihm von hinten. Ich tippte ihm – ich musste mich strecken, um dranzukommen – auf die Schulter. Er drehte sich um. Ich streckte die Hand aus.

»Herr Dürfer, nehme ich an?«, sagte ich.

So kam Stück für Stück alles ins rechte Gleis. Mein Vater erkundete (»Gehst-du-mit? Ja!«) ganz Europa und brachte immer wieder neue Ansichtskarten und Geschichten mit. Mitten im Dezember lief meine Mutter singend durchs Haus, weil Bob geschrieben hatte, er wolle den Jahreswechsel bei uns verbringen. Wir feierten zusammen Weihnachten und Neujahr. Es war weniger anstrengend, als ich befürchtet hatte, denn wenn er erst mal seine Maske als Personalchef abgelegt hatte, war Bob gar nicht so übel. Ich hatte übrigens schon deshalb keine Schwierigkeiten mit ihm, weil ich den ganzen Tag in meinem Zimmer war. Draußen waren die Tage kurz und dunkel, der Wind heulte, der Regen strömte, aber mir war das egal. Stundenlang saß ich und schrieb ohne aufzuschauen. Wie im Rausch füllte ich Seite um Seite. Ich konnte gar nicht genug davon bekommen.

Nur am sechsten Januar schrieb ich nicht. Nach dem Frühstück rieb ich mir das Gesicht mit Ruß ein, setzte mir einen Turban auf den Kopf und schaute in den Spiegel. Das Weiß meiner Augen blitzte geheimnisvoll in dem schwarzen Gesicht. Ich war das Ebenbild des Mohrenkönigs auf der *Anbetung der drei Weisen.*

Das Bild hängt etwas verloren hinten in der Kirche von Kruizele. Nur wenige Leute beachten es, aber *ich* habe eine Beziehung zu ihm, schon immer, bis vor kurzem hatte ich nur nicht gewusst, worum es darauf ging. Erst als Fräulein Monica uns ein paar Tage vor Weihnachten durch die Kirche führte, kam ich dahinter. Sie erzählte, dass es von Caspar De Craijer gemalt worden sei. Caspar! Ein Namensvetter von mir. Und dann deutete sie mit einem Stock auf die Könige. Das war Balthasar, und dieser da Melchior. Und der dritte – der Schwarze – hieß ebenfalls Caspar. Als ich das hörte, geriet ich ganz aus dem Häuschen. Es war wie eine plötzliche Offenbarung. Ich war mehr als nur ich selbst, mehr als nur ein Junge, der ein Bild betrachtete. Ich war auch der Mann, der vor Hunderten von Jahren dieses Bild gemalt hatte. Und vor allem: Ich war der geheimnisvolle König Caspar.

Das war mehr, als ich ertragen konnte. Während Fräulein Monica mit ihren Erklärungen fortfuhr, schlug mich der schwarze König im Goldrahmen in seinen Bann. Von seinen Augen ging eine zwingende Kraft aus. Mein Kopf fühlte sich an, als wäre ich gewichtslos. Doch statt aufzusteigen und in dem lichten Raum unter dem Kirchendach zu schweben, fiel ich wie ein Klotz zu Boden.

»Kaspar wird ohnmächtig«, hörte ich jemanden noch rufen.

In Fräulein Monicas Armen kam ich wieder zu mir. »Nichts Schlimmes«, beruhigte sie mich. »Du bist nur umgekippt. Das kommt bei Kindern im Wachstum öfter vor.«

Ich nickte, obwohl ich es besser wusste. In mir lebte die Seele eines schwarzen Königs.

Deshalb sah ich also am Dreikönigsmorgen so aus. Ich blinzelte mir selbst zu, als ich vor dem Spiegel stand. »Guten Tag, Kaspar!« Ich lächelte.

Den ganzen Tag war ich unterwegs, mit einem vergoldeten, mit Fransen geschmückten Stern in der Hand. Ich ging von Tür zu Tür, drückte auf jede Klingel, und der Stern wurde zu einer Feuerkugel, so schnell drehte ich ihn. Ich wurde ganz heiser, weil ich so viel sang:

Ich bin ein Dreikönig,
komm aus dem Orient,
ich suche einen König,
bitte, gebt mir Geld.

Ich bin ein Dreikönig,
bitte, gebt mir Brot,
Rosinenbrot mit Honig,
helft mir aus der Not.

Gesegnet sei auf ewig,
wer wohnet hier im Haus,
ich bin ein Dreikönig,
weiß nicht ein noch aus.

Ich brauchte Moslievaus Hilfe nicht, die Portemonnaies gingen wie von selbst auf. Als ich abends heimkam, hatte ich genug Geld verdient, um Geschenke für meine Mutter und Bob, für meinen Vater und Marij, für Renske, Wüffel und Carla zu kaufen. Auch Fräulein Monica vergaß ich nicht. Und selbst dann blieb mir noch genug Geld, um mir selbst eine Dose mit Katzenzungen zu gönnen. Ich kaufte sie bei Sohn. Sie durfte nicht zu groß sein, sie musste in die Küchenschublade passen. Er ließ mich eine aussuchen. Ich sah sofort, dass er keinen König im Sortiment hatte. Aber eine Madonna. Mit ihr ging ich nach Hause.

Ich hatte das Gefühl, als würde sie Fleisch mögen.

Danach schrieb ich weiter. Die Tage, die folgten, waren eine Zeit reinen Glücks. Ich wurde sogar übermütig. Ich war überzeugt davon, den Schlüssel zum Paradies in den Händen zu halten. Ich glaubte, dass, seit ich Moslievaus Ruf geerbt hatte, seit ich die Bedeutung meines Namens kannte, mein Traum von einer besseren Welt Wirklichkeit wurde. Was gesät war, keimte, wuchs und würde bald groß sein.

Das dachte ich wirklich. Bis ich, mitten im Schreiben, mitten im Satz, mit der Nase auf die Wirklichkeit gestoßen wurde. Die Tür meines Zimmers ging auf und Renske stand vor mir.

»Hänsel und Gretel ...«, sagte sie. Ihre Lippen zitterten. Die Worte blieben ihr im Hals stecken.

Für einen Moment erstarrte ich. Dann sprang ich auf, rannte aus dem Zimmer, die Treppe hinunter, direkt zum Obstgarten des Metzgers. Ich wusste, dass es zu spät war. Sie waren bereits geschlachtet, enthäutet, in Stücke gehackt. Aber ich musste etwas *tun.* Wie verrückt rüttelte ich an dem Zaun, durch den hindurch ich Hänsel und Gretel so oft gefüttert hatte. Meine Augen suchten den Metzger.

»Mistkerl!«, schrie ich. »Dreckiger Mistkerl!« Doch mein Geschrei, weit davon entfernt, ihn aus der Ruhe zu bringen, erstarb echolos in der dünnen Winterluft.

Als ich mich umdrehte, sah ich, dass Renske mir gefolgt war. Nebeneinander machten wir uns auf den Rückweg, schweigend. Erst als wir bei dem Loch in der Hecke angekommen waren, unterbrach Renske das Schweigen.

»Wenn du willst ...«, sagte sie zögernd, »... kann ich meine Mama fragen, ob sie ...«

Ich sah den Metzger schon auf dem Totenbett liegen. Am liebsten hätte ich Ja gesagt, aber dann dachte ich an seine Tochter, an Liddy-mit-den-langen-Zöpfen. Wenn Liddy mit dem Hüpfseil sprang, spielten ihre Füße Fangen mit der Erde, schneller und schneller, bis sie zu schweben schien.

»Nein«, sagte ich, »lieber nicht.«

Hinten im Garten steckte ich zwei Kreuze in die Erde, auf die ich die Namen von Hänsel und Gretel malte. Anfangs ging ich jeden Tag hin, entweder allein oder zusammen mit Renske.

»Du darfst dir nicht so viel daraus machen«, tröstete mich Renske. »Sie leben weiter in der Geisterwelt, bei meiner Mama und Maaike. Die werden sich bestimmt um sie kümmern.« Aber ich dachte mit Abscheu an den Weg, den Hänsel und Gretel gegangen waren, den Weg allen Fleisches. Der führte durch Magen und Därme der mich umgebenden Fleischesser und mündete in dunkle, stinkende Jauchegruben. Ich konnte mir nicht vorstellen, dass es von dort einen Zugang zu einer anderen, besseren Welt gab.

Grübelnd und diskutierend versuchte ich mit dem Tod Hänsels und Gretels fertig zu werden. Anfangs war es schwierig, später wurde es leichter. Nach einiger Zeit wurde ich wieder vollkommen von meinem Schreiben in Anspruch genommen. Auf den Kreuzen, die ich im Garten aufgestellt hatte, verlief die Farbe, und die Namen wurden unleserlich. Es gab Tage, dann auch Wochen, an denen ich nicht mehr an Hänsel und Gretel dachte.

Und eines Tages ging ich in den Garten. Ich hatte die Kreuze vergessen. Es war Frühling, und alles um mich herum versuchte mir das zu zeigen. Die Sonne schien ins Blaue, in den Bäumen hing ein Gewirr von Vogelstimmen. Der Wind zerrte an den Kleidungsstücken auf der Wäscheleine. Trotzdem hatte ich den Eindruck einer kühlen Kargheit. Etwas fehlte. Aber was? Ich durchforschte mein Gedächtnis. Mit viel Mühe fand ich die Erinnerung an einen solchen Moment im vergangenen Frühjahr. Dann wusste ich es plötzlich: Ich vermisste den Ruf des Kuckucks. Die Welt war reif dafür. Ich hatte das Gefühl, als wäre es nur noch eine Frage von Sekunden, höchstens Minuten. Wenn er dann nicht zu hören war, wäre das ganze Finale im Eimer. Ich spitzte die Ohren.

Plötzlich stand ich stocksteif. Was ich hörte, war auf keinen Fall der Ruf des Kuckucks. Es war ein feines

Blöken. Es dauerte nur einen Moment und es war kaum hörbar. Ich holte Brot aus der Küche und rannte damit zum Garten des Metzgers. Dort, in dem jungen, zarten Gras, standen zwei schmächtige Lämmer. Alles begann von neuem.

Die Lämmer waren alles andere als scheu. Sie schoben ihre Mäulchen gierig durch den Zaun. Ich hatte keine Wahl. Ich streichelte ihre Nasen und gab ihnen das Brot.

In der Ferne erklang der Ruf des Kuckucks.

Der Frühling gab der Welt neuen Schwung. Meiner Mutter ging es immer besser. Man merkte ihr nicht mehr an, dass sie einen schweren Unfall hinter sich hatte. Sie arbeitete wieder und zu Hause gab sie sich ihrem üblichen Tatendrang hin. Nur war alles weniger zwanghaft. Statt immer wieder das Wohnzimmer oder die Fenster zu putzen entwickelte sie neue Initiativen.

Eines Tages kam sie mit einem großen Topf Farbe nach Hause. Sie lieh sich eine Leiter vom Lebensmittelhändler und begann, ganz allein das Haus weiß anzumalen. Sie fing mit den Wänden an. Abwaschen, Spachteln, zwei Lagen Farbe. Dann kamen die Fenster und die Rollläden an die Reihe. Das war eine schwierige Arbeit. Ich hatte den Eindruck, es dauerte ewig, aber Mama gab nicht auf. Unverdrossen arbeitete sie weiter, bis Mitte Juni. Dann war alles fertig. Sie hatte gut zwei Monate für alles gebraucht.

Als sie dem Lebensmittelhändler die Leiter zurückgebracht hatte, begutachtete sie ihre Arbeit. Sie überquerte die Straße, um das Haus aus einem gewissen Abstand zu betrachten. Hinter ihrem Rücken ging Frau Philbys Haustür auf.

»Schön, nicht wahr?«, sagte meine Mutter ohne sich umzuschauen.

Frau Philby murmelte etwas Undeutliches.

»Es sieht aus wie neu«, sagte Mama. »Bob wird staunen.«

»Bob?«, fragte Frau Philby.

»Mein Freund«, antwortete Mama. »Ich bin gerade noch rechtzeitig fertig geworden, nächste Woche kommt er auf Urlaub.«

»Oh«, sagte Frau Philby. So viel Offenherzigkeit brachte sie völlig durcheinander.

»Ja«, sagte Mama. »Er zieht für die Sommerferien bei uns ein.«

»Oh«, sagte Frau Philby wieder.

»Ja«, sagte Mama. »Es ist nur, damit Sie Bescheid wissen.«

Das Fenster stand offen, denn draußen war es ungebremst Juni. Der Duft der frischen Farbe drang in mein Zimmer. Meine Hand tat weh vom Schreiben. Ich legte den Füller hin. Ich stand auf, ging zum Fenster und streckte mich, zufrieden mit mir und der Welt. Plötzlich sah ich Sohn draußen stehen. Er schaute über die Hecke, ob er mich irgendwo entdeckte. Er hatte meine wöchentliche Bestellung noch nicht in Empfang genommen. Ich winkte hinunter und gab ihm ein Zeichen, dass ich gleich kommen würde.

Er notierte meine Wünsche, wies mich auf ein besonders vorteilhaftes Angebot von spanischem Anisgebäck hin und versprach bis zum Abend alles zu bringen.

»Ich mache mich sofort an die Arbeit«, sagte er, »denn

Zeit ist Geld, und der Tag ist um, bevor man es gemerkt hat.« Er übernahm nicht nur die Ware seines Vaters, sondern auch dessen Lebensphilosophie.

Und da stand ich dann allein an unserer Hecke. Ich hatte ein sonntägliches Gefühl, obwohl es Mittwoch war. Das lag daran, dass mein Buch so gut wie fertig war. Nun ja, ich meine, dass ich mich selbst eingeholt hatte. Ich war den Ereignissen dicht auf den Fersen. Es war nicht nur Juni im Kalender, sondern auch in meiner Geschichte.

Ich atmete tief ein. Ich nahm mir Zeit, den Moment auszukosten: die warme Sonne auf meiner Haut, die Mittagsstille. Obwohl, es war nicht wirklich still. Eine langsame Musik drang an mein Ohr. Ich schaute hoch und sah, dass Carlas Schlafzimmerfenster offen stand.

Migräne, dachte ich. Ich machte die Augen zu und horchte auf die Klänge, die aus dem Fenster herauswogten und den hinteren Garten überspülten, und begriff, dass Carla bei Mahler war und Mahler bei Carla.

Natürlich wusste ich, dass Mahler tot war, trotzdem stellte ich mir bei der Musik vor, dass sie nebeneinander lagen und miteinander sprachen ohne sich anzuschauen. Ich versuchte zu verstehen, um was es ging. Carla erzählte von Maaike. Mahler verstand sie und versuchte sie zu trösten.

»Ach, mach dir keine Sorgen«, sagte er, »sie ist nur ein bisschen spazieren gegangen. Mach dir keine Sorgen. Das Wetter ist so schön! Sie ist nur weiter fortgegangen als gewöhnlich. Mach dir keine Sorgen und lass sie gehen. Sie fühlt sich geborgen in der Sonne.«

So etwas sagte er. Und die Tränen liefen über Carlas

Gesicht. Ermutigt durch sein Verständnis, drehte sie sich zu ihm und erzählte ihm ihr ganzes Leben. Und ihre Geschichte löste sich auf in den Klängen von Mahlers Musik und strömte nach draußen. Wo ich stand und lauschte. Und wo ich fühlte, dass Carla, während sie über ihr Leben erzählte, von allem sprach, auch über mich, über meine Mutter und meinen Vater. Unsere Geschichten waren verschieden, und trotzdem war es immer die gleiche. Es gab keine Grenzen. Es gab keinen Anfang, und noch weniger gab es ein Ende.

In der Musik, die ich hörte, lag alles drin.

So, dachte ich, soll auch meine Geschichte sein.

»Ich heiße Melle«

Der letzte Nachmittag des Schuljahres verlief in seltsamer Aufregung. Es wurde lauter gerufen und gelacht als sonst.

»Ich glaube, ich teile lieber gleich die Zeugnisse aus«, sagte Fräulein Monica. »Vielleicht werdet ihr dann ein bisschen ruhiger.«

Alle klatschten.

»Aber erst will ich euch noch ein paar Dinge sagen.« Sie blickte uns ernst an. »Erst einmal: Ihr habt alle gut gearbeitet.«

»Ich auch?«, fragte Krebbe erstaunt.

Ich verstand, was er meinte. Er war kein besonders guter Schüler. Er bekam oft zu hören, dass er sich mehr Mühe geben sollte. Aber Fräulein Monica, die sonst so viel verlangte, war heute außerordentlich mild gestimmt.

»Natürlich, Krispijn«, sagte sie. »Warum nicht?«

Dann fuhr sie fort: »Ihr habt alle hervorragend gearbeitet. Das habe ich auch in eure Zeugnisse geschrieben. Trotzdem kann es sein, dass eure Eltern nicht ganz zufrieden sind und glauben, ihr hättet besser sein können. Vielleicht haben sie Recht. Doch dann müsst ihr ihnen antworten, dass besser die Steigerung von gut ist.

Dass ihr also gut gearbeitet habt. Ich hoffe nur, dass eure Eltern weise genug sind sich damit zufrieden zu geben.«

Einigen Kindern sah man an, dass sie sich da nicht so sicher waren.

»Sonst sollen sie kommen und mit mir sprechen. Aber vor Sonntag, denn am Sonntag fahre ich in den Schwarzwald. Ach ja, und sagt ihnen, sie sollen zu dem Gespräch ihr eigenes Zeugnis mitbringen, von damals, als sie so alt waren wie ihr.« Gekicher war zu hören.

»Doch jetzt etwas anderes. Das Wichtigste ist, dass ihr selbst zufrieden mit dem vergangenen Jahr seid. Und dass euch etwas davon bleibt. Egal was. Zum Beispiel, wie man eine Kreisoberfläche ausrechnet. Oder die Erinnerung an eines der Wandbilder oder an das Puppenspiel. Oder an einen Vers, den wir gelernt haben. Oder an die Jahreszahl des Falls von Konstantinopel. Es spielt keine Rolle, was es ist, wenn ihr nur etwas mitnehmt von hier. Als Andenken.«

Wir hörten still zu. Fräulein Monicas Stimme klang ungewohnt wehmütig und beeindruckte uns tief.

»Ich sage dies vor allem zu den Kindern der sechsten Klasse. Die anderen sehe ich im September wieder. Aber zu euch spreche ich das letzte Mal.«

Ich schlug die Augen nieder. Ich hatte Angst, ebenso wehmütig zu werden wie Fräulein Monica.

»Ihr seid im nächsten Jahr an einer anderen Schule. Sie wird größer sein, mit mehr Schülern und mit mehr Lehrern. Ihr werdet noch andere Dinge lernen, die ihr dann später wieder vergesst. Und eines Tages werdet ihr auch der neuen Schule Lebwohl sagen. Und noch später werdet ihr alles Mögliche geworden sein in der Welt. Habt ihr daran schon mal gedacht?«

Sie schaute uns einen nach dem anderen an. Die meisten nickten zustimmend. Natürlich hatten sie schon daran gedacht.

Fräulein Monica lächelte.

»Dann möchte ich jetzt doch mal hören, was ihr werden wollt«, sagte sie.

Drei Mädchen hatten als Berufswunsch Lehrerin. Celientje wollte Doktorin werden. So sagte sie es, Doktorin. Ein Junge wollte Stuntman werden, und wenn das nicht möglich war, Autobusfahrer. Außerdem hatten wir einen zukünftigen Computerspezialisten und einen Bürgermeister.

»Jedenfalls Chef von irgendwas«, erläuterte der seinen Wunsch.

»Und du, Kaspar?«, fragte Fräulein Monica.

Ich wusste genau, was ich werden wollte, aber aus irgendeinem Grund wagte ich nicht es auszusprechen. Ich stotterte irgendetwas Undeutliches.

»Du brauchst dich für nichts zu schämen«, sagte Fräulein Monica. »Du kannst dir keinen Beruf ausdenken, der nicht in irgendeiner Form nützlich ist für die Gesellschaft.«

»Ich will schreiben«, flüsterte ich. »Bücher schreiben.« Ich war nicht sicher, ob Schriftsteller ein nützlicher Beruf war, aber ich wusste aus Erfahrung, dass Schreiben schön war.

»Fein«, sagte Fräulein Monica. »Dann musst du mir versprechen, dass du mich dein erstes Buch lesen lässt, sobald es fertig ist.«

Ich schaute sie forschend an. Wusste sie, dass ich ein Buch schrieb? Dass es nur noch den Feinschliff brauchte? Aber nein, sie spielte auf nichts an. Sie meinte es so, wie sie es sagte. Ohne Hintergedanken.

»Versprochen«, sagte ich.

Sie schaute sich in der Klasse um. War jeder drangewesen? Nein. Es gab noch einen, der nichts gesagt hatte. Er war noch verlegener als ich. Krebbe.

»Ich bin schrecklich neugierig, was du werden willst, Krispijn«, sagte Fräulein Monica. Er senkte den Kopf. Mit niedergeschlagenen Augen zählte er seine Finger.

»Gangster«, rief ein Mädchen.

»Pfarrer«, sagte ein anderes.

»Halt«, sagte Fräulein Monica streng. »Euch habe ich nicht gefragt, ich habe Krebbe gefragt.«

Krebbe schlug die Augen auf. Alle schauten ihn an. Er musste es sagen.

»Stürmer beim FC Anderlecht«, sagte er und wurde rot.

Fräulein Monica war heute wirklich ganz anders. Nachdem sie die Zeugnisse ausgeteilt hatte, ließ sie die Zügel locker. Wir liefen überall herum, verglichen unsere Noten und gaben eifrig Kommentare ab. Fräulein Monica ließ uns gewähren. Sie ging von einer Gruppe zur nächsten und hörte nur mit halbem Ohr hin, was gesagt wurde. Sie selbst sagte wenig, nur wenn sie etwas gefragt wurde.

Um drei Uhr ließ sie uns gehen. Eine Stunde zu früh. Ich konnte mich nicht erinnern, dass so etwas je passiert wäre. Als wir mit viel Lärm über den Schulhof rannten, entstand auch in den anderen Klassen Unruhe. Ein paar Minuten später waren auch sie leer. Ich blieb noch eine Weile auf dem Schulhof. Ich hatte es nicht eilig, nach Hause zu kommen.

Renske tauchte neben mir auf.

»Kommst du mit?«, fragte sie.

»Gleich«, sagte ich. »Geh nur voraus.«

»Warum bleibst du hier?«, erkundigte sie sich.

Ich wollte ihr nicht sagen, dass ich auf Fräulein Monica wartete. Dass ich, na ja, dass ich ihr noch ein paar Dinge sagen wollte. Etwas widerwillig lief ich neben Renske her. Sie redete und redete, ich brauchte nichts zu antworten. Ich dachte an das, was Fräulein Monica gesagt hatte. Dass sie mein erstes Buch lesen wollte. Also los, es war ja so gut wie fertig. Warum sollte ich es ihr nicht sofort bringen? Einen schöneren Vorwand, um noch mal zu ihr hineinzugehen, gab es nicht.

Ich stopfte die sieben Notizblöcke, auf die ich meine Geschichte geschrieben hatte, in eine Plastiktüte. Im Dauerlauf lief ich zurück zur Schule.

Der Schulhof lag verlassen da. Nur weiter weg, auf dem Klettergerüst, hockte ein kleiner Junge. Erste oder zweite Klasse. Es war wohl der Sohn von Herrn Freddy, der auf seinen Vater wartete. Er saß ganz oben auf dem Gerüst und hielt die gewölbten Hände wie ein Fernrohr vor die Augen. Als spähte er über die Weltmeere, auf der Suche nach Piraten.

Er hatte mich ins Visier bekommen, aber ich tat, als hätte ich ihn nicht entdeckt. Ich nahm Kurs auf Fräulein Monicas Klassenzimmer. Ich wollte schon nach der Klinke greifen, als mein Blick auf das Fensterchen in der Tür fiel. Wie ein elektrischer Schlag fuhr es mir durch den Körper, wie erstarrt blieb ich stehen.

Ich sah, was ich sah.

Das späte Nachmittagslicht fiel direkt durch das Fenster hinein und warf ein scharfes Parallelogramm auf den Fußboden. In diesem Parallelogramm standen vier Füße, zwei und zwei einander zugekehrt. Sie standen dicht beieinander, sehr dicht.

Ich wusste nur allzu gut, wem diese Füße gehörten. Fräulein Monicas Füße wichen ab und zu ein paar Zentimeter zurück, als wolle sie vor etwas fliehen, gegen das sie sich nicht wehren konnte. Auch die beiden anderen Füße konnte ich mühelos unterbringen. Aus Baumwollhosenbeinen kamen zwei Turnschuhe heraus, Turnschuhe, wie sie nur Herr Freddy trug.

Ich dachte, was ich dachte.

Dann drehte ich mich langsam um. Ich wollte nicht mehr durch das Fensterchen schauen. Ich riss mich von dem Geißblattduft los. Es tat kaum weh. Ich entfernte mich von Fräulein Monicas Klassenzimmer. Über das glatte Meer steuerte ich auf den Dampfer des kleinen Jungen zu. Er saß noch immer im Ausguck. Er hielt noch immer sein Fernrohr auf mich gerichtet.

»Ahoi!«, rief er.

»Ahoi!«, rief ich zurück und ankerte unter ihm, auf der untersten Sprosse des Gerüsts.

Er kam zu mir herunter und setzte sich neben mich. Eine ganze Weile sagten wir nichts. Er ließ die Beine über dem Wasser baumeln. Die Streifen seiner Turnschuhe waren früher mal weiß und blau gewesen.

»Ich muss auf meinen Papa warten«, sagte er schließlich.

»Ja«, sagte ich.

»Er muss noch seine Klasse aufräumen.«

Ich nickte.

»Wir haben genug Zeit. Wir müssen meine Mama erst um fünf Uhr abholen. Weißt du, wo sie arbeitet?«

»Nein.«

»In der Papierfabrik.«

»Ach so.«

»Nicht in der Papierfabrik selbst. Sie ist Sekretärin.«

Er sprach das Wort sorgfältig aus, um ja keinen Fehler zu machen. »Sie hat weniger Ferien als Papa. Nur vier Wochen.«

»Schade«, sagte ich.

Plötzlich entdeckte er meine Plastiktüte.

»Was ist denn da drin?«

»Nichts. Papier.«

»Darf ich mal sehen?«

Ich hielt die Tüte auf. Er nickte, ich hatte nicht gelogen.

»Papier«, sagte er.

Er nahm den Faden seiner Geschichte wieder auf. »Wir fahren nach Palma«, sagte er. »Das heißt so, weil dort Palmen wachsen. Schön, was?«

Ja, das war schön.

»Wir fahren am Samstagmorgen sehr früh los. Um fünf Uhr.«

Er schwieg. Er hatte sich ausgeredet. Wieder blieb es still. Meine Gedanken wanderten ziellos in der Gegend herum. Ab und zu landeten sie bei Moslievau. Ich hatte

Lust, dem Jungen von Moslievau zu erzählen. Aber er war noch sehr klein. Er würde wenig begreifen, wenn ich ihm das Geheimnis von Moslievau verraten würde. Trotzdem wollte ich ihn nicht im Stich lassen. Später, nahm ich mir vor, später werde ich ihn ins Vertrauen ziehen.

Plötzlich setzte er sich in Bewegung. Mit einem gelenkigen Satz war er wieder oben auf seinem Posten. Ich selbst blieb sitzen, wo ich war, aber ich lehnte mich zurück. Ich legte den Kopf in den Nacken, bis ich ihn sehen konnte.

Er hielt die Hände wie einen Trichter an den Mund. »Du heißt Kaspar, nicht wahr?«, rief er.

Ich nickte.

»Und du?«, fragte ich, den Kopf noch immer im Nacken.

Seine Antwort verklang über dem Ozean.

»Ich heiße Melle.«

Inhalt